どうする家康

二

古沢良太［作］
木俣 冬［ノベライズ］

NHK出版

どうする家康　二

古沢良太［作］
木俣冬［ノベライズ］

目次

主な登場人物関係図

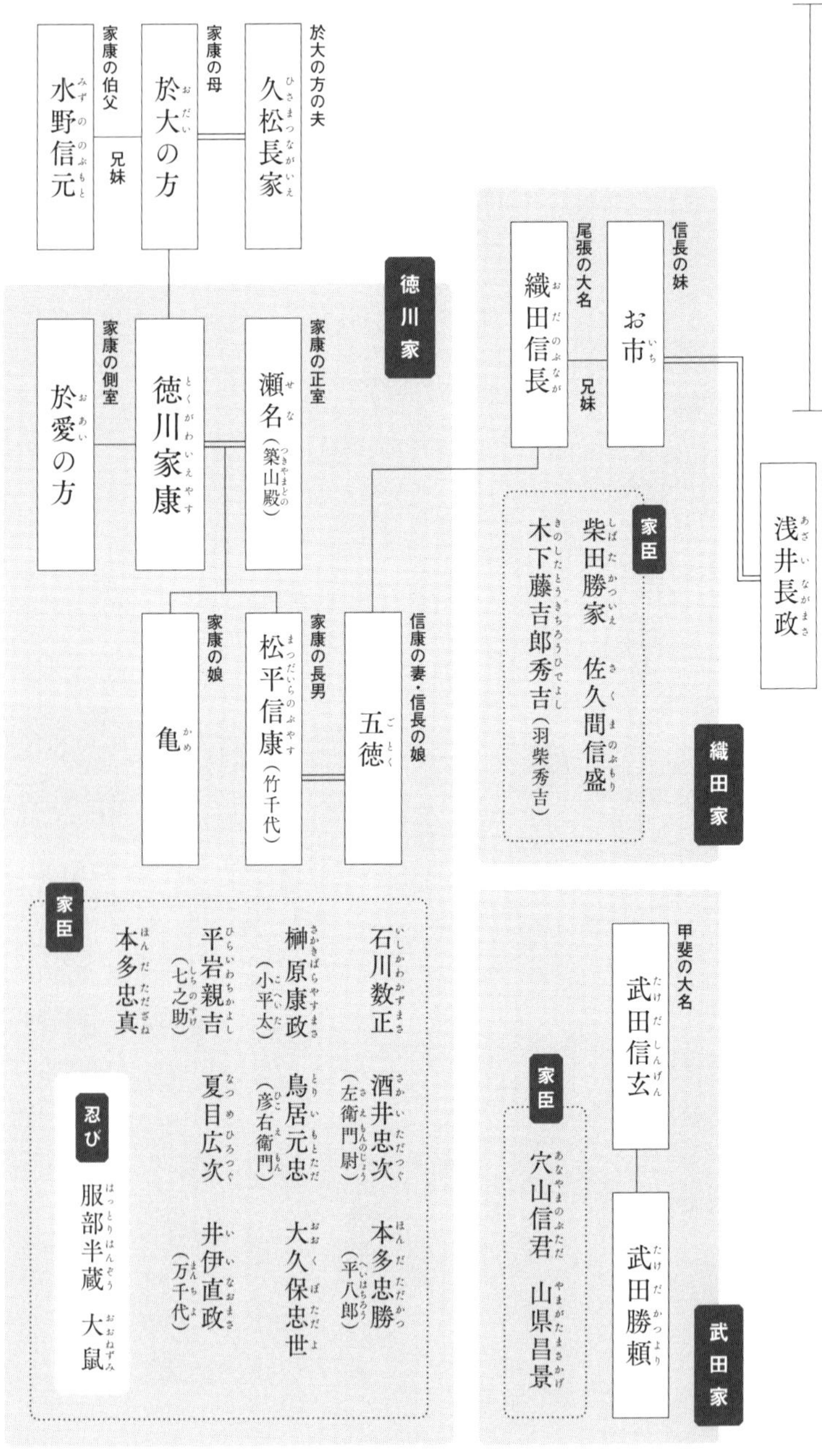

― 血縁関係
＝ 夫婦関係

第十三章　家康、都へゆく

ぎゅっと瞑った徳川家康《とくがわいえやす》のまぶたの裏に、晩秋の山寺の裏庭にて遭遇した、甲斐《かい》の武田信玄《たけだしんげん》の像が浮かんだ。背が高く豊かな髭をたくわえ、僧のいでたちをした人物の圧は、織田信長《おだのぶなが》の破壊的な強さとはまた違う、巨大な山のように静謐《せいひつ》な力を放ち、見る者を威嚇《いかく》する。家康の齢《よわい》の倍とは言わないが、二十歳ほどは上であろう。にもかかわらず底知れない強靱《きょうじん》な生命力。思い返すとまぶたの裏がじわりと熱くなった。

永禄《えいろく》十二年（一五六九年）五月十五日、家康に敗れた今川氏真《いまがわうじざね》は掛川城を明け渡して降伏、その身柄は北条家の預かりとなった。信玄は目下、家康が今川氏真を生かしたまま北条家に逃がしたことに激しく立腹している。その書状を前に、引間城《ひくまじょう》主殿の広間に集まった酒井左衛門尉忠次《さかいさえもんのじょうただつぐ》、石《いし》川与七郎数正《かわよしちろうかずまさ》、本多平八郎忠勝《ほんだへいはちろうただかつ》、榊原小平太康政《さかきばらこへいたやすまさ》、鳥居彦右衛門元忠《とりいひこえもんもとただ》、平岩七之助親吉《ひらいわしちのすけちかよし》らは、家康の判断を固唾を呑んで待っていた。信玄に詫びるか、戦うか……。

長い沈黙を破ったのは数正だった。

「殿、いかがいたします」

数正の声をきっかけに、家康はゆっくりと目を開き、書状を預かってきた左衛門尉の名を呼んだ。

「は」といくぶん、重い口調で左衛門尉は家康の顔をうかがう。

「信玄に詫びを入れておいてくれ」

ひと息間を置いて、それだけ言うと家康は立ち上がり、家臣たちが何かを言う隙を与えない素早さで広間から出て行った。詫びることは悔しいが致し方ない。

家康がおとなしく折れたことで武田との関係は膠着《こうちゃく》状態となり、そのまま年が明けた。永禄十三年（一五七〇年）春、信長の力を借りて新たな将軍となった足利義昭《あしかがよしあき》は、各地の大名、諸将に忠誠を誓わせるべく、上洛《じょうらく》を命じた。そのなかに家康も含まれていた。

知らせを受けて、岡崎城の主殿に数正、平八郎、小平太、大久保忠世《おおくぼただよ》、彦右衛門、七之助が集まった。左衛門尉は城主をつとめる吉田城から馳せ参じていた。家康が将軍に目通りするという名誉に、彦右衛門が「来るところまで来ましたなあ！」としみじみ言うと、七之助は「あんなちっぽけで、泣き虫だった殿が！」と目を潤ませた。彦右衛門も「小便たれのくそ漏らしだった殿が……！」ともらい泣き。それを聞き咎めた家康は「物言いに気を付けよ」と薄目で睨《にら》んだ。

「皆で都へ参ろう！　うまいもんもたくさんあるじゃろう！」と左衛門尉が音頭をとり、一同がその気になっているところに、平八郎が「されど……今は遠江《とおとうみ》を平定《へいてい》できるかどうかの瀬戸際。都など行ってる場合でござろうか」と水を差した。

「将軍様の命じゃぞ」

「しかし……」

左衛門尉にたしなめられてもなお強情な平八郎を小平太がからかう。

「平八郎殿、怖いんでしょ。都に行くのが怖い。田舎者にありがちだ」

「何で都が怖いものか！」

たちまち平八郎は目をつり上げ、片膝を立てて小平太に挑むような体勢をとった。あいも変わらずやんちゃの抜けない小平太と平八郎が角突《つのつ》き合わせていると、「まあまあ、都の作法なら、この三河一の色男、大久保忠世が多少は心得ておる。指南して進ぜよう」と忠世がふんぞり返った。それを見た家康が「うむ、忠世、留守を頼んだぞ！」と肩透かしを食わせるものだから、「え？」とみるみるしゅんとなる。家康の上洛を我がことのように一喜一憂する家臣たちのはしゃぎっぷりを見て微笑みながら、家康は「都かぁ。将軍様は、どんなお方じゃろうなあ」と西に想いを馳せるのだった。

喜んだのは家臣ばかりではない。築山《つきやま》では家康が都に行くと聞いた娘の亀が「都へ行かれるのですか、いいなあー」とうらやましがった。亀は今年で、十一歳になる。瀬名《せな》から生花を習い、しとやかさを身につけてきてはいるものの、まだまだ幼さが抜けていない。

「すまんな……そなたらも都へ連れて行ってやりたいのだが……」

家康と亀のやりとりを薬草を煎じながら聞いていた瀬名はふと手を止めた。

「亀や、わがままを申してはなりません。父上はご大任を果たしに参られるのですから」

それから瀬名は家康に向かって、少しばかり大げさにため息をついた。

「私の憂いごとは、ほかにございます……。またしても……竹千代と五徳姫《ごとくひめ》」

「あいつらまた喧嘩しておるのか」

「夫婦とはいえ、まだ子供でございますからねえ……」

「わしがガツンと言ってやる！」

即座に家康は竹千代と、その妻・五徳を呼びつけた。五徳は織田信長の娘である。永禄十年（一五六七年）、九歳で竹千代の妻となった。父に似て、気性の激しいところのある五徳は、竹千代から顔を背けるようにして座っている。竹千代も負けじと顔を横に向けていて、家康はやれやれと思った。ふたりに喧嘩の理由を聞くと、まんじゅうだと言う。ふたりともまだ十二歳。喧嘩の理由も実に子供じみたものだった。

「竹千代殿は、五徳には一つしかくれず、ご自分は二つも！」

「それは竹千代が悪い。謝りなさい」

「違います！　私は、妹の亀に一つくれてやろうとしたのです！　なあ、亀」

「おいしゅうございました、兄上！」

「それなのにわけも聞かず五徳は私を叩いたのです！」

「それは……五徳が悪いな」と家康が指摘すると五徳は頰を餅のようにぷうと膨らませた。

「なあ、瀬名」と家康に同意を求められた瀬名が「五徳が悪い。お謝りなされ」と続けるものだから、五徳はますます口を尖らせ、「……父上に言おうかな」と嫌味ったらしく言った。

「え、いや、ちょっと、それは……」と焦る家康を瀬名が肘でつつき、

「五徳！　そなたの父上なんて関わりありませんよ、謝りなされ！」とぴしゃり。

五徳は売り言葉に買い言葉とばかり「父上に言います！」と声を張り上げる。長年、慎重に慎重を期してきた信長との関係を、このような一瞬の感情でぶち壊されてはたまらない。家康は、

「お待ちくだされ、姫！　そうじゃ、京のみやげに珍しい菓子でも買って参ろう！」と話を懸命に逸らした。

五徳は大きな目をきらりとさせると、南蛮《なんばん》の菓子「コンフェイト」（金平糖）なるものを所望した。

「父上は南蛮人からもらったことがあるそうな！」

「南蛮菓子か、うまそうじゃな！」とそれまで知らん顔をしていた竹千代も興味を示した。

「たいそう甘いんですって！　五徳は、一度食べてみたかったのです！　コンフェイトを買ってきてくださるのですか？」

「お安い御用じゃ、必ずふたりに買ってきてやる。だから仲良う待っておるんじゃぞ、よいな？」

やはり子供である。竹千代と五徳はすっかり機嫌を良くして、肩を並べおしゃべりしながら帰って行った。

「たわいないものじゃな」と家康は安堵したが、なにやら強烈な視線を感じ目を転じると、瀬名と亀が目に力を込めて家康を見つめていた。どうやら瀬名も亀もコンフェイトが気になるようだ。

「もちろん、そなたたちの分も買ってくる！」と家康は誓った。


南蛮渡来の珍しいものがたくさんあるという花の都・京都へ、家康は東から鴨川を渡り入った。

お供は、数正、左衛門尉、彦右衛門、七之助、渡辺守綱《わたなべもりつな》、平八郎、小平太である。

御所を中心に造られた都は、武家屋敷や寺院が多く、ところどころに防壁が立っている。

三条あたりの大路は武士、商人、町人と大勢の人が行き来し活気に満ちていた。

将軍にお目通りする前に各方面に挨拶回りをしなくてはならない。まずは京都奉行になった木下《きのした》藤吉郎秀吉《とうきちろうひでよし》の屋敷を訪ねた。上質な素襖《すおう》に烏帽子《えぼし》をかぶった藤吉郎は見違えたようだが、口調は相変わらずで、

「いやあ、都の奉行を仰せつかってまー忙しゅうて忙しゅうて！　我が殿もあっちこっち飛び回っとりましてなあ。まあ、京見物でもして、ごゆるりとお過ごしくだせえ。都のおなごは格別だに。ひゃひゃひゃ！」と尾張ことばで家康たちを歓待した。

次に向かったのは義昭の家臣である明智光秀《あけちみつひで》の屋敷である。

「明智十兵衛《じゅうべえ》光秀にござりまする。将軍様へのお目通りが、さていつになるか、明日かもしれぬし、十日後かもしれぬ、あるいは今日《こんにち》ただいまこれから、ということもあり得る。いつでも参じられるようお備えいただきたい」

淡々と事務的に対応する光秀は身なりもよく、礼儀正しく、知性を感じる。その一方でどこか不遜で嫌味な印象を受けて家康は身構えた。

その後も、多くの屋敷に出向き、幾人もの武士や公家に挨拶をした。誰もが不遜な態度をとっていて、家康の神経は休まらず、上洛三日目には、起き上がれなくなっていた。布団の中でこの三日間を回想するも、秀吉と光秀のこと以外は思い出せなかった。

「腹が痛くてのう……水が合わんのかもしれん」

布団の左右に正座して心配そうに見つめる左衛門尉と数正に家康が弱音を吐くと、左衛門尉が穏やかに、しかし、有無を言わせない口調で言った。

「皆には京見物をさせておきます。今日はごゆるりとお休みくだされ……と言いたいところながら、もう一人だけ、会っていただきたい者が」

「また偉いさんに会わねばならんのか」

「いいえ。ちっとも偉くはない、ただの愉快な奴で」

仕方なく家康は起きて着替え、宿にしている寺の一室に向かった。そこにやって来たのは、三河の出の商人・茶屋四郎次郎清延《ちゃやしろうじろうきよのぶ》だった。

「茶屋四郎次郎にございます！　京の都で殿にお会いする日が来ようとは、誠に幸甚！」

ぱーんと拍手《かしわで》を打つような明るく張った声で、これまで会った京都の要人たちとは打って変わって腰の低い、人懐っこい笑顔の人物である。だが左衛門尉が言うには、「三河にいた頃は、もう役立たずの腰抜け侍」だったとか。

「いっそ槍を捨て商いでもやれと言ったら、本当に茶屋をはじめまして」

「都に来て、ずいぶん羽振りがいいそうじゃな」

左衛門尉の言葉を受けて、数正は四郎次郎を頭の先から爪先まで舐《な》めるように見た。

「おかげさまで、今は呉服やらなにやら手広くやらせていただいてまして。ご入用のものあらば何なりとお申し付けくだされ」

四郎次郎は深く頭を下げると、ふと声を潜め「鉄砲でも、玉薬《たまぐすり》でも、この茶屋四郎次郎にご用意できぬものはございませぬ」と付け加えた。弓なりに笑った瞳は暗闇で光る三日月のように鋭利である。

「殿、頼もしき金蔵《かねぐら》となりそうですな」と数正が含み笑いをすると、家康は「ああ。では、さっそくじゃがひとつ所望しよう」と「コンフェイト」を求めた。「四人分ほど頼む」と、銭をいくらか四郎次郎に渡すと、四郎次郎は眉根を寄せ、心許ない声になった。

「……コンフェイトは、これでは買えませぬ」

「ただの菓子じゃろ？」と眉をぴくりと動かす左衛門尉に四郎次郎は言った。

「ただの菓子ではございませぬ。南蛮人がわずかに持っているだけで……こんな小さな一粒を買うのに山城一つとも二つとも」

意外な事実に家康は目を丸くした。

「買って帰ると約束してしまったぞ……」

「織田信長様は確かに持っておられますが、残っているかどうか」

四郎次郎の返答に左衛門尉が「信長殿に聞いてみますか?」と言うが、家康は強く首を振った。

「たあけ、信長からもらったものを信長の娘にやれるか! わしはますますあの娘に舐められるぞ!」

「ともかく、者どもに都中を探させてみましょう」

数正が言うと四郎次郎は使命感に燃えたようにぐっと顔を上げ「いいえ、この茶屋四郎次郎、この日のために商いに励んできたものと心得、何とか手に入れてみせまする!」と胸を張った。

「それに、今はあまりご家臣を市中に出歩かせないほうがよろしいかと」

四郎次郎によれば信長が京都に来て以来、都はすっかり変わったと言うのだ。

「乱暴狼藉《らんぼうろうぜき》はもちろん、ささいな揉め事も厳しく罰せられます。都の風紀を乱す所業は一切許されません」

そう聞いて左衛門尉は「万が一、家中の者が揉め事でも起こそうものなら……」と都見物にいそいそと出かけて行った彦右衛門たちの身を案じ、窓の外に目をやった。

「……起こさんだろ」と気楽に構えた家康だったが、数正と左衛門尉の固い表情を見て、

「また腹が痛くなってきた……」と下腹をそっとなでた。

その頃、彦右衛門と七之助は、数名の兵を引き連れて、賑やかな通りをぶらぶらと遊山《ゆさん》していた。

三条界隈の大路は町人や商人、芸能者など様々な者が歩いている。花売り男、振り売り、巡礼者、頭に薪をのせた大原女、僧、傾《かぶ》いた若者たち、鮎売る桂女《かつらめ》、猟師、子供たち……。なかでもひときわ目を引いたのは――。

「な、南蛮人じゃ……！」

七之助は声を上ずらせた。背が高く、はじめて見るひだ襟をつけた装束は七之助たちには奇異に映り、その姿をつい目で追ってしまう。だが、南蛮人とすれ違いざま、歩いて来た艶《あで》やかな小袖をまとい被衣《かつぎ》や市女笠《いちめがさ》をかぶった女たちにすぐ視線は移った。

「京のおなごとは、皆美しいんじゃな」と彦右衛門が鼻の下を伸ばし、ごくりと唾を飲むと、

「京のおなご、いってみんか！」と言いだした。

「いやいやいやいや！」七之助が即座に否定する。

「京のおなごと仲良くなれることなんて、もう二度とねえかもしれん！　いや、もうねえわ！　ええんか？」

七之助の言うことを意にも介さず、彦右衛門は花売りからもとめた桜の枝を手に、「行こまい！」と京女のもとへ向かおうとする。だが、彦右衛門たちよりも早く、女の前に立ちはだかった者たちがいた。路上で警備をしていた二人の兵が、手にした棒で女の笠をはね上げ、顔を覗いてからかった。

「おい、京のおなご衆は美しいのお」と一人の兵が言えば、

「肌も白《しれ》えし、ええ匂いだがや」と女の裾をつまむ。

「なんどす！」

女が叫ぶと、ほかの女たちも「何しはるんどす！」「やめとぉくれやす！」と抗議する。しかし兵たちは、

「わしらぁと酒でも飲まい」としつこく誘う。

たちまち女たちは小走りで逃げて行った。

「お、おい！　あれを見ろ！」

七之助が強張《こわば》った声を出した。女たちの逃げた方角から武装した武士の一団がやって来る。

「……の、信長だ」みるみる彦右衛門も硬直し、声を落とした。

一団の先頭には南蛮渡来の黒い天鵞絨《ビロード》で作ったマントをなびかせた信長が馬に乗っている。市中の見回りをしているのだ。彦右衛門たちは道の脇に寄り、顔を見られないように傘を目深にかぶり、息を潜めた。信長が家臣に目配せをすると、家臣が京女をからかった二人の警備兵の首をまるで柿でももぐように至極あっさり斬り落とした。

落ちた首に見向きもせず平然と進む信長。青ざめた顔で見送る彦右衛門と七之助の前を一団は通り過ぎて行った。

「……危ねえところだったでねえか」

七之助が彦右衛門を小突いたとき、信長が馬を止め、ぎろりと彦右衛門たちの方を見やった。

「こ、こっちに来る？」と慌てて目を逸らす七之助。

「たまたまじゃ、わしらの顔など憶えているもんか、知らん顔せい！」と彦右衛門は小声で言い、壁の方を向くようにと、あごを小さく動かした。しばらく漆喰の壁を見つめ、「……行ったか？

……行ったか？」と彦右衛門がおそるおそる振り返った途端、ひっと声にならない声が漏れた。

信長の彫りの深い眼窩《がんか》から爛々《らんらん》と光る瞳《ひとみ》が彦右衛門たちを射抜くように見ていた。まるで蛇に睨まれた蛙のように身を小さくしていると、信長はからりと言った。

「ほったらかしておってすまぬ。近々宴席を設ける。おぬしらの主《あるじ》にそう伝えよ」

「はい」と頭のてっぺんから声を出して彦右衛門が返事をする。信長は風のようにマントを翻すと、馬にひらりと飛び乗って、青ざめて硬直するふたりの前を悠々と去って行った。

彦右衛門たちが肝を冷やしていた頃、平八郎と小平太は、大路から少し入った細く人けのない路地で立ち往生していた。平八郎が人に酔って気分を悪くしたため、大路から外れたところで休んでいたのだ。うつむいて立ち止まる平八郎の背中を小平太はさすりながら、「皆、先に行っちゃいましたよ」と不安を漏らす。

「……俺はもう少しここで休む」

「皆とはぐれちゃいますよ」

「人が多すぎて、気分が悪い……」

「戦場ではもっと大勢を相手にしてるでしょう」

「おなごの香の匂いでくらくらする！」

「本多平八郎の弱みは都だったとは……。行きましょう」

小平太は拍子抜けしたように笑いながら、平八郎の背中を押して大路に戻ろうとした。狭い路地に平八郎と小平太の影が長く伸びた。ところが、西の地平に大きな太陽が落ちても、ふたりは彦右衛門たちと合流することができずにいた。通り抜けようとして進んだ道が行き止まりで、引き返した際、また違う路地に入り込んでしまうのだ。陽も落ちて方角がわからない。

「ここは、さっきの路地ではないのか？」と平八郎は息も絶え絶えに言った。

「そのようですね……」

「迷子になったんじゃないのか！」

「どの通りも同じに見えるもので」

「だから俺は都になど来たくなかったんじゃ」

小平太は平八郎の額を触り、「わ……すごい熱。宿に帰りましょう」と慌てた。

「その宿がどこだかわからんのだろう！」と怒鳴る平八郎の声はかれていた。

そのとき、どこかの家中の武士の一団とすれ違った。なかのひとりは酔っているようで、平八郎たちに乱暴にぶつかった。「邪魔だ、田舎侍が」と笑いながら行くものだから、短気な平八郎のこめかみがぴくりと動き、「……おい、何と申した」と息まいた。


家康の宿舎には彦右衛門と七之助が戻って来ていた。

「有無を言わさず、首をスパッと」

「市中の不届き者の首を刎《は》ねて回っているようで……」

七之助と彦右衛門は先程見かけた信長の所業を興奮気味に報告する。

「このおなご好きのせいで！」と七之助にはたかれて、

「いっぺんに縮こまりました……」と彦右衛門は肩をすぼめた。

「もう宿から出るなと皆に伝えよ」と家康は肝が冷えるような面持ちで注意したとき、

「手遅れのようでござる」

数正が、平八郎と小平太の首根っこを摑むようにしてやって来た。

「こやつらが、他家の武士と喧嘩をしたそうで」

平八郎たちは、路地裏でぶつかった武士たちとやりあったのだ。平八郎が「三河、徳川家康様が家臣、本多……」と名乗ろうとすると、けんもほろろに「田舎侍ではないか！」と馬鹿にされ、ひと悶着《もんちゃく》起こしてしまった。その相手の侍が浅井備前守長政《あざいびぜんのかみながまさ》の家臣と知って、家康が顔色を変えるのと同時に左衛門尉が雷を落とした。

「このあほたあけ！　浅井長政殿は、信長殿が一番かわいがっている大名じゃぞ！　妹のお市様を嫁がせたくらいじゃ！」

数正も目を伏せ、困ったように首を横に振った。

「おぬしともあろう者が、馬鹿にされたくらいで喧嘩とは何事か！」

「奴らは、殿のことを馬鹿にしたんじゃ」と平八郎は不服そうに言い返す。

「それに俺は手を出しておりませぬ。足が少し出ただけで」

「同じことじゃ！」と彦右衛門。

「私は足も出しておりませぬ！　ただ見てただけで」と小平太が自己保身するので、

「もっと悪いわ！　止めんか！」とさらに叱りつけた。

「ともかく、これは大いにまずい……信長殿に知られたらおしまいじゃ」

「知られる前に、浅井家に赴いて話をつけるしか……」

左衛門尉と家康が青い顔を見合わせていると、小姓が来て、七之助に耳打ちした。

「殿……信長殿がお呼びだそうで……」

七之助は言いにくそうに、小姓の報告を伝えた。

ずしりと重い岩が頭に乗った気分で、家康は、信長が京都での屋敷のようにしている大きな寺へと向かった。家康が少し首を垂れ、恐懼《きょうく》して正座している目の前では、信長が、脇息《きょうそく》にもたれ、繊細な陶器のように美しい顔をした小姓に爪を磨かせている。その両脇に藤吉郎と光秀が控え、左右から家康を責めるように言った。

「なぜ呼ばれたか、おわかりでござーましょう、徳川様」

「新たな将軍が天下を鎮める……それを示すために皆様にはお集まりいただいた」

「そこで血なまぐせー諍《いさか》いを起こしたとなりゃあ、こりゃー我が殿のみならず将軍様のお顔にも泥を塗る所業だでのお」

信長の目は先程から部屋の片隅に飾ってある南蛮のものらしき陶磁器を見ている。不意にそこへ行き、表面を人差し指でなでると、指の腹に付着した埃を、控えている小姓たちにこれ見よがしに見せた。小姓たちは陶磁器を慌てて磨き、あわせて信長の指も丁寧に拭った。

怖くなった家康は「も、申し訳ございませぬ……！」と床に額をすりつけるように平伏《へいふく》した。

光秀は穏やかながら、厳しさをたたえた調子で訊ねた。

「事の次第によっては、科人《とがにん》の首を献上していただくことになろうかと。そのご家臣の名は？」

口ごもる家康に「名《め》は」と続ける。家康がなおも黙っていると、小姓が藤吉郎に耳打ちした。

「浅井備前守長政様、参られました」

信長は許可の意思表示として小さくうなずく。「お通しせえ」と藤吉郎が声をあげると浅井長政がゆっくりと入って来た。堂々とした風格の、実直そうな男である。

「兄上、お呼びでございましょうか」

長政が座礼するが、信長は素知らぬ顔で小姓に手伝わせながら着替えをしている。代わりに藤吉郎が「こちら三河の徳川様で」と家康を紹介した。

「……徳川三河守家康でございます」

「浅井備前守長政でござる。こたびは我が家臣が世話になったそうで」

家康がどう返すべきか考えあぐねていると、長政が続けた。

「武勇の誉れ高き本多殿に、戦場での戦い方を御指南いただき、まことにためになったと感服しておりました。御礼申し上げまする」

「戦い方の指南？」と光秀が小首をかしげた。

「喧嘩ではにゃあきゃ？」と藤吉郎。

「喧嘩？　滅相《めっそう》もない。のう徳川殿」

「は……」家康は戸惑った。

「浅井様のご家臣は大怪我をされたと聞き及びますが」

「よくあるかすり傷でござる」

「まことかな？」

光秀は探りを入れたが、信長は「それならそれでよい」と深追いをしなかった。

信長に目配せされた藤吉郎は「酒を持ちゃーせ！」と声をあげると、「明智殿、わしらぁはこれにて」と光秀を促して足早に退出した。藤吉郎たちと入れ違いに酒が運ばれて来た。信長に勧められ、まず長政が酒の注がれた盃を口にした。それを横目に家康も盃を口に運ぶ。信長は黙々と酒を何杯も飲むが、にこりともしない。

盃に注がれた酒の表面が微妙に揺れて零《こぼ》れ落ちそうになる。ぎりぎりに留まっているこの酒が微動だにできない自分のようだと家康はまた下腹がしぶりだすのを感じた。この腹に酒を流し込んだら保ちそうにないという不安を抱きながら、信長の機嫌を気にして、ちびりちびりと喉に注ぎ入れる。長政はこの状況に気づいているのかいないのか、平然としているように家康には見えた。

不意に信長が盃を置き、空いた右手をぐっと大きく動かした。傍らに飾ってあった人の頭よりもやや大きな、細かい模様の入った球体を取り、左手も添えて、真正面に抱えた。

「こんな形をしておるそうじゃ……この世は」

それは、当時の世界地図が描かれた地球儀であった。

「ここにぽつんとある小さな島が、日ノ本《ひのもと》じゃと」

信長が人差し指で示したタツノオトシゴのような形状の島は、指の腹で隠れてしまいそうに小さかった。

「どう思う?」と信長は家康に訊ねた。

「ははは、この世がそんな形ならば、我ら皆、下に滑り落ちまする」と家康は笑い飛ばした。だが、信長も長政も笑ってない。慌てて家康は笑いを止めた。信長は次に長政に「どう思う?」と訊ねた。

「南蛮人は、我らより実に多くのことを知っております。そんな小さな島の中で諍《いさか》いをしていては、日ノ本そのものが南蛮人に取られるかもしれませぬ」

思慮深い長政の回答に、信長は「うむ」とうなずいた。

「天子様のもと我ら武家が世を治める。その武家を束ねるのが、将軍様。それがこの日ノ本のあるべきすがた……ありすがたじゃ」

「ありすがた……」家康がくり返す。

「この乱れた世を、ありすがたに戻す」

そう言った信長の表情は、いつもの傾《かぶ》いた様子ではなく、瞳は理知的な光を放っていた。

「将軍足利義昭公は、立派なお方じゃ。俺は、将軍様の手足となってそれを為す……それこそが俺の天命だと信じる」

信長は家康と長政を交互に見つめた。

「我がふたりの弟よ、力を貸せ」

「かしこまりました」「は……！」長政と家康は間髪をいれずに伏して誓った。

家康と長政は肩を並べて屋敷から出た。空には月が昇っている。

「長政殿……我が家臣の件、助かりました」

「なんの、我が家臣のほうこそご無礼を。……それに穏便に済ませてほしいと、我が妻にも頼まれましてな」

家康はどきりとなった。妻とはお市のことである。

「京見物に連れて来てやっておるのです」と長政は言い、「わがままに手を焼いております」と笑った。市が同じ京都にいると知って、家康の心は揺れた。その気持ちを知ってか知らずか、長政は家康を見つめた。

「私は、三河の国を守り抜いてこられた徳川殿のご苦労を思い、我が身の糧《かて》として参りました」

「お恥ずかしい」家康の声は消え入りそうだ。

「一度でいいから、腹を割って心ゆくまで語り合ってみとうござった」長政は続けた。

「いずれそのような折もございましょう」

家康が平常心を装って答えると、長政は寂しげに微笑み、家康とは別の道へと去って行った。長政の帰る道を照らす月に雲がかかり霞んだ。長政の笑顔に引っ掛かりを抱きつつ、家康は宿舎に戻った。

数日の後、鴨川の土手の桜が満開となった頃、いよいよ家康が将軍に謁見する日がやって来た。彦右衛門と七之助に手伝ってもらって、あつらえたばかりの大紋に着替え、烏帽子をかぶる。七之助が「ご立派でございます！」と褒め讃えた。彦右衛門も「我らの殿が、ついに将軍様とお会いなさる……なんと晴れがましい日じゃ！」と感動にむせび泣いている。相変わらず涙もろいなと思いながら、家康も悪い気はしない。

「殿、四郎次郎殿がやりましたぞ」

そこに左衛門尉が茶屋四郎次郎を連れてやって来た。ふたりとも満足そうな笑みを浮かべている。四郎次郎は、家康の前へ颯爽《さっそう》と進み出て跪《ひざまず》くと、懐から小さな巾着を取り出した。受け取った家康は、軽い巾着の紐を緩めた。中身をそっと手のひらに出して見る。すると、霰《あられ》を固めたような真っ白い粒が八個ほど転がり出てきた。

「これは……」家康は四郎次郎を見つめた。

「御所望のコンフェイトにございます！　南蛮商人のつてを使い、格安で手に入れましてござります！」

「こんなにたくさん……！　ようやってくれた！」

「この茶屋四郎次郎にご用意できぬものはございませぬ！」

「五徳姫様もお方様もお喜びになることでしょう」と微笑む左衛門尉に、

「ああ、なくさんようにせんとな」と家康はコンフェイトをそっと巾着に戻し、懐にしまった。機を見計らったように、廊下で数正の低い声がした。

「殿……御客人でございます」

数正が連れてきた人物の姿に家康は息を呑んだ。

艶やかな被衣を羽織った女性――それは懐かしき市であった。

背後にはややふっくらした若い下女が女児を抱いてかしずいている。家康はすぐに悟った。まだ二歳足らずと思われるその女児は、長政と市の娘であろう。

家康は市とふたり庭に出た。寺の庭には一本桜が満開の花を咲かせていた。かすかな春風に小さな花びらがちらちらと舞い、夢の世界にいるようである。姿は見えないが、うぐいすの声が枝から枝へと移ろうように聞こえてきた。女児を抱いた下女が、少しだけ距離をとってついて来る。

花びらと囀《さえず》りを追うように小さな手を動かす幼子《おさなご》に家康は近づき、抱きかかえた。

「わが娘、茶々と申します」

「茶々姫……お市様によう似ておいでじゃ」

「この子の世話ばかりで息が詰まると我が殿に申し上げたら、一緒に上洛することをお許しくださって。明日、ここを発つので、今日はどこへでも好きなところへ行って参れと」

「なんとおやさしい方じゃ、浅井殿は」

「はい、たいそう」

「……お幸せそうですね、お市様」

「はい……幸せでございます」

「よかった……まことによかった……」

すっかり落ち着いた風情の市であったが、目元の涼やかさには昔の名残があった。

満開の桜を見上げながら、「そうじゃ」と家康は懐から巾着を取り出し、中から真白い金平糖を二粒出して市に差し出した。

「ひとつ、どうぞ」

「コンフェイト？　いけませせぬ、こんな高価なもの」

「我が妻と子の分は充分あります。茶々姫の分と二粒くらい、どうぞ」

「茶々は喉に詰まらせてしまいましょう。では、一粒だけ」

市は金平糖を細い指先で一粒つまみ、愛でるように見つめていたかと思うと、さっと振り返り、後ろに控える下女のふっくらとした桃色の唇に、小鳥に餌をやるようにちゅんと押し入れた。目を丸くし、口の中に入ったものをどうしようかと戸惑っている下女に、

「甘かろう？　いつもよう働いてくれている褒美《ほうび》じゃ、遠慮なくお食べ、阿月《あづき》」と笑いかけた。

「阿月と申すか、かわいい名じゃ」

阿月と呼ばれた下女のとろけるような表情は、金平糖がいかに甘く美味であるかを物語るようで、家康は食べずとも、それだけで満足した。

三人が笑い合っているところへ、光秀が家康を迎えに現れた。

「では、私はこれにて。お会いできてうれしゅうございました」

去ってゆく市たちを名残惜しそうに家康が見送っていると、いつの間にか数正と左衛門尉がそばに来ていた。

「信長殿についてきてよかったのかもしれんな。このまま戦《いくさ》のない安寧な世がくるような気がする」

家康は満たされた気分で、桜の花をいま一度眺めながら呟いた。

左衛門尉は「そう願うばかりですな」と、ともに桜を見上げた。数正は余韻を遮るように、肩にこぼれた花びらをはらうと恭《うやうや》しく言った。

「参りましょう、我らの将軍様にお会いしに」

家康は残りの金平糖の入った巾着をきゅっと絞ると懐にしまい、少し背筋を伸ばした。

京都の中心に位置する二条御所の主殿にはずらりと将軍の側近たちが座っていた。左衛門尉と数正は外で待機し、家康だけが広間に入り座って待つ。

やがて折烏帽子に直垂《ひたたれ》姿の将軍・足利義昭が現れた。これが将軍様――と家康はときめいたが、ふとその足取りに違和感を覚えた。千鳥足なのだ。ふらつきながら光秀の手を借りて何とか上座に座ると「あー……面《おもて》をあげよ」と言う。その声はろれつが回っていない。

はじめて見る将軍の顔。公家特有のおしろいを塗っているが、その白い顔からもわかるほど顔が赤らんでいる。かすかに酒のにおいがする。二日酔いで体調が悪そうな声で、

「名を申せ」と家康に語りかけた。

「従五位下三河守、徳川家康にございまする。このたびはご尊顔を拝し奉り、恐悦至極に存じまする」

「うー……征夷大将軍、足利義昭である……」と言うとゲップをし、「あー松平よ、よう参った……余に……忠義を尽くせ」と言う。威光も何もあったものではないが、家康は神妙な顔で、「承知つかまつりました」と頭を下げた。

「これより国々との諍いあるときは、幕府に申し立て……勝手な戦ごとは……禁じ……」

話しながらうとうとしはじめた義昭だったが、しばらくして自分のいびきで目を覚ました。

「んーあー……松平よ」

「お、恐れながら……徳川にございます」と訂正しても「松平よ」と呼ぶものだから、たまらず数正が「恐れながら申し上げます。三河守は、改姓いたしまして、今は徳川家康にございます」と申し述べる。が、義昭は不機嫌そうに「知らん。余は認めた覚えはない……三河守とやらに推挙してやった覚えもない」と突っぱねた。

左衛門尉がやんわりと「その折は、将軍様がご不在の時期でございましたゆえ、近衛前久《このえさきひさ》様を介し……」と言うも、「知らんわ！ 余はあずかり知らん！」とますます機嫌が悪くなり「官位を金で買った田舎もんが」と吐き捨てた。

数正と左衛門尉は黙って伏しているが内心忸怩《じくじ》たる思いである。家康も当然のごとく……。

義昭はふいに家康に向かって右の手のひらを開いて乱暴に差し出した。

「松平よ、貢《みつぎ》は？ ……余への献上の品は？」

「は！ ただいま！」と家康の声を合図に左衛門尉が「よく肥えた駿馬を五頭ばかり献上いたします！」と張り切って「馬を持て」と命じた。

「馬ぁ？ よい、よい、馬なんぞここへ連れて来るな、けもの臭くなるわ！ 松平、違うじゃろ」

「違うとは……？」と家康が首をかしげると、

「もったいぶらんでよい、早う、ほれ、その懐にあるんじゃろ」

懐――。家康はふと思い当たって光秀を見た。お市に金平糖を手渡したところを見ていたに違いない。それを義昭に告げたのだろう。光秀は家康の視線に気づかないふりをした。やむなく懐から巾着を出すと、義昭は「おお、それか！　近うよれ、早う」と手招きする。家康は観念すると義昭の前へずいっと進み出て、金平糖の入った巾着を献上した。義昭はさっと奪い取るようにして手のひらに金平糖を全部出すと何のためらいもなく口を大きく開けて中に放り込んだ。

ガリガリ、ポリポリ、歯で金平糖を噛み砕く硬質の音が家康の耳にむなしく響いた。

音が鳴りやむと、義昭は満足そうににちゃあと笑い、

「なかなか結構じゃ。松平、もうよいぞ、余は寝る」と光秀の手を借りて立ち上がった。

「信長の言うことをよく聞いてな、幕府のために尽くせよ」と家康に声をかけると義昭は再び千鳥足で光秀に支えられながら去って行った。

がくりと肩を落とし、重い足取りで家康が宿に戻ったのは夕方を過ぎた頃である。カアカアと烏《からす》の鳴く声を聞きながら、「どういうことなんじゃ……」と家康は、疲れたように胡座をかいた。みやげ話を待っていた平八郎、小平太、彦右衛門、七之助たちに数正は、

「あれが将軍様だとは、信じられん……いや、信じとうない」と苛立ちを伝えた。

「信長殿は、ご立派なお方と言っていたのでしょう？」

小平太に訊ねられた左衛門尉も「どう見てもご立派とは……信長殿は、どういうおつもりなのか……」としきりに首をかしげた。

都嫌いの平八郎は「ともあれ、これで用は済みました。三河へ帰りましょう。都はもうたくさんじゃ」と元気を取り戻している。つられて彦右衛門も「ああ、飯《めし》も味付けがうすくて食った気がせん、三河の味噌が恋しいわい」と言いだし、七之助も「やはり三河が一番だわ！」と同調した。

家康とて帰るのに異論はない。が、「何て言おう……」とみぞおちあたりがきりきりする。瀬名たちに約束したみやげの金平糖を義昭に献上してしまったからだ。手ぶらで帰ったら面目が立たない。

家康は都を去る前に信長の宿所へ挨拶に向かった。広間には信長のほかに藤吉郎と光秀がいて、酒を飲んでいる。

「こたびは実によい思い出となりました。三河に帰ったら皆に話してやります」

そう挨拶する家康に信長は、

「家康よ、三河にはまだ帰れんぞ」とにやりとした。

「明後日には、出陣でごぜーます」と藤吉郎も目を光らせてにやにやしている。

「出陣？」と聞き返しながら、この雰囲気は鷹狩のときのようだと、家康はいやな予感を覚えた。

「戦でごぜーます。無論、徳川殿も」

「どちらと戦を……？」

「まずは若狭《わかさ》（福井県西南部）。そしてその背後にいる越前《えちぜん》（福井県北部）、朝倉義景《あさくらよしかげ》」

光秀はいつものごとく淡々と事務的に言った。

「越前、朝倉？　……大国の大名では……なにゆえ……」

「将軍に従わず上洛を拒みました。幕府への反逆と見なし、征伐いたします」

「我が手勢は五百ばかりでございますゆえ……いちど三河に帰り、軍勢を……」

「それには及ばんがや。わしらぁ織田勢と、明智殿らが率いる将軍様の手勢、そして、浅井長政様もお国から軍勢を率いて参《めぇ》られる。全部合わせりゃあ、わしらぁ幕府方、四万を超える大軍勢だわ！」

「北国《ほっこく》見物よ」

くくくと、喉を鳴らすような信長の笑い声に、家康は総毛立った。

「俺と将軍様に従わぬ者は、すべて滅ぼす」

信長は盃を飲み干すとぐっと天井を睨《にら》みつけた。それから地球儀を掲げ持ち、小さな日本を見つめた。

「天下を一統する」

「天下を……一統……？」

「この日本を北から南まで一つにする」

この男、なんたる大胆な野心を語るのか――。家康は息を止め、穴の開くほど信長を見つめた。

一方、一足先に京都を出た長政とお市は、北近江《おうみ》（滋賀県北部）の小谷城《おだにじょう》に戻っていた。小谷城は琵琶湖の北東に位置する小谷山に立つ巨大な山城である。長政の祖父・亮政《すけまさ》が築城し、以来、久政・長政と三代が居城としてきた。遠くには伊吹山が聳《そび》え、眼前には広大な琵琶湖と、湖に浮かぶ竹生島が見える。見晴らしの良い城に市はすっかり慣れ親しんでいた。

市は居室で茶々を寝かしつけながら、長政に礼を言った。

「こたびはまことにありがとうございました。お陰様でたいそう楽しいひと時でございました」

いつもなら穏やかな笑みをたたえ市の話を聞く長政が、この日は様子が違う。

「市よ……よく聞いてくれ」

ただならぬ雰囲気で、長政は市に話しはじめた。徐々に市の口元からも笑みが消えていく。

「今……何と？」

「兄上を……裏切る」

訝《いぶか》しげに眉を寄せ、長政の真意を探るようにする市に、長政は噛んで含めるように伝えた。

「織田信長を討つ」

その声を合図に、居室を多くの兵たちが取り囲んだ。市は覚悟に身を引き締めた。そして安らかに眠る茶々に視線を落とした。

第十四章 金ヶ崎でどうする!

咲き誇った桜が八重桜へと移り変わり、それもまた散りはじめた四月二十日、徳川家康は織田信長とともに京から出陣した。琵琶湖の西岸を北上し越前敦賀《えちぜんつるが》へと向かう。目的は朝倉征伐である。

織田軍と徳川軍の勢いは激しく、首尾よく若狭を攻め、二十五日には敦賀に進軍した。信長は天筒山城《てづつやまじょう》を落とすと、朝倉景恒《かげつね》の守る金ヶ崎城《かねがさきじょう》を攻略した。いよいよ越前の名門・朝倉義景を追いつめる寸前である。その間、四月二十三日に、元号は永禄《えいろく》から元亀《げんき》に変わっていた。時代の風向きが確実に変わりはじめる気配を誰もが肌で感じていた。

信長が本陣を置いた金ヶ崎城は敦賀湾を間近に見下ろしている。家康は同じく海岸に面した大きな寺・妙顕寺《みょうけんじ》に本陣を敷いた。

激しい海風を受けて同じ方向にかしいだ松が並ぶ敦賀湾の浜辺の様子は、家康が慣れ親しんだ駿河《するが》の浜辺でも見かけるものとはいえ、入り組んだ海岸線にはどこか険しさがあった。

陽光を受けて光る真っ白な浜辺を鳥居彦右衛門、平岩七之助、渡辺守綱が全力疾走していく。戦《いくさ》の高揚と、戦況が好調なことで開放的になっているのだ。

「本当なんじゃ!　こーんなにでかいんじゃ!」と守綱は長い腕をいっぱいに広げた。

「また大げさなことを」と七之助は薄目で見るが、

「本当じゃ！　手足を入れたら、こーんなじゃ！」と守綱はさらに手を広げた。

「そんなにでかいのがおるわけなかろうが！」と彦右衛門もてんで相手にしない。

　大騒ぎをしながら三人がたどりついた浜辺の真ん中では、地元の漁師たちが鍋で大きな越前蟹を茹《ゆ》でている。湯の中で兜のように巨大でゴツゴツとした蟹が真っ赤になっていた。

「な！　な！　食ってみますか？」と守綱は小鼻を膨らませ自慢げだ。

「やめとけ、うまいわけないて、気味の悪い」と彦右衛門、

「こっちが食われそうだわ！」と七之助も言い、ふたりして後ずさる。

　ところがいざ漁師に混じって越前蟹を食べると「うめええ！」と感嘆の声が漏れた。

「こんなうめえ蟹ははじめてだわ！」と七之助、

「ええところじゃのう、ここは！　ここはどこじゃったか」と彦右衛門は冗談めかして浜辺を見回した。松林の向こうには青空を背景に切り立った金ヶ崎と信長が駐留する金ヶ崎城が見える。

　その夜、金ヶ崎城の月見御殿では宴会が開かれた。決戦を前に英気を養いつつ、友軍・浅井長政《あざいながまさ》の合流を待つためだ。家康と酒井左衛門尉も呼ばれて参加した。明智光秀《あけちみつひで》、柴田勝家《しばたかついえ》ら家臣たちは床にどっかと座り込み越前蟹をむさぼっている。信長も珍しく機嫌がよさそうで、酔いに身を任せていた。酒を飲み興の乗った左衛門尉が立ち上がり、扇子を左右に持ち、えびすくいの振りを蟹に置き換えて披露しはじめると、木下藤吉郎秀吉も加わった。藤吉郎は独自の振り付けで踊り、左衛門尉と藤吉郎のてんでんばらばらな踊りの滑稽さに、皆は、あはは、と体をゆするほど笑った。

　さんざめく宴会の様子を、家康は酒を片手に微笑みながら見ていた。その姿は一見すると余裕があるようだが、内心は一抹の不安が拭えない。ふと盃を持つ手がぴくりと震えた。そこへ藤吉郎が

踊りながら近づいてきて腕をとった。家康は拒んだが、強引に踊りに巻き込まれた。踊りながらも家康はどこか心ここにあらずだった。

翌朝、陣羽織《じんばおり》を羽織った家康はお堂の外に出て、二日酔いをさますように海からの風に当たっていた。傍らには「厭離穢土《おんりえど》 欣求浄土《ごんぐじょうど》」の旗が強い海風にはためき、大きな音をさせている。そこへ左衛門尉が梅干しと白湯を持って来た。

「飲みすぎた……」

「信長殿も珍しく機嫌がようございますからな」

「余計に怖いわ、気をつけよ」

お堂の中では揉烏帽子《なええぼし》に鉢巻をきりりと巻いた石川数正、本多平八郎、小平太、彦右衛門、七之助ら、いつもの顔ぶれが、おのおの武具や武器の手入れをしている。

「いつになったら三河に帰れるのか。越前なんぞ我らになんの関わりがあろう」

平八郎は不機嫌そうに槍を乱暴に磨いている。

「我らは幕府の軍勢、将軍様のために戦うは誉れぞ」と数正がたしなめると、

「しかし、勝ったところで越前をもらえるわけではないのでしょう。だったら何のために」と小平太は首をかしげ、平八郎に賛同する姿勢を見せた。

「そういう戦ではない。幕府再興、天下静謐《せいひつ》のためじゃ」と数正。

「そんなことのために死ぬのは御免ですな」と平八郎は減らず口を叩き、

「口を慎め平八郎」と今度は彦右衛門が咎《とが》めた。叔父の忠真《ただざね》が体調を崩し戦から外れて久しいなか、平八郎をたしなめるのは彦右衛門の仕事になっている。

「浅井勢が加わればこちらは四万、敵は一万五千といったところじゃろう、死ぬような戦ではない。すぐ帰れるさ」と左衛門尉は楽天的に言った。

「わしはここが気に入ったけどなあ」

「蟹が食えるからじゃろう」

七之助と彦右衛門の暢気なやりとりに、ようやく皆、肩の力を抜いたが、家康だけは海を見つめて物思いにふけっている。心に引っ掛かっている懸案を波のように反芻《はんすう》しているのだ。京で信長が「将軍足利義昭様は、立派なお方じゃ」と言ったことと、謁見した足利義昭将軍の愚昧《ぐまい》な像が家康のなかでひとつにならなかった。それともうひとつ気がかりなことは、信長の呟いた「天下を一統する。この日本を北から南まで一つにする」ということであった。おそらくこの敦賀湾一帯も信長の計画に重要な拠点であろう。港や琵琶湖を支配することになれば海外との繋がりも太くなる。信長の計画が着々と進行していることが家康には脅威だった。

その頃、信長の妹・市は北近江・小谷城《おだにじょう》の居室の窓から城下を不安げに見つめていた。そばでは侍女の阿月が茶々の世話をしている。山の上にあるこの居室からは、一万の軍勢が敦賀に向かって出立してゆく長い行列が見える。市は数日前、夫・長政から神妙な顔で「織田信長を討つ」と秘密を打ち明けられていた。

「なにゆえでございますか？　市がお気に障ることをいたしましたか？」

「そなたのせいではない」

「ではなにゆえ……」

「そなたは我が妻じゃ……浅井家の者じゃ。何も聞かずわしを信じてついてきてほしい」

「なにゆえでございますか！」

何度理由を訊ねても長政は決して理由を語ることはなかった。

市は進軍してゆく長政率いる軍勢を窓越しに見送ると、阿月に目で合図した。阿月は立ち上がり、居室の外で見張っている兵たちの様子を慎重に確認してから、小さくうなずいた。市はそっと床の間に近づくと、花瓶をどかせ床板の一部を外した。小さく折りたたんだ紙片を開いた口から床下に落とす。その下に控えていた黒装束の忍者が受け取って、どこへともなく去って行った。


甲冑の上に陣羽織を着けた家康は、妙顕寺を出ると金ヶ崎城に向かった。月見御殿には信長と藤吉郎、光秀、勝家らがすでに鎧を身に着け兜を手にして揃っていた。信長に促され、家康は窓の外を見た。

「どこでござるか？」

「あれじゃ、よーく見ろ、見えるだろう」

「あー、あのうっすらと！」

「そうじゃ、あれじゃ」

「あれが唐《から》でござるか！　案外近いんですなあ！」

「明国《みんこく》の都も見えよう」

信長に言われ懸命に目をこらしていると、信長がくすくす笑いだした。藤吉郎、光秀、勝家も信長の笑いが伝播するように笑いだす。

「たあけ！　あれは越前の岬じゃ、見えるわけなかろうが」

「そりゃそうでござった！　こりゃお恥ずかしい！」

信長の悪ふざけに、あはははは、と笑いながら、家康は横を向いてぼそっと「ざけんな」と小声で悪態をついた。ことあるごとに道化扱いされることが悔しかった。すかさず光秀が話題を変える。

「しかし、この海の向こうには確かに明国があり、さらにその向こうにはポルトゲエル、イスパーニア……南蛮の国々が。かの国々と大いに商いをし、富を得る」

「徳川様、これからの世は銭だでよー。銭持っとるもんが強えんだわ！　この港も手に入れりゃあ、ますます儲かるでよ！」と藤吉郎が大きな欲望に身を震わせた。

だからこそ、この地が必要なのだ。信長たちは円になって床に座った。

「長政が来るぞ」と信長は家康の顔をじっと見た。

「浅井様は、一万の兵を率いてご出立された。明日の朝、ご着陣なさる。時を置かず一乗谷《いちじょうだに》へ総がかりで攻め入る。徳川様もしかとご用意を」と勝家に言われ、家康は「は」と声に力を込めた。

「よいか一同、ただ勝つのでは足らんぞ。これは将軍家の御威光を天下に知らしめる戦。世の人々が震え上がるほどに勝つんじゃ」

信長が一同に発破をかけたところに兵が来て、藤吉郎に耳打ちして去って行った。

「朝倉義景めが一乗谷を出たと」と藤吉郎の報告を聞いた勝家は、

「何？　逃げおったか」と濃い髭に覆われた口元を歪《ゆが》めた。

「いいや、そうではござーません、本軍一万五千を率い、こちらに向かっとると」

「籠城《ろうじょう》せず打って出るとは……一体何を考えておる？」

「どう見る？」と信長に訊ねられ家康が言いあぐねていると、信長はすぐ視線を光秀に向けた。

「私は朝倉義景のもとにおりましたゆえ、かの御仁をよく知っております。まことにもって戦下手。出るべき時に退き、退くべき時に出るといった具合。これでは先はないと見切りをつけ、将軍様のもとへ走った次第。こたびも実に義景らしい血迷いぶりと存じまする」

光秀の冷静な回答に信長は満足そうな顔をした。

「飛んで火にいるとはこのこと！　向こうから死にに来てくれるとは手間が省けてええわ！」と藤吉郎が鎧の音を激しくさせて立ち上がった。

「徳川様、出陣は早まるやもしれぬ、お備えくだされ」

勝家に促され「うむ」と応じた家康はそのまま出ようとしたが、どうにも心に引っ掛かるものがあり立ち止まった。だが、「どうかしたか」と信長に聞かれると「いいえ」と一礼して出た。心に渦巻く不安をうまく言葉にすることができないのだ。

浅井軍は三《み》つ盛亀甲花菱紋《もりきっこうはなびしもん》の旗をなびかせて、刻一刻と北国街道を進軍し、信長の背後を突くべく敦賀に向かっていた。
小谷城の市の居室では、阿月が茶々を昼寝させている。市は何か考えるように縫い物をする手を止めた。「お方様」と居室の外から囁き声がした。いやな予感を覚えた市は目配せをして、阿月に襖を開けさせた。おそるおそる開けた廊下で目にしたものに、市と阿月の表情は絶望の色を帯びた。市の放った忍者が捕縛されていた。縄をもった浅井家の家臣は忍者から取り上げた紙片を市に差し出した。そこには、
おひき候へ　市

とあった。市が書き忍者に託したものである。家臣はそれを無情に破ると深々と礼をし、襖を閉めた。市の信長への密告は失敗に終わったのだ。市は寝ている茶々を見つめながら、「男なら腹を切らねばな」とぼそりと言った。

「織田と浅井を結び付けておくのが私の役目であったのに。家康殿も巻き込まれるであろう。あの方は幼い頃、私を助けてくれたんじゃ。次は、私が助けて差し上げねばならんと思っておったのに……」

娘の頃ならすぐに駆けだして兄たちのもとに向かったであろう。だがいまや打ち掛けが重くて動作もままならない。市は己の非力さに唇を噛んだ。

「お方様」

「何じゃ、阿月」

「阿月が……参りましょうか。金ヶ崎へ知らせに」

「どうやって？」

「走って」

何を言いだすのかと、市は思わず笑ったが、阿月はまばたきもせず市を見ている。

「私なら、怪しまれずにここを抜け出せます」

「ここから金ヶ崎までは十里（約四十キロメートル）を超えるぞ」

「あのあたりは私の故郷、道はよく存じております！」

「殿の軍勢はとっくに出立され……」

「途中幾度か休息されるはず。追い抜きます」

「そうか、そうか、その気持ちで充分じゃ」

市は阿月の言葉を本気にせず微笑みながら流すと、茶々に添い寝をした。緊張していた疲れがどっと出て、うつらうつらするうち意識が遠のいていく。阿月が眉間《みけん》に力を入れた表情でそっと居室を出て行ったことに市は気がつかなかった。


家康は、妙顕寺の本堂で床に地図を広げて軍評定《いくさひょうじょう》の真っ最中である。家康を中心に左衛門尉、数正、平八郎、小平太、彦右衛門、七之助らが胡座をかいて輪になった。

「つまり、北から朝倉義景勢一万五千が、時を同じくして、西から浅井長政勢一万がこちらに向かっている。……これをどう見るべきかと」と左衛門尉が家康に問う。

「うん、妙な胸騒ぎがしてな……。いや、そんなことはあろうはずがないとは思うが、万が一……」

家康が言うと、平八郎は家康の心配を察して用心深く言った。

「万が一、浅井と朝倉が裏で手を組んでいたら、我らは挟み討ちにあう」

「もしそうなら……我ら三万といえども、一万と一万五千に挟まれれば、ただではすまぬ」

と彦右衛門が危惧すると、

「いや、こんな逃げ場のない岬じゃあ、皆死ぬでしょう」と小平太が続けた。金ヶ崎城は山と海に囲まれ堅い守りを誇るが、その反面、三方を制覇されたら後ろがない欠点も持っていた。

「信長殿はどうお考えなのか」と七之助、

「浅井殿を心底信じておられるじゃろう」と左衛門尉、

「殿は？　殿は、浅井長政という御仁をどう見受けられましたか？」と彦右衛門が訊いた。

家康は京で会った浅井長政の、別れ際の笑顔を思い出していた。

「心に淀みがない、実直な御仁と見受けた。お市様もお幸せそうであった」

「だったら裏切るなんてことはなさらんでしょう」と彦右衛門は安堵した。

「殿のお目は確かじゃ、浅井殿は我らに味方するために向かっておるに違いなし！」

七之助は屈託なく、長政が来る方角を期待を込めて見つめた。

「うん、そうじゃな……わしの考えすぎじゃ。皆、無駄な心配をさせた、忘れてくれ」

一同が納得して立ち上がり、いったん解散しかけたが、珍しく発言せず、目を閉じ考えていた数正が、重そうに口を開いた。

「心に淀みのない実直な御仁……だからこそ裏切る、ということも」

ぎくり、となって家康は足を止めた。

「殿と同じく、私もずっと考えておりました。あの将軍にこの乱世を御せるわけがない……なのになぜ、信長殿はあの方を崇め奉っているのか」

それだ。家康もそれが気になっていた。その答えが知りたい、家康はすがるように数正を見た。

「神輿《みこし》は軽いほうがいいからでは？　おだてておけば、言いなりになるからでは？　浅井殿はすべてを見抜いたのかもしれませぬ」

家康とお市――信長と数奇な、そして深い縁で結ばれたふたりが、かの狼・信長の真意を確かめたくて身を震わせている。

市はうたた寝をしながら、数日前、長政と話したことを夢に見ていた。

「兄は、殿のことをまことの弟のように……」

「だからこそじゃ。だからこそ、わしはあの方の恐ろしさがようわかった」

長政の表情には、これまでにない深刻さが宿っていた。

「市よ……そなたの兄がやろうとしていることは、恐ろしいことじゃ。朝倉を滅ぼせば、越前の国は織田家のものとなるであろう……いや、越前のみにあらず、今後、信長殿に逆らったものは、すべてそうなる。我らとてな」

長政の話に、市は刀の柄《つか》で強く殴られたような衝撃を覚えた。

「将軍様のため、幕府再興、天下静謐……嘘じゃ。あの方のやろうとしていることは……」

兄はほんとうに大それた野望を抱いているのか。眠る市のかすかに開いたまぶたから涙があふれた。時を同じくして、妙顕寺のお堂では数正の低い声が響いていた。

「信長がやろうとしていることは……将軍を操って、天下を我が物にすること」

巨大で真っ赤な夕陽が敦賀湾へとゆっくり落ちていく。金ヶ崎城の月見御殿の出窓に片足を乗せた信長を、黄金色の夕陽が照らしだす。手にしてくるりくるりと回した地球儀にも夕陽が当たり太陽のように光った。まるで黒い神が天体を弄んでいるような情景である。

「織田家による天下の簒奪《さんだつ》！　そして日ノ本すべてを我が物にすること！　浅井長政がそう考えたとすれば……今ここへ向かっておるのは、織田信長を討つためにほかならぬと存じまする」

妙顕寺のお堂で数正は額に汗をしたたらせて懸念を述べる。左衛門尉、平八郎、小平太、彦右衛門、七之助は数正の言葉に危険を感じとって表情を強張らせた。無論、家康もである。家康の脳裏には京での別れ際の長政との会話が鮮やかに蘇ってきた。

「一度でいいから、腹を割って心ゆくまで語り合ってみとうござった」

「いずれそのような折もございましょう」

寂しげに微笑んで去ってゆく長政の背中を、心に引っ掛かりを抱きながら見送ったときのことを思い出し、足元に力を込めた。ぎりぎりと歯ぎしりにも似た床の軋む音が鈍く響いた。


市が目を覚ましたときには日はすっかり落ち、居室は薄暗くなっていた。

「阿月?」

火をつけてもらおうと阿月を呼んだが気配がない。ぶるりと寒気がして、市は打ち掛けを羽織った。その頃、阿月は小谷城を出て高時川《たかときがわ》に沿うように山道を敦賀に向かいひた走っていた。まずは北国街道へと出たい。後ろから浅井家の家臣たちが追って来ていることは察知していた。城の門を出るとき、家臣に「どこへ行く」と呼び止められたのだ。「……お市様のお乳の出が悪いので、もらい乳に」と、あらかじめ用意していた竹筒を見せ、その場はなんとかやり過ごせたものの、不審に思われるのは無理もない。家臣が迫って来る気配を感じながら阿月は懸命に走ったが、気が急くばかりで思うように早く走れない。途中、草履《ぞうり》から草鞋《わらじ》に履き替えた。それでも、その歩幅は極めて小さい。ホウホウと梟《ふくろう》の声がする森のなかを、わずかばかりの火を掲げて走る。そのうちに、家臣たちに追いつかれた。伸びる手をかわし必死に抵抗し、家臣たちともみ合いになった。やみくもに家臣たちの腕を振り払った拍子に足が滑って、阿月は斜面を転がり落ちていった。

阿月が落ちた谷に家臣たちは松明をかざしてのぞいたが、意外と底が深く何も見えない。「小娘が、往生せい」と言って引き返した。

金ヶ崎城の月見御殿に夕餉《ゆうげ》が運ばれてきた。食事係とともに現れた光秀が信長に報告する。

「浅井様、疋田城《ひきだじょう》に入りましてございまする。一夜を明かし、明朝、ご着陣とのこと」

「朝倉は」

「浅水《あそうず》に入った様子」

そこへ藤吉郎も現れた。

「殿、徳川様が、火急にお話ししてぇことがあると」

左衛門尉と数正を左右に従えた家康は、入るなり座礼した。

「申せ」

「浅井様が朝倉と結んでいる場合に備え、一度金ヶ崎より退きましょう」

「何だと？」

「ですから、浅井様が朝倉と結んでいる場合に備え、ここを一度退き、陣を移されては……」

家康の心配を信長は笑い飛ばし、藤吉郎、光秀、勝家も一斉に呆れ顔になった。

「徳川様は、突拍子もねぇことを申されますなぁ！」と藤吉郎が鼻で笑う。

「どこでそのような話をお耳にされたのか知らぬが、浅井様と朝倉はそのような間柄ではござらぬ」

と勝家も小馬鹿にした口調で同調した。

「ごもっとも！　ごもっともでございます！　ただ、あくまで万が一に備えて！　ここ金ヶ崎で挟まれれば逃げ場がございませぬゆえ！」と左衛門尉は家康をかばうように言う。数正も「両軍とももすでに目の前に迫っておりますれば、手遅れになる前に、せめて敦賀まで退き、京に退く備えも……」と続けた。が光秀は冷たく「慎まれよ！」と制した。

「将軍様の軍勢に退くことは許されませぬ。幕府の威光に関わる！」

はっとなった家康たちに光秀はさらに言う。

「徳川様、戦になれば、様々な噂や流言が飛び交うもの。虚説に惑わされ、疑いの心が広がってゆくときこそ、軍が内側から崩れるときでござるぞ。滅多なことを口になされますな」

「申し訳ございませぬ……皆様の御身を案じたばかりに出過ぎたことを」

左衛門尉が家康の代わりにまず深く頭を下げた。

「三河の方々は、いささか臆病《おくびょう》に過ぎるようですなあ。やれやれ、足手まといにならぬとよいが」

と光秀が嫌味を言うので、家康は伏した姿勢でちらと睨んだ。家康の不満に気づいてか気づかないでか、「家康よ」と信長が声をかけた。

「戯言《ざれごと》と受け止めておく。ただ、愉快な戯言ではないな」

そこまでは静かな口調だったが、一転して表情と口調が険しくなった。

「我が弟は、義の男じゃ。二度と辱《はずかし》めるな」

「義の男……確かにその通り。ただひたすらに信長様の機嫌をとるだけの輩とは違いまする」

家康は光秀と藤吉郎に対するあてつけのように皮肉を言う。

「あん？」と敏《さと》い光秀は気づいたようで、薄い眉をつり上げた。

「義の男であるがゆえに、裏切るということもあろうかと」

「どういう意味じゃ？　何が言いたい？」

信長の目がぎらりと光った。膳をひっくり返し、家康を睨みながら立ち上がると、ゆっくりと近づく。藤吉郎、左衛門尉、数正は、はらはらしながらふたりを見つめた。

「俺のやっていることには義がない、とでも言いたいのか。申せ！」

「そのように考える者もおるのではと」

「そのような考えとは、どのような考えじゃ」

信長の迫力に、家康は思わず後ずさる。

「いろんな考えの者がおりますので」

「いろんな考えとは！」

「ですから……」

「申せ、白兎！」

「今言おうとしてるだろうが！」

信長の激しい苛立ちは、家康の言葉が終わるのを待たず、打ち消すかのように言葉を重ねるところに表れている。家康も負けじと言葉尻にかぶせ、議論は激しさを増していった。

「俺は、朝廷と将軍のために戦っているんだぞ！」

「おぬしを信じられん者もいる！」

信長が家康の胸ぐらをぐいと乱暴に摑んだとき、左衛門尉、数正、藤吉郎が立ち上がった。「お待ちくだされ！」「お控えくだされ！」「まあまあまあまあ！」と口々に叫んで、家康と信長の間に割って入る。

「お前はどうなんじゃ！　お前も俺を信じぬのか！」

大柄な左衛門尉たちの作った壁を強引にくぐりぬけ信長はなおも家康に嚙みつく。

「信じぬのか！」

「わからん！　お前の心の内などわかるものか！」

「出て行け！　お前のような奴はいらん！　さっさと三河へ帰れ！」

「では……そういたす！」

「朝倉の次はお前じゃ！」

「なぜそうなるんじゃ！」

「俺に背いたからじゃ！」

「ふざけるな！　あほたあけ！」

とうとう手まで出てもみ合いになった。左衛門尉と数正は家康を羽交い締めにし、藤吉郎と勝家は信長を左右から押さえつけた。光秀だけはやれやれと呆れたように見つめている。

家康は数正たちに引きずられるように妙顕寺に戻った。お堂の中、家康が床几《しょうぎ》に腰掛け、深く息を吸って怒りと興奮を静めている姿を、左衛門尉、数正、平八郎、小平太、彦右衛門、七之助らが遠巻きにして心配そうに見つめていた。

しばらくして、家康は顔をあげ左衛門尉と数正の名を呼んだ。その顔は、眉も口も八の字に下がった情けないものだった。

「どうしてもっと早く止めてくれなかったんじゃ……」

「あほたあけは、さすがにまずかったですな……」と左衛門尉は困ったように笑った。

「わしゃもうおしまいじゃ……」

勢いで信長と口論になったことを家康は激しく後悔したが、血の気の多い平八郎は目をギラつかせて煽《あお》るように言った。

「ただちに三河に帰って信長と一戦交える支度をすればよいだけのこと」

「それは幕府に反旗を翻すことじゃ。勝ち目はない」と数正が目を伏せ首を横に振るも、

「やってみねばわからん」と今にも飛び出しそうな勢いの平八郎を、

「あほたあけは黙っとれ！」と彦右衛門が強く叱った。

数正がぎろりと目を剝いてその場を制したとき、勝家がやって来た。信長が何らかの処分を下したのかと、家康は立ち上がりおろおろと中腰で後ずさった。

「徳川様がおられるときだけでござる……わが殿が機嫌がよいのは。どうか引き続きお供くださいませ」

勝家は意外なことを言うと一礼して去って行った。家康はへなへなと床几に再び腰かけた。だが数正は用心深く「明日の朝一番で詫びを入れに行きましょう」と進言した。

「わしらも一緒に参りますから」と左衛門尉になだめられ、家康は「うん、うん」と自分に言い聞かせるようにうなずいた。

「ま、浅井様が裏切ることもないと思いますしなあ！」と七之助は相変わらず楽天的だ。

「万が一のときは、信長など捨てて我らだけさっさと逃げちまえばよろしい。幸いこの陣は、金ヶ崎城から少し離れておりますからな！」と小平太に慰められ、

「そうじゃな……うん……皆、ありがとう」と家康もつられて笑顔になった。

家康が帰ったあとの月見御殿では、信長が檻の中の猛獣のようにうろうろしながら興奮を静めていた。藤吉郎と光秀は額に汗をかきながら懸命に機嫌をとる。

「臆病で頑固で身の程知らず、まことに田舎大名とは厄介なものでございますなあ。裏切るのは浅井様ではなく、三河守かも」

そう言って光秀が、ははは笑うと、信長は不愉快そうに光秀を睨んだ。

「ま、ま、ご心配《しんぺー》には及びませぬ！　たとえ何が起きようともこの木下藤吉郎秀吉が身を挺して殿をお守りし、敵を蹴散らしてみせますでよ！　ひゃひゃひゃ！」

藤吉郎がその場を取りつくろうふりをして自分を売り込もうとすると、信長は拳を突き出して藤吉郎の腹を力いっぱい殴った。


深夜とはいえ松明が要らないほど月の光が明るい。その光を頼りに疋田城を出発した長政の軍は北国街道を進んでいた。がさり、と物音がして、兵の一人が松明をかざして目を凝らす。

「どうかしたか？」

「いや、狐か何かだろう」

物音をさせたのは、近くのあぜ道を走る阿月である。浅野家の家臣に追われ、谷に落とされたが、命からがら這い上がって、なおも敦賀に向かって走っていた。全身傷だらけ、足は右の草鞋が裂け片方裸足になり、豆がやぶれて血と泥に塗れながら、阿月は一心に走っていた。体が重い、と阿月は思った。ふっくらと肉のついた手足や腰を自分の体ではないように持て余すようになったのはいつの頃からだろう。阿月は少女時代を思い出していた。

斜めに傾いだ松が並ぶ真っ白い浜辺、砂が陽光を反射して眩しい。走りだす前の馬のごとき昂《たか》ぶった総髪の少年たちが六人ほど横一列に並んでいる。彼らは武家の子の訓練として自然のなか、長距離走の競争を行うところである。勝利者への褒美として大きな干し柿が、青々と月代《さかやき》を剃り上げた武士の足元に置かれていた。

ひとりの武士の掛け声を合図に、少年たちは一斉に駆け出した。干し柿の甘さを夢想して少年たちが砂を足にとられながらも懸命に走っているところへ阿月はひょいと割り込んだ。愉快そうに笑顔で少年たちを次々に抜き去り、そのまま山の中に立つ鳥居を折り返した。対抗する快足の少年と抜いたり抜かれたり、争いを繰り広げながら、ついにぐっと抜いたあとはひとり勝ち状態となって悠々と一着を獲得した。突然の珍客に呆然とする少年たちと武士たちをよそに、阿月は得意満面、棒のような細い足で仁王立ちして顔をぐっと青空に向けた。

阿月が武士から干し柿をもらおうとしたとき、父親である下級武士が顔を真っ赤にして駆けて来て、手首をむんずと摑むなり空いた手で頰をぴしゃりと叩いた。呆気にとられた一同に平謝りすると、父親は阿月の腕を摑んだまま逃げるように浜辺を出た。

阿月の生家は貧しい元足軽の家であった。阿月が年頃になると、父から給仕の仕方をしつけられた。お盆を運ぶとき両足は縄で縛られ、小さな歩幅でしか歩けなくされた。行儀作法を身につけるためだった。やがて女性らしくふっくらとしてくると上級武士の家に奉公に出された。奉公といっても体よく売りに出されたのである。買われていったものの、気に入られず、突き返された。返金を余儀なくされた父親は阿月に怒りをぶつけた。ひどい仕打ちに耐えかねて、阿月は生家を飛び出した。空腹に耐えかねて忍び込んだのは、小谷城の台所だった。ところが、空腹のあまり倒れていたところを家臣に見つかり、「つまみ出せ！」と乱暴に引き起こされた。そこに、「いかがした？」と声をかけたのがおなかの大きな市だった。「生き倒れでございます。台所に忍び入り盗み食いを」

そう家臣が言うと、市は家臣を制し、阿月を下働きとして城に置いてくれた。茶々が生まれると、市はたびたび茶々を抱いて阿月が洗濯をしているところに顔を出した。その後、市のはからいで阿月は市付きの侍女となったのだ。

城での生活では野山を思いきり走る楽しみはなくなったけれど、その代わり、はじめて幸福が手に入ったような穏やかな日々だった。市はやさしく、茶々は愛らしかった。

谷に落ちたときに火種を失ったので月明かりだけが頼りだ。が、月が雲に隠れ、あたりは暗闇になった。小石につまずいて転び、左の草鞋も破けた。すぐには起き上がれず地面に伏した。阿月はようやく起き上ると、また走りだした。

市を思いながら阿月は走った。その歩幅は大きく、足取りは力強さを取り戻していた。もうろうとした意識のなか、過去の記憶が浮かび上がる。つい先日、京の都・家康の宿舎の庭に咲いた満開の一本桜の下で「いつもよう働いてくれている褒美じゃ」と市は金平糖を食べさせてくれた。それを見て微笑んでくれた家康もやさしそうな人だった。阿月は走った。やせっぽちの少女の頃、よく走った懐かしいあぜ道の感触が足裏に懐かしい。肉体は疲労しきっていながら不思議にぐんぐんと速度が出た。燃え尽きる前のろうそくのように阿月の体も心も燃えていた。かすむ視線の彼方に、敦賀と金ヶ崎一帯を埋め尽くすたくさんのかがり火が見えてきた。金ヶ崎城の上空に月が昇っている。それと同じ月を市が小谷城から眺めていた。

妙顕寺周辺を見張っていた七之助は、槍を持つ手の反対の手で口元を押さえた。眠気をこらえながら見回りをしていると、揺れる人影に気づき、はっと目が覚めた。槍を構えた瞬間、人影はふらりと大きく揺れて倒れた。駆けつけて槍を向けながら問う。「おい、どこから来た!」見れば若い女性である。

「ここは……いずれの……」と女性が青息吐息で訊ねた。

「徳川三河守様の陣じゃ」

それを聞いた女性は力を振り絞って七之助に縋《すが》りついた。何事かと戸惑う七之助だったが、「お市様からの言伝《ことづて》がある」と言うので、急ぎお堂に連れて行き傷の手当を施すことにした。

報告を受けた家康が急いでやって来た。荒い息で横たわる女性の顔を覗き込むと、見覚えがあった。

「阿月……お市様のところの、阿月じゃな……どうしてここに……」

意識の薄い阿月に「わしじゃ、家康じゃ、阿月」と繰り返すと、阿月はやっと目を開け、家康を見て安堵の笑みを浮かべた。

「おひき……そうらえ……」それだけ言うと阿月は息を引き取った。

ひと言ながら重く響く言葉であった。家康はすぐさま金ヶ崎城に使いを出して、お堂に信長、藤吉郎、光秀らを呼んだ。待つ間、自らと家臣たちは武装する。

さすがの信長も顔色を変えて、すでに生気のない阿月を見つめた。

「小谷から十里以上を走り抜いたのだと思います」と家康は労をねぎらうように言うと、

「おひき候え、と」と市の伝言を信長に伝えた。

そこへ勝家が走り込んで来た。

「殿……浅井軍、朝倉軍、ともに夜明けを待たず、すでに進みはじめております！」

長政の裏切りに、衝撃と怒りを覚え立ち尽くす信長に家康は、

「早うお逃げなされ！」と進言した。

「おぬしの指図は受けん！」

「わしの指図ではない、お市様のじゃ！　阿月の働きを無駄になさるな！　逃げんか、あほたあけッ！」

怒鳴りつける家康を信長はぎっと睨みながら「猿ッ！」と藤吉郎を呼んだ。

「へい」

「先程の申し出を了とし、しんがりを任せる。勤めを果たせ！」

信長は藤吉郎に命じると、家康を睨み「おぬしは好きにせい」とぶっきらぼうに言った。そして光秀と勝家を従えて怒りを全身に漲《みなぎ》らせながら去って行った。

残された藤吉郎はへなへなと座り込んでうなだれ、肩を震わせた。

「死んだわ……こりゃあ死んだ。いらんこと言ってまったなぁ。死ぬ前《めえ》におっ母と抱き合いっこしたかったなあ……」

「う、うう……」とむせび泣く藤吉郎をさすがに気の毒に思って家康がかける言葉を探していると、激しく肩を震わせていた藤吉郎がふいに顔をあげた。その顔は涙でずぶ濡れだが、口はなぜか笑っていた。

「う、う……ひゃひゃひゃ！　もしここを生き延びたら、わしゃあまっとまっと上に行けるがや！」

「ひゃひゃひゃひゃひゃ！」と引き笑いを続ける藤吉郎に狂気を感じて、家康の背筋は寒くなった。

少し距離をとろうと後ずさると藤吉郎は泣き笑いの顔のまま、家康に体を寄せて来た。

「徳川様！　わしゃあこんな大戦《おおいくさ》を指図したこたぁねえでよー！　どうしたらええ？　手伝って

ちょうでー！　一緒にやろまい！」

　ぴたりと頬をすりつけ、目を三角にして家康を誘う。

「このまま逃げれば、あんたは殿を見捨てたことになるに！　あんたは将軍様を裏切って、浅井・朝倉と手を組むつもりだと、わしゃ言いふらしたるでよー！」

「クズじゃな、お前は」

「あんたのために言ったっとるんだがや」

　このまま逃げるか、戦うか……。迷った家康はそっと家臣たちの顔をうかがった。左衛門尉、数正、平八郎、小平太、彦右衛門、七之助、守綱……皆、誰ともなく静かに横たわる阿月に目を落とす。ぼろぼろの姿で果てている阿月の表情は満ち足りたように安らかである。

　真っ先に平八郎が家康に向かって力強くうなずいた。続けて皆もそれぞれにおのおの戦う意思を示した。誰もが阿月の想いに応えたいと考えていた。家康も同じである。きりりと顔を引き締め、藤吉郎に意思表示した。

「この金ヶ崎で迎え討ち、信長様の逃げる時を稼ぐ！　のち、退き戦にうつる！」

「同《おんな》じこと言おうと思っとったわ！」と秀吉は喜び勇んで飛び上がった。

「急がれよ！」

「やったるがやー！」

　藤吉郎は血管が切れそうな調子でお堂を飛び出して行った。

　白い月がまだ西の空に残る頃、敦賀の入り口に掲げられた浅井の三つ盛亀甲花菱紋と朝倉の三つ盛木瓜紋《もっこう》の幟旗《のぼりばた》が勇ましく風に揺れる。朝倉軍が合流したことで長政軍は二万五千の大軍に膨らんでいた。

「目指すは、織田信長の首ひとつ！　ゆけぇー！」

長政の号令とともに軍は一斉に敦賀へと進軍した。無数の馬の蹄が激しく地を駆る音が妙顕寺の徳川本陣を震わす。家康は戦闘の準備をする兵たちを見回すと兜をかぶり直した。すうっと深呼吸して丹田に力をため、ゆっくりと、かつ強く吐き出し、号令をかけた。

「浅井・朝倉軍、来るぞー！」

第十五章 姉川でどうする！

浅井・朝倉との撤退戦は激戦となった。金ヶ崎から琵琶湖の西側の朽木《くつき》を越え京都まで、織田信長が南下した道のりを、徳川家康と木下藤吉郎秀吉も命からがら追った。信長の宿所の広間に転がり込んだふたりは、具足を脱いで跪坐《きざ》し、信長を待つ。揉烏帽子に巻いた鉢巻は薄汚れて、その下の顔もやつれている。家康の隣で藤吉郎はおもむろに烏帽子を脱ぐと、髷を両手でぐちゃぐちゃにした。さらに具足下着を破く。悲壮感を増そうと演出を施す藤吉郎のずる賢さを家康は忌々しく思い、舌打ちした。軽蔑の眼差しを向けるが一向に気にする様子はない。やがて廊下から荒々しい足音が近づいてきた。藤吉郎は前屈みになって顔を歪め、身を捩りながら浅い息をしはじめる。そして信長が明智光秀と柴田勝家を従えて入って来る瞬間を見計らって、大仰に泣きだした。

「ああ、殿じゃ〜！　殿がご無事じゃあ〜！この木下藤吉郎秀吉、殿をお助けしてぇ一心で、たったひとり全軍を采配し、浅井・朝倉の大軍勢と戦いましてござえまする〜！」

家康は開いた口が塞がらない。藤吉郎を軽蔑するあまり、逆に姿勢を正し、毅然とするのだった。

一方、藤吉郎は罪悪感など微塵も見せず熱演し続けた。

「ぎょうさん兵を失い、藤吉郎もこの通り命を落とす寸前でごぜーましたが、こうして再び殿のお顔を拝むことができましたー！　こんなにうれしいことはねえがや〜！」

と言うと「うわあぁー！」と声を大きく絞り出し、膝歩きで信長の足元にすり寄る。

丸まった藤吉郎の肩を信長は思い切り蹴飛ばした。

「褒めてつかわす」

「ありがたき幸せー！」

嗜虐《しぎゃく》的な主従関係をまったく意に介さない様子で光秀が淡々と述べる。

「将軍様より、浅井長政の所業、断じて許さずとのこと。ただちに軍勢を整え、あの裏切り者を征伐いたす！　支度にとりかかられよ！」

「へい！」と藤吉郎は一目散に飛び出すと見せて、襖の前で振り返り、「あ、徳川様もわずかな手勢ながらようやっておられましたでよ」と言い残して出て行った。

この間、家康は黙ってうつむき気味に控えていた。信長は家康をちらりと一瞥するのみ。代わりに勝家が家康に声をかけた。

「徳川様、お国の軍勢を率いていま一度ご出陣いただきたい」

家康が答えあぐねていると、明智が当てこすった。

「おやおや、これは将軍様のお下知ですぞ、お逆らいになるのかな？」

「いいえ……。ただ、国を長く留守にするのがいささか。特に遠江は切り取ったばかりでございますゆえ」

信長はすっと立ち上がり、家康の前に歩み出て、仁王立ちした。

「好きにせい、来るも来ないもおぬしが決めろ。よーく考えてな」

それから信長はしゃがみ、家康の右手の汚れをはらうと乱暴に開いた。

「乱世を終わらすことができるのは、この俺じゃ」

家康の汗ばんだ右の手のひらに何かを握らせると信長は去っていった。ひとり残った家康が手を開くと、あったのは小さな巾着、その中には金平糖が四粒入っていた。

あれだけ信長に借りを作りたくなかったにもかかわらず、結果的に彼のおかげで家康は家族への面目を立てることができるとは……。悔しいが致し方ない。

家康は岡崎に戻ると、真っ先に築山に立ち寄り、広間に家族を集めた。脚付きの朱塗りのお膳に和紙を敷き、そこに金平糖を四粒、恭しく載せて差し出した。竹千代、五徳、亀は目を輝かせ、我先に手を出して金平糖を口に入れた。すぐに三人は目をうっとりと瞑り、とろけるような顔をした。

「おいしい！」と五徳。

「これがコンフェイトか！」と竹千代。

「たいそう甘うございます！」と亀。

「よかったのう、五徳。殿のおかげじゃな」と瀬名は家康の隣に正座して微笑んだ。

「はい、ありがとう存じます！　本当にいただけるとは思っておりませんでした。コンフェイトを持っているのは、私の父上様だけかもしれぬと思っておりましたので！　父上もなかなかやりますなあ」

「いやぁ、まあ容易いことじゃ」と家康は、ははは、と空笑いした。

「父上はすごいなあ」と竹千代にも尊敬の眼差しを向けられ、もしも信長にもらったことがばれたらと思うと全身に不自然な力が入った。ふと見ると、お膳には一粒、金平糖が残っている。

「瀬名、お前も食べよ」

「もったいのうございます、これは殿が」

瀬名はお膳を手にとり家康の前に捧げた。彼女の奥ゆかしさを家康は好ましく感じながら、最後の金平糖をつまみ、大きな口を開け放り込むと見せかけて、それを微笑みながら見つめている瀬名の紅い唇に素早く押し込んだ。瞬間、目を白黒させた瀬名はすぐに金平糖の甘さにとろりとなった。

「んー……甘い！」

あははと五人は大笑い。瀬名は改めて家康を見つめた。

「ご無事にお帰りになって本当にようございました」

「だが、すぐにも出ねば」

「またご出陣なさるのですか？」

「もっとここにいたいがな」

名残を惜しみながら家康は岡崎城へ戻った。広間で小姓に手伝わせながら甲冑をつけ出陣準備をする。傍らに、留守を守っていた大久保忠世と夏目広次《なつめひろつぐ》が控え、報告を述べる。

「殿のお留守、引き続きこの大久保忠世がしかとお守りいたしますゆえ、公儀のお役目存分にお果たしくださいませ！」

「ん。夏目広ノブ、いや広マサ、いや広次！　広次！」

家康は相変わらず広次の名前を間違えてしまう。迷わず言えたのは彼が一向宗側についた罪をお咎めなしにしたときのみだった。それ以後、広次は間違えられても切ない表情はしなくなり、この日も「は！」と真摯に家康に向き合う。

「遠江が心配じゃ」

「は、まだまだ抗う者も多く、いずれの地も荒れておりまする。されど、見付城《みつけじょう》の大普請が間もなく終わります。遠江支配の要《かなめ》にふさわしい城塞となりましょう」

見付は古代以来、遠江の中心地である。

「見付がいよいよ出来上がるか」と家康は喜びにぐっと顔を上げた。すかさず忠世が、

「この大久保忠世にかの城をお任せくだされば、しかと遠江を治めてみせますする！」

と売り込むが、家康は「左衛門尉に任せるつもりじゃ」と流した。

「それがようございます！」と忠世は相変わらず調子がいい。

「酒井殿なら必ずや遠江を平定なさることでしょう」と夏目が言う。

左衛門尉は吉田城もしっかり守っているから家康も安心している。

「うん、では行って参る。あとを頼むぞ」

六月十九日、岡崎城をあとにした家康は、そのまま織田軍とともに北近江へ進軍した。浅井長政を小谷城からおびき出すべく、南の要、横山城を包囲した。横山城は小谷城の南、姉川《あねがわ》を越えたところにある。姉川は伊吹山《いぶきやま》から琵琶湖へと東西に流れている。それを隔てて、北部に浅井軍、南部に織田・徳川軍が陣取り、睨み合う形となった。信長は姉川のほとりに陣幕を張り野営し、包囲した横山城から目を離さず、軍評定をはじめた。畳一畳ほどある陣卓子を囲むのは藤吉郎、勝家、光秀、そこに家康と左衛門尉が加わった。

「長政はここを見捨てるわけにはいかぬゆえ、必ず出てくる。朝倉勢もそこに加わり、この姉川を挟んでの合戦となりましょう。よろしゅうございますな、徳川様」

勝家に促され、「承知」とうなずく家康に、藤吉郎が訊ねた。

「しっかし徳川様、お国のほうはよろしかったんで？」

「心配無用、遠江のほうも平定の目途が立ちました」

「この酒井忠次が見付城に入り遠江を鎮めまする」

「そりゃあ何より！」と藤吉郎が言うと、信長がぎろりと大きな目を動かした。

「見付？　あんなところは駄目だな」

「駄目ですな！」と藤吉郎はすかさず意見を変えた。

「遠江を抑えるなら、引間じゃ」

「たしかに天竜川を越えねえほうがよろしい。引間の地が最も適しておりますな！」

信長に同調する藤吉郎に、左衛門尉は眉根を寄せた。

「引間城は小そうございますし、見付城をすでに大きく造り直しまして」

「引間城もどでかく造りなおしゃあよろしかろう」藤吉郎が言うと、信長はさらに強引に話を進める。

「名も変えろ。そこに家康、おぬしが入れ」

引間城は飯尾《いのお》連龍《つらたつ》の妻、お田鶴《たづ》が守って死んだ城である。

「わ、私が？」

「武田を抑えるには、おぬしが入らねばならん」

「しかし私には岡崎が……」

「息子がおろう。岡崎は息子に任せ、おぬしは引間じゃ」

「息子はまだ子供で。十二でございます」

「もうできる」

「まだ無理でございます」

「無理でもやらせろ。元服させればよい」

またしても信長と家康が角突き合わせはじめたが、周囲ははらはらしながら見守るしかなかった。

「我が国のことは我が国で……」と家康が声を荒らげそうになったとき、左衛門尉が素早く制した。

家康があとに引けずもめ事にした揚げ句、後悔して泣き言を言うのは目に見えているからだ。

「切り取った国は、自らが治める、それが一番だに！　我が殿もそうしてきなさった！」

「徳川様、陣でお備えくだされ。ほら貝が攻めかかる合図でござる」

藤吉郎と勝家も左衛門尉に続いて家康をなだめた。不服ではあったが、家康は必死で口を閉ざして頭を下げた。

「殿、一番槍は、この猿めにお申し付けくだせーまし！」

「なんの、この勝家が勤めまする！」

今度は藤吉郎と勝家が先陣を争いはじめた。

「では、私はこれにて」

家康がそっと出て行こうとすると、信長が呼び止めた。

「家康よ、おぬしが先陣を切れ。徳川勢が一番槍じゃ」

信長の心理はわからない。困惑しながら家康と左衛門尉は自分たちの陣に戻った。

同じ頃、北近江・小谷城では、夕陽が琵琶湖を金色に染めていた。見慣れたいつもの風景のはずが今日はなぜか切ない。市は茶々を抱く手を強めた。そこへ、重々しい鎧の音がして、武装した長政が顔を出した。

「……これより打って出る」

長政は市に近寄ると、茶々の桜色の頬をそっと愛撫した。

「兄には勝てませぬ」

「どうかな」

市の懇願するような瞳を見ながら、長政はつとめて穏やかに言った。

「ここの見張りは解いた。織田家に戻りたければ、そうせよ……。達者でな」

それだけ言うと、静かに居室を出て行った。

廊下を歩きながら長政はどこへともなく「おるか」と声をかけると、黒装束の忍者が現れた。

「徳川三河守殿に」と長政が書状を渡した。

とっぷりと陽が落ち、入れ違いに月が昇りはじめる。姉川のほとりは静まり返り、せせらぎだけが聞こえてくる。信長本陣の数百メートル西にある小山に敷かれた陣には、家康、左衛門尉、石川数正、本多平八郎、榊原小平太、鳥居彦右衛門がいる。おのおの床几に腰掛けて、まんじりともせずに待機していた。

「あほたあけが……!」突然、家康が大声を出した。

全員、何事かと家康を見つめた。

「何か？」と彦右衛門がおそるおそる訊ねた。

「なんでわしが岡崎を捨てねばならんのじゃ！」

家康は信長の言葉が頭から離れず、苛立っていたのだ。

「ああ……殿のやることなすこと、いちいちいちゃもんをつけるお方じゃ」

彦右衛門が家康をできるだけ刺激しないように気をつけながら言うのに対して、平八郎は、

「殿は信長の家臣にあらず、指図される覚えはない」と焚きつけるように言うものだから、

「わしは引間など行かんぞ、くされ信長が！」と家康も増長した。

左衛門尉が首をすくめながら「しー！」と人差し指を口元に当てた。

「信長殿の陣はすぐそこ！　どこで誰が聞いておるか」

数百メートル先に大軍が布陣した信長本陣がある。

「構うものか、くされ信長！　あほたあけ信長ァ！」

家康はわざと声をあげた。そこに七之助が血相を変えて飛び込んで来た。

「殿！」

「ごめんなさい！　嘘です！　すみませ……」と思わず家康は頭を抱え身を小さくしたが、七之助に気づくと「どうした七之助」とそろりと訊ねた。

「忍びらしき者がこれを……」

七之助が預かってきた書状を数正が受け取って読む。みるみる強張る顔を見て、何事かと家康、左衛門尉、平八郎、小平太も身を固くした。すかさず彦右衛門と七之助は人を払い、皆が数正に密着するように集まった。数正は数段声を落とし、「浅井長政から……信長に義はないと」と囁いた。

「信長の目論見は、天下を簒奪し、全国を我が物にすること。信長の世にしてはならぬ。ともに信長を討ち取らん……と」

家康は数正から書状を受け取って読み、信長の本陣を見つめた。その頃、信長本陣では信長が陣

卓子の上に地図を広げて考えにふけっていたが、家康たちからはその姿は見えていない。それでもつい先程まで一緒にいた信長の熱や声の記憶は生々しく家康のなかにあった。

馬のいななきが聞こえ、使番《つかいばん》が現れた。耳打ちされた彦右衛門がきゅっと顔を引き締めて「来ました」と家康に報告した。家臣たちはそっと陣幕を出て、静かに流れる姉川を見つめた。

元亀《げんき》元年（一五七〇年）、六月二十八日、闇夜に光る満点の星がひとつまたひとつと消え、濃紺と化した空の裾、伊吹山の背後が次第に白々としてきた。薄鼠色の空の下、松明をかかげた大軍が朝もやのなかをゆっくりと近づいてくる。浅井・朝倉軍二万ほど。先頭には馬に乗った大将、浅井長政の姿が見える。背後には三つ盛亀甲花菱紋の幟旗が無数にはためいている。

信長は本陣の陣幕を出て、物見台に登り、川の北側を見つめた。藤吉郎、勝家、光秀も一緒に上がる。

「二手に分かれましたな」と光秀。

「我が方には浅井勢、徳川様には朝倉勢をぶつけるつもりだわ」と藤吉郎。

「夜が明けたら、攻めかかってくるでしょう」と勝家。

「持ち場につけ、皆殺しじゃ」と信長は視線を前に向けたまま冷ややかに言った。

「は!」と散って行く三人に、信長は声をかけた。

「猿、お前はここに残り、よく見張っておれ」

「見張る？　浅井でござーますか？」

「違う、あいつをよ」

信長は西の家康の陣に目をやった。朝陽が徐々に家康の陣も照らしていく。

徳川本陣では家康たちも川の北側を見ている。すでに一万あまりの朝倉軍が川岸ぎりぎりに陣取っている。家康は太陽が昇ってくる東側の信長の陣を見た。逆光で信長の陣は影になっている。浅井軍と織田軍は川を挟んで相対している。ピンと張った糸のような緊張感に家康はぶるっと震えた。

「数正、燃やせ」と左衛門尉が言う。

「そんなもんを受け取ったと知られただけでも大事じゃ。皆も忘れよ！　持ち場につけ！」

数正は言われた通り書状をかがり火にくべようとする。が、その手を家康が摑んだ。

家康は黙って数正から書状を受け取り懐にしまうと、そのまま陣幕の中へ戻った。

「七、見張っておれ、誰も入れるな」と数正は七之助に命じると、左衛門尉、平八郎、小平太、彦右衛門たちを陣幕の中へと促した。

姉川の北側では、長政が家康の陣の方を見つめていた。川の南、信長の陣の物見台の上から信長と藤吉郎も家康を気にしている。家康の動向は、二方向から注視されている。つまり、家康がどちらにつくのか。その選択によって戦況は大きく変わるのである。

陣幕の中ではひとつの選択が行われていた。

「……わしは……浅井長政につく」家康は決意を皆に語った。

「信長を討つ」

一同は息を呑んだ。

「殿……血迷いなさるな」と止めたのは左衛門尉である。

「俺は殿に同意する」と語気を強めたのは平八郎だ。

「平八郎！」と左衛門尉は咎めるように睨むが、平八郎はさらに言い募る。

「この形をようご覧なされ。織田が正面の浅井と戦っているさなかに、我らが朝倉と一体となって織田の背後を突けば、間違いなく勝てる！」

「確かに！　千載一遇の好機じゃ！　逆に、浅井・朝倉と戦って必ず勝てるとは限らん！」

彦右衛門も同意した。

「浅井の策が上回った。信長を倒せる！」

「今しかない！　信長を討とうぞ！」

逸る平八郎と彦右衛門を、

「待て！　落ち着け！」と左衛門尉は抑えにかかった。

「左衛門……浅井殿の言う通り、信長に義はないんじゃ」家康が言うと、

「義？　義とは何でござる？　私には、さっぱりわかりませぬ」左衛門尉が問うた。

「お前は学がないからなあ」

「殿は本当にわかっておいでなのか？」

左衛門尉に鋭く見つめられ、家康は小さな声で答える。

「わかっておる」

「わかってなさそうでござる」

学はなくても勘は鋭い。左衛門尉は皆を見回した。

「皆はわかっておるのか？」

口を開く者はおらず、左衛門尉は我が意を得たりとばかり、声を大きくした。

「義なんてものはきれいごと！　屁理屈にすぎませぬ！　これは、我らと織田勢を引き裂かんとする浅井の策略！　乗ってはいけませぬ！」

家康が反論できずにいると小平太が、

「その通り。我らが織田勢に矛先を向け、朝倉に背中を見せたとたん、後ろから討たれる、ということも充分ありうる」と言うと、彦右衛門は「確かにそうじゃ……」と考えを変えた。彦右衛門が迷うほどに事態は揺らいでいる。

「夜が明けます！」

七之助が外から顔をのぞかせた。陣幕の隙間から白い朝日が差し込み眩しい。家康らは陣幕を出た。川の上流から下流へと徐々に明るくなっていく。と同時に川の対岸の様子もはっきり見えてきた。朝日を受けながら、対岸の浅井勢、朝倉勢が動きだした。

「浅井・朝倉勢、動きだしました！」

「はじまっちまうわ！」

七之助と彦右衛門が悲鳴に近い声をあげた。

織田本陣でも、浅井・朝倉勢が川へ向かってゆっくり進軍するのを、信長、藤吉郎らが見つめている。

信長は徳川軍を見て、藤吉郎に目配せした。藤吉郎は素早くそばにいる兵に合図し、兵がほら貝を吹いた。

低い音がボオオオンと地面を這い上がっていくように鳴り響く。

「ほ、ほら貝じゃ！　我らに攻めかかれとの合図でござる！」七之助はあたふたした。

「待て！　まだ動くな！」と家康は止めた。

「朝倉勢、我らにゆっくり向かって来ておる」と小平太。

「早う決めろと言っておる」と平八郎。

ボオオン、ボオオオン……出陣を催促するような音色である。

「ほら貝が！　どちらを攻めるか、早う決めねば！」

七之助が急かすと、一同、家康に注目した。だがまだ家康は信長の陣を見ながら考えている。

ほら貝がさらに響く。

「またほら貝！」

「うるさい！」

家康は音が鳴るたびに右往左往する落ち着きのない七之助を叱った。

「わしは……浅井につきたい」

「理由は」

家康の決意を受け、左衛門尉ができるだけ穏やかに訊ねた。

「理由は……浅井殿が好きだからじゃ！」

「え、好きだから？」と小平太は拍子抜けした顔になった。

「あの方は立派なお方じゃ、人を罠にはめたりはせぬ！」

さすがの左衛門尉も呆れて、

「一度会っただけで何がわかると申されるか！」と吐き捨てた。

家康の陣でひと悶着起きているとは信長は知らない。ただ家康の動向をじっとうかがい続けていた。

「動きませんな……」

藤吉郎が少し苛立つように言った。

「まっさか、本当によからぬことを考えておられるんでは……」

「生意気だな」

朝陽を受ける信長の瞳は魔神のように妖しく光った。

その間も、浅井軍と朝倉軍はじわじわと進軍して来る。徳川本陣では、不穏な気配を感じて馬たちがいななきはじめる。左衛門尉が必死に家康の説得を試みていた。

「殿、我らは、幕府の軍勢であることをお忘れあるな。将軍を裏切るということは、逆賊になるということ」

「何が幕府か……将軍なんて、他人《ひと》の金平糖を奪い取るたあけではないか！　たあけとうつけの軍勢じゃ！」

そのとき、鉄砲の炸裂音が家康の耳をつんざいた。一発を合図に、次々と破裂音が続く。

「織田勢、撃ちはじめたか！」と彦右衛門。

「織田勢、こちらに向かって鉄砲を撃っております！」と七之助は外の様子を逐一伝える。

「何⁉　わしらに⁉」と彦右衛門。

「尻を叩いてるつもりか」と小平太。

「脅しにすぎん、届くわけなかろうが！」

平八郎がそう言った瞬間、陣幕を破って飛び込んできた一発の弾丸が、彦右衛門たちをかすめ、陣卓子の上の竹筒に当たり、ひっくり返した。

「うおお！」と全員が仰天して陣卓子の下に伏した。

「殺す気じゃ！　本気で狙っておる！」

頭を陣卓子の下に隠した彦右衛門はお尻だけ出したまま言った。

だが、これは信長陣も計算外であった。

「本陣に撃ち込んでまった」あわあわする藤吉郎に、

「かまわん」信長はそっぽを向いた。

徳川本陣では平八郎が「味方を撃つとは、何て奴らじゃ！」と立腹する。

「裏切ろうとしてるのが悟られとるのでは」と小平太は不安そうに言った。

「今の一発で、わしは死んでいたかもしれんぞ！　そんな奴を信用しろというのか！」

家康はそら見たことかと左衛門尉に嚙みついた。

「信長という男はまともじゃない。あんな奴についていくのは御免だ」と平八郎。

「いつも血走った目で、うろうろ、うろうろ。急に怒ったかと思うと、急にコンフェイトをくれる。わけがわからん」と彦右衛門は信長への本音をここぞとばかりにぶちまけた。

「聞くところによると、夜もまったく寝ないそうで」と小平太、

「いずれ必ず殺されちまうわ！」と彦右衛門は恐怖に身を縮めた。

「今この時も、奴はわしを試しておるんじゃ……裏切れるものなら裏切ってみろと！　どうせやれはせんだろうと！　馬鹿にしやがって！」

家康は恐れるどころか、逆に闘志を燃やしはじめた。

「あいつにこき使われるのは、もうたくさんじゃ！」

「では、織田勢に攻めかかりますか。それならそれでお指図を」と左衛門尉。

悩む家康は数正を見る。これまで石のように沈黙していた数正が、ようやく口を開いた。

「今なら信長を倒せます。しかし、倒したあと、どうするのか。信長がいなくなって、将軍は、天下はどうなるのか」

「天下のことなど知るものか。わしはただ三河を……」

「三河はどうなるのか。遠江は、尾張は、美濃は……武田との仲は一体どうなるのか」

俯瞰した視点で言われると家康は何も言えない。

「考えもつかんな……」と彦右衛門。

「おそらく、あの桶狭間のあとのぐっちゃぐっちゃに逆戻りじゃろう」

左衛門尉はうつむいて言った。家康はあの日を思い出した。家族と別れ別れになり、逃げ惑った日々は嵐のなかできりもみ状態になったかのようだった。

「殿……あのぐっちゃぐちゃを、もう一度やりますか？」

数正はいま一度、家康に訊ねた。

「もう一度やって、また生き延びられるとお思いでござるか？」

家康は何も言えない。誰も何も答えず、長い沈黙が続く。外では、ほら貝、馬のいななき、銃の発砲音が混ざり合い、家康をせっつくように響く。

「殿がやれると申されるなら、従いまする」

数正が覚悟を決めるように静かに頭を下げた。

「朝倉軍、川の中ほどまで迫っております！」

七之助が声を上ずらせた。

沈黙のなか、家康は決断した。

「……皆の者……持ち場につけ」

家康は一度懐にしまった長政の書状を出し、見つめ、かがり火にくべた。深く呼吸し、気持ちを落ち着かせると、低い声で言った。

「敵は、浅井、朝倉！　かかれー！」

卯の刻（午前六時頃）、徳川軍は川を渡り北へと突撃した。

徳川軍が前進してきた姿を見た長政は、一瞬無念そうな表情を見せたが、気を取り直し、前を見て「かかれー！」と軍配を振り上げた。

徳川軍が川を渡って行く姿を信長は満足そうに見つめた。

「ようやくでございますな」と藤吉郎もほっとしたように言った。

「かかれ」

「へい！　かかれ、かかれーッ！　浅井の首を取れー！」

藤吉郎は物見台からひらりと降りると戦場に駆けだして行った。

朝倉軍は次々と徳川軍に討ち取られてゆく。家康も、さまざまな思いを吹っ切るように愛馬を走らせ、敵を馬上からなぎ倒していった。姉川での合戦は大勝利に終わり、金ヶ崎の雪辱を果たした。

血で紅く染まる姉川の水は朝陽に照らされながら静かに下流へと流れて行く。

浅井・朝倉が敗北したことは伊吹山を越えて甲斐《かい》・躑躅ヶ崎館《つつじがさきやかた》にも速やかに伝わった。武田信玄は千代に酒を注いでもらいつつ、山県昌景《やまがたまさかげ》と穴山信君《あなやまのぶただ》の報告を受けている。

「勝った勝ったと盛んに触れ回っておりますが、実のところはさにあらず。浅井長政は討ち取れずじまい。越前攻めに続いての失敗とみるべきかと」と信君は慎重に言葉を選んだ。

「幕府の軍勢を率いていながらこの体たらく。信長の評判も揺らいでおることでしょう。しょせん、天下を治める器でないことは明らか」と昌景も続ける。

「追い込まれているのは織田様のようでございますね」と千代に言われ、

「桶狭間からはじまった信長の神通力、そろそろ尽きてきたかのぉ」と信玄は酒をぐっと飲み干した。まるで、いよいよ出番だというように。今川義元《よしもと》が目指した京には、信玄もまた興味はあったが、信長の勢いが強かったので様子を見ていた。今こそ好機かもしれない。信玄の心は昂ぶった。

「浅井・朝倉との戦も、まだまだ続くことになろうかと。徳川殿もそれに付き合わされることになりましょうなあ」と信君は言い、

「岡崎のわっぱもご苦労なことじゃ」と昌景が同調した。

「でも、徳川殿はそんなにお国をお留守にして、大丈夫なのでしょうか？　特に遠江は切り取ったばかり。主がいなくて民が困っているのでは？」と千代が水を向けると、

「まことよの」と信玄は言って、碁石金《ごいしきん》（甲州金）の入った巾着を渡した。

「困っている民は、親身になって助けてやらねばいかんぞ、千代」

「はい」と千代はずしりと重い巾着を両手で受け取った。碁石金は甲斐で特別に流通している貨幣である。領内の金山を開発し、採掘した金で作った無骨な形の碁石金は、軍費や恩賞などに用いら

れていた。

「切り取った他国を治めるのは、容易なことではない。岡崎のわっぱが心配でならんわい」

「ほんに」

信玄と千代はほくそ笑んだ。

夕方になっても姉川のほとりは紅く染まったままだった。夕陽の色で、川はいよいよ紅かった。夥《おびただ》しい死体が浮かんだ川を、信長は真っ黒な瞳でしばし見つめていたが、本陣に戻るなり、刀を抜き、怒りにうち震えるように柱に切りつけた。藤吉郎、光秀、勝家たちは、近寄りがたく畏怖している。家康と左衛門尉もそばにいて、信長の荒れっぷりに恐れをなしていた。

「徳川様はいささか打って出るのが遅かったように存じますが、何をされていたのかな?」

光秀がぎろりと家康たちを見た。信長もぴたと刀を止め、家康を見る。その瞳は燃えていた。

「敵を充分に引き付けてから打って出たまで」と家康は言い訳した。

「川の中ほどで敵の動きが鈍るのを待ちました」と左衛門尉も援護するように続けた。

「なるほど、さすが徳川様！　冷静なご判断で！」

意外にも藤吉郎はすんなり家康たちの発言を受け入れた。

信長も家康の頬をぺちぺちと扇子で軽く叩きつつ、

「これからも判断を間違えるなよ、白兎」と言って陣を出て行った。

とりあえず事なきを得たと、ふーっと息を吐き家康と左衛門尉は肩の力を抜いた。

小谷城に命からがら帰ってきた長政が居室の襖を開けると、そこには市と茶々がいた。当然、信長のもとへ行ったと思っていた市は茶々を抱き、きっと口元を結んでいた。

「兄は、一度裏切った者を決して許しませぬ。こうなった上は、覚悟を決めました。兄を……織田信長をなんとしても討ち取りなされ」

嫁いでからというもの、すっかり妻、そして母の顔になっていた市だったが、兄・信長に似た野性的な瞳を取り戻していて、長政はその瞳に吸い込まれそうになった。


夏には竹千代は元服して二郎三郎信康《じろうさぶろうのぶやす》となった。「信」は信長から、「康」は家康からとったものだ。夏が過ぎ蟬の声がコオロギの声にかわる頃、家康は岡崎城の主殿の広間に、信康と五徳を呼んだ。その脇に、数正と七之助らが控えている。

「これよりわしは、引間城に移り、遠江を鎮める。信康」

「はい」

「今日から、そなたがこの岡崎城の主《あるじ》じゃ。五徳とともに、母の言うことをよく聞いて、勤めに励むのじゃぞ」

目を丸くする信康と五徳に、

「喧嘩するなよ」と家康が言うが、ふたりは固まったままである。

「するなよ!」と家康は念を入れた。

「はい、父上!」

ふたりがやっと返事をすると、七之助が泣きだした。

「七、なぜ泣くか」

「ずっと一緒にいた殿と……離れ離れになるのかと思うと寂しうて、寂しうて。ううう……」

「引間なんぞ、すぐそこではないか」

「なぜ七之助を連れて行ってくれぬのですか……嫌いになったのですか……」

「何を馬鹿なことを。大事な岡崎を守ってもらうために、一番信康が慕っているお前を置いてゆくんじゃろう、しっかりせい！」

「はい……！」と言いながらも七之助の涙は止まらない。その横で数正がやれやれという顔で、

「私も足繁く岡崎に通い、信康様をお支えいたします。ご心配なさいませぬよう」と家康に誓った。

「うん、頼む」

数正がいてくれれば安心である。

引き継ぎを終えて、家康は築山へ向かった。瀬名から薬草の煎じ方を教わるためだ。

「こうやって、ゆっくり、そう。これからはご自分でお薬を煎じられるようになりませんとね。上手、上手」

瀬名のあたたかな手が家康の手を包みこむと、家康は無性に泣けてきた。

「また泣く」と瀬名は困った顔をした。

「だって……そなたと離れ離れになるかと思うと……寂しうて、寂しうて……」

「引間なんて、すぐそこでございます」

「そうじゃが……やはり、わしと一緒に引間に行かんか？」

「私はここに残って信康と五徳を助けると何度も申しておりましょう。政《まつりごと》も、もっともっと学ぼうと、書物を読んで励んでおります」

瀬名の部屋には書物が山積みになっていた。

「殿……引間は、お田鶴様が命がけで守った地、民の思いも様々でございましょう。どうぞお気をつけて」

「んん……」

「で、引間は、何という名になさるのです？」

「それがなあ、皆にいろいろ案を出させておるが、これというのがなあ」

「かの地は、松の木々が立ち並ぶ浜がたいそう美しいことから、かつて浜松庄《はままつのしょう》と呼ばれていたそうな」と瀬名は言うと、「浜松」と目を見開いた。

「そなたはすごいのう！　そういうのがパッと出てくるんだからなあ！　浜松に決まりじゃ！」

「はい、召し上がれ」

瀬名は微笑んで薬草茶を差し出した。

「この苦い茶も甘～く感じるなぁ」と飲み干しながら、家康はまた泣きはじめた。

「やっぱり一緒に行かんか？」

「なりませぬ」

「行こうよ」

「駄目」

「行こう」

「だーめ」

家康はいつもしっかり者の瀬名に甘えてきた。時々煩わしいこともあるとはいえ、やっぱり家康にはなくてはならない存在なのである。名残を惜しみながら家康は、新天地、遠江浜松へと移った。浜松は海の美しい、温暖な気候の土地である。海と天竜川と浜名湖に囲まれた引間城の跡地付近に、巨大な浜松城が建築中だ。

家康はさっそく近くの大通りを巡検に回った。お供は平八郎と小平太と彦右衛門である。だが、どうも様子がおかしい。道の脇で、頭を下げている民たちに笑顔はなく、冷ややかな空気を感じる。彼らは家康に軽蔑と怒りの眼差しを向けていた。そして、誰ともなく囁き合っていた。

「あれが今川様を裏切った殿様じゃ」「お田鶴様を殺した殿様じゃ」

その声は家康の耳に直接入りはしないが、歓迎されていないことはわかる。家康、平八郎、小平太、彦右衛門はとても居心地の悪い思いで進んだ。途中、茶店《ちゃみせ》で休むことにした。店の外に置かれた縁台に座っていると店主らしき老婆が団子を持ってきた。

「これはうまそうな団子じゃな」と家康が話しかけるが、老婆は、愛想なく店内に引っ込んだ。彦右衛門が毒見役としてまず、団子にかじりついた。すると、「んが！」と顔をしかめ、縁台から飛び上がった。団子の中に小石が入っていたのである。危うく父・忠吉翁のように歯が欠けるところであった。血気盛んな平八郎が立ち上がり刀の柄に手をかけようとするのを、家康は「よいよい、すておけ」と収めた。

遠巻きに警護していた家来が近寄って来て小平太に耳打ちした。

「土地の子供らが、ご入城祝いの舞を殿にご披露したいと」

と小平太は家康に伝えた。

「娘たちだそうで」

「ありがたいことじゃ、構わぬ、通せ」

家康が許可すると、唐輪髷《からわまげ》にした愛くるしい少女たちが数名、風流《ふりゅう》踊りのいでたちで現れた。皆、明るい色柄の小袖を着て、化粧をして笠をかぶっている。手にはそれぞれ、笛、太鼓、鉦《かね》などを持ち、演奏しながら、踊りはじめた。家康、平八郎、小平太、彦右衛門は団子のことを忘れて体を揺らしながら楽しげに見る。少女のなかにひときわ躍動して舞う踊り子がいる。踊りながら徐々に家康に近づいてきた。用心して平八郎と小平太が立ち上がり、家康の前に立ち、踊り子を遠ざけようとした。少女なので少し手加減して、軽くいなそうとしたが、少女はひらりと体をかわすと平八郎たちの隙間を猫のように素早くすり抜けた。その一連の流れのなかで踊り子の吹いていた笛の先から蛇の舌のように小さな尖った刃が伸びた。仕込みの小刀だったのだ。それを素早く右手に持ち替えて、踊り子は家康の懐に飛び込んだ。とっさに縁台から立ち上がり避けようとした家康だったが、間に合わず、踊り子とともにもつれて地面に倒れこんだ。

茶店周辺は騒然となった。茶店の老婆も店先に飛び出し、腰が抜けんばかりにおろおろする。平八郎、小平太、彦右衛門たちは刀の柄に手をかけ家康を守るように囲んだ。家康は踊り子を抱えた形で仰向けに倒れている。踊り子の小刀は家康の腹に刺さっているように見えた。家康の目と踊り子の目が至近距離で合う。

「男……か……」

家康を見据る力強い目と、きりりと引き結んだ口元は少年のそれであった。

第十六章 信玄を怒らせるな

少女の踊り子のふりをして徳川家康を襲った少年は、仕留め損なった家康を「くそッ」と憎しみのこもった目で見下ろした。そのわずかな感情の揺らぎから隙ができたことを家康は見逃さなかった。咄嗟《とっさ》に少年の華奢な体をぐいと両腕で押しのけると、相撲《すもう》の要領で投げ飛ばす。小柄な体はこういうとき不利である。すこーんと遠くまでよく飛んだ。間髪をいれずに鳥居彦右衛門が「殿！殿！」と家康のもとへと駆けつけ、かばうような体勢をとる。本多平八郎と榊原小平太はぎりっと目尻をつり上げ同時に刀を抜き、左右に分かれて地面にひっくり返った少年に斬りかかる。日頃、暢気《のんき》な態度をとっている家臣たちだが、やるときは目覚ましい働きをする達人揃いである。その速度は目を瞠《みは》るものがあった。だが少年もなかなか鍛錬されていると見え、平八郎と小平太の重い剣をひらりと身軽にかわし、人混みに飛び込んで、一目散に逃げていく。

「生け捕りにせい！」と喚きながら平八郎と小平太が兵を率いて追いかけていく背中を家康は見ながら、はたと思い出して、おそるおそる脇腹に手をやった。刺さったかに思えた小刀は幸い、脇腹をかすめて小袖を引き裂き、布にぶらりと引っ掛かっていた。九死に一生を得たと家康は安堵のため息をつき、小袖や袴についた砂を払った。

小平太と平八郎は浜松の城下町を少年を追ってひた走ったが、あいにく見失ってしまった。手分けして探すことにして二手に分かれる。

小平太は農家にやって来た。留守なのかひっそりとしている。隠れるにはうってつけであろう。用心しながら納屋に回ると、突然、背後から襲われた。気配を察知し咄嗟に避けたが、その拍子に転んだ。そこへ少年が鎌を振り上げ近づいて来た。少年の獰猛な瞳に観念して目を瞑ったそのとき、どかっと鈍い音がして、少年がふらっと体を捻るように倒れこんだ。平八郎が背後から峰打ちにしたのである。助かった……と小平太は平八郎に感謝の笑顔を向けながら全身の力を抜いた。

平八郎と小平太は少年を浜松城に連れ帰った。城はまだ建設のさなかである。土木工事はほぼ終わり、木で骨組みを作り本格的な建設工事が進んでいる。多くの作業員たちが黙々と働いていた。木材や石材が積まれている庭の一角で少年は杭に縛られ、さらし者のようにされた。平八郎と小平太と彦右衛門が目をつり上げながら棒を手にして見張っている。そこへ、手当てを受けた家康がゆっくりした足取りで夏目広次《ひろつぐ》に支えられて現れた。

「殿、お怪我は？」と彦右衛門が棒を構える手は緩めず訊ねた。

「かすり傷じゃ、何かしゃべったか？」

「何も。口を割らせます」と小平太が棒で少年の腹を突こうとするのを家康は止めた。

「待て、子供ではないか」

「腕と度胸は子供と言えませぬ」

平八郎は憎々しげに少年を睨んだ。彦右衛門も小平太も思いは同じである。家康は彼らを右手を上げて制し、少年の前に歩み寄った。ぐったりとうつむいていた少年は家康の気配を感じて、顔をあげると、感情のこもらない瞳で家康を見据えた。

「名は？」と家康が訊ねても少年は答えない。「なぜわしを狙った？」と続けて訊ねるが、口をきゅっと結んだままだ。

しびれを切らして彦右衛門が脅すように棒を腹ぎりぎりに突きつける。

「誰に雇われたんじゃ！　お前の主《あるじ》は！」

すると少年は、顔を背けるようにしてぶっきらぼうに言った。

「主などおらん、俺の一存でやったことだ」

「わしに恨みがあるのか？」

「お前のせいで俺の家はめちゃくちゃになった」

言われて家康はどきりとした。すぐ、広次が引き取って問う。

「殿が何をしたと言うんじゃ？」

先程まで熾火《おきび》のようにくすぶっていた少年の瞳はみるみる憎悪に燃え盛った。

「今川様を裏切り、遠江を掠め取った！　お前がすべての元凶だ！」

「言いがかりもいいところじゃ！」

彦右衛門は脅しに棒を肉薄させるが、少年は恐れず、唾を飛ばしながら言い放った。

「遠江の民は、みんなお前を恨んでおるわ！　徳川家康は裏切り者の疫病神だと、みーんな申しておるわ！　遠江から出て行け！」

家康はぎくり、となる。

「今川はもう力がない。誰かがこの地を治めねばならんだろう？」

広次が少年を逆上させないように配慮しながら訊ねると、少年は「武田様がいる」と声に力を込めた。

「武田様は我らのお味方！　我らの暮らしを助けてくれる！　武田様こそ新たな国主様にふさわしい！」

　武田の名を叫ぶ少年の瞳は信頼に輝いている。

「お前なんぞ、武田信玄に滅ぼされるに決まってる……ざまあみろ！」

　武田も遠江を狙っているのになぜ武田ならいいのか、家康にはわからなかった。少年は家康を蔑んだ目で見た。家康は胸に鈍い痛みを感じ、怒って棒を振り上げる彦右衛門を制した。

「殺せ殺せー！　殺しやがれー！」

「おお、そうしてくれるわ！　殿、放してくだされ！」

「ならん！　この者は、放免せよ」

「放免⁉」

　彦右衛門は目を剝いて信じがたいという顔をした。

「お咎《とが》めなしで逃がすのですか？」と小平太もあからさまに不服そうな顔になった。

「子供はすぐ大人になります。次は、さらなる敵となって我らの前に現れるやもしれませんぞ」

　平八郎も賛成しがたいという意思を示した。だが、家康は少年の気持ちがわからないでもなかったのだ。

「この者は、遠江の民の姿そのものなんじゃろう。こ奴が次、我らの前に現れるとき、さらなる敵となっているか、あるいは味方となっているか……それは、我らの行い次第。そう思わんか」

　家康の思慮深い問いに、彦右衛門たちは持った棒を下ろし、じっと少年を見つめた。家康は改め

て少年に向き合い、

「わしは、そなたたちの頼れる領主となってみせる。見ていてくれ」

それだけ言うとその場を立ち去った。広次とともに建設中の城の中に入りながら、家康は広次に小声で呼ぶように命じた。

「岡崎城から石川殿、吉田城から酒井殿でございますね」

広次はただちに使いの者を呼んだ。

庭に残った平八郎と小平太と彦右衛門は、不承不承ながら少年の縄を解き、解放することにした。

「行け」と平八郎が言うと、少年はふてぶてしい態度で、曲輪《くるわ》の方へと歩きだした。

「礼くらい言ったらどうじゃ！」と小平太が呼びかけると、少年は振り向いた。

「……井伊虎松《いいとらまつ》。我が名じゃ」

彦右衛門たちは息を呑んだ。なぜあの少年がこんなにも家康を恨むのか、ようやく合点がいったのである。そして、なかなか腕っぷしが強かったわけも。

虎松は、心配して城の外に迎えに来ていた仲間の踊り子たちに混ざると走り去って行った。

井伊家は代々遠江・井伊谷《いいのや》を治める国衆《くにしゅう》だった。永禄十一年、武田とともに家康が今川氏真を攻撃した際、徳川軍は遠江・井伊谷に侵攻し、井伊家はこの地を追われたのである。そのときの当主は井伊直虎で、虎松は前当主・直親の子であった。直親は徳川への内通を疑われて殺されたため、虎松の家康への憎しみはかなりのものである。一方武田は、遠江の人々の心を独自のやり方で掌握し、じわじわと領地の切り取りを広げていたのである。

広次に呼ばれ、吉田城から左衛門尉が、岡崎城から数正が飛んで来た。主殿に集まった左衛門尉、数正、広次、大久保忠世ら、年かさの家臣に、家康は正直に悩みを打ち明けた。

「えらいことじゃ……」

広間に整然と並んで座った家臣たちも一斉に神妙な顔をした。

「武田が放った刺客というわけではなく、あくまで己の考えでやったということは……」

左衛門尉がうーんと袖に手を入れ腕を組む。

「考えそのものを武田に仕込まれているということ」

数正が大きな黒目を斜めにぎろりと上げ、そう断じる。

「武田は、甲州金をばらまき、地侍たちを取り込み、民の暮らしを助けておるようで。我らが思うよりはるかに深く、武田の調略《ちょうりゃく》は遠江各地に入り込んでおる」と忠世が武田の策を家康に報告した。

それを聞いた数正は、

「切り取られますな……このままでは」と眉を深く寄せた。

「武田の刺客のほうがましじゃな……」と左衛門尉も不安を隠さない。

家臣の意見を聞きながら、家康は沸々と怒りが湧いてきた。

「取り決めたではないか！　武田は駿河、徳川は遠江と！　何なんじゃ、信玄坊主は！」

「正しくは、武田は駿河から、徳川は遠江から、おのおの切り取り次第。力で奪ったほうのもの、ということでござろう」と数正が乾いた口調で言った。取り決めなどしょせんはどうとでも覆せるものなのだ。

「くされ坊主が」といきり立つ家康を、

「殿……落ち着かれませ」と広次が諫《いさ》めた。「戦《いくさ》だけは、避けねばなりませぬ」

「確かに、戦となれば、十《とお》に九つは負けましょう」と数正は諦めたように言った。

「あの小僧も言っておった……わしより信玄のほうが領主にふさわしいと」

家康は家臣たちをぐるりと見回し訊ねた。「わしは、信玄に何が及ばぬ？　何が足らん？」

皆は口をつぐんだままである。

「包まず申せ」と家康が促すと、左衛門尉がおずおずと口を開いた。

「まあ、何がと問われれば……」

そこまで言ってやはり言えないと躊躇する左衛門尉に代わって、数正がずばり言い切った。

「すべて」

家康は自分で「包まず」と言ったものの、数正たちの意見に少なからず衝撃を受けていた。

「もう少し遠回しに申せ……」と恨みがましい眼差しをふたりに向けた。

「ともかく、地道にこつこつ民の信用を得てゆくほかござらぬ」と忠世、

「左様、信長殿からもきつく言われておることをお忘れなく。信玄だけは怒らせるな、と」と広次に言われ、頭上の武田の重みがじわじわと増していくような気がして家康は顔をしかめた。


甲斐ではすり鉢状の盆地を取り囲む山々に冬の訪れを告げる小雪が降り積もり、白い烏帽子をかぶったようである。躑躅ヶ崎館《つつじがさきやかた》から活気に満ちた城下町を見下ろす山の中腹、巨大な岩の上で静かに坐禅を組む武田信玄のすっきりと剃り上げた頭部や豊かな髭にも雪がちらほらと舞い落ちる。長い修行の賜物《たまもの》で、盆地特有の寒さをものともしない信玄であるが、ふと己の肉体の囁きに耳を澄ます。みぞおちあたりをさすり、何かを悟ったような瞳をして天空を仰ぎ見た。

時を同じくして、同じ山の中を、まるでこの世の終わりのような顔をしてしゃにむに駆け下りていく若い侍がいた。やつれた顔で、体じゅう傷やあざだらけ。松平勝俊《まつだいらかつとし》、通称・源三郎《げんざぶろう》、久松長家《ひさまつながいえ》と於大《おだい》の次男である。やがて、彼と同じ年齢くらいの二十歳前後の武士たちに追いつかれ、取り囲まれた。多勢に無勢、抵抗むなしく、引きずるようにもと来た道を連れ戻された。

源三郎が連れ戻された場所は、甲斐の武家屋敷の一角にある長屋である。そこここが破れた煎餅布団に、生気を失った源三郎は横たえられた。見張りの兵が米のほとんど入っていない粥を欠けた茶碗についで出すが、源三郎は虚ろな目をしたまま口にしようとしなかった。

大事に育てた次男がこれほど無惨な状態にあることを、長家と於大はまったく知らなかった。

父上、母上、甲斐の国は食べ物も豊かで美味なるものばかり。武田様は慈悲深いお方。源三郎は息災に暮らしております。ご心配なさいませぬよう

上ノ郷城《かみのごうじょう》で、於大と長家に届いた源三郎からの手紙は、このようにいたって元気な様子であった。ところが、なぜか於大は浮かない表情をしていた。いつも物事をはっきり言う彼女らしくないと、長家は気になって、その横顔をそっと見つめた。

ほどなく、於大は上ノ郷城に服部半蔵《はっとりはんぞう》を呼びつけた。

広間に片膝をついて控えた半蔵を於大は笑顔で歓待した。

「本当によう来てくれたなあ、当代随一の忍びと聞いておるぞ」

そう言って於大は半蔵に源三郎からの手紙を渡した。それを読みながらも半蔵はやや眉をひそめ

て訴えた。「私は忍びではなく、まっとうな侍で……。して、この源三郎というのは？」

「わしと於大の次男じゃ。つまり殿の義理の弟にあたる」

「ああ、あの小さかった」

半蔵は八年前、岡崎に転居してきた於大と夫の久松長家、そしてその子供たちの姿を思い出した。家康（当時、元康）に呼ばれ城に出入りしているときに何度か見かけたことがある。半蔵は目撃していないが、当時、源三郎は立派な城だとひときわはしゃぎ、長家に「兄上様は、父上より偉いのですか？」と喜々として訊ねていた。

「まあ、そうじゃな、父が元康殿にお仕えいたすのじゃ」と答える長家に、

「父上よりずっとご立派だ！」と言いながら源三郎は家康を見つめた。家康が照れて頭を掻くと、「源三郎は、兄上のようになりとうございます！」と眼を輝かせていた。あのときまだ十一歳だった総髪の息子を思い出し「もう十九になる」と於大は懐かしそうに目を細めた。

「武田と盟約を結ぶ折に、向こうに行ってもらってな」と長家は半蔵に説明した。

「人質ですか……。息災と書いてあります、何より何より」

半蔵はもう一度手紙を見て気安く言ったが、長家の顔色は優れない。

「それが……源三郎の字ではないと、於大は申しておって」

「私にはわかります、源三郎の身に何かあったのです。そこで服部半蔵、ただちに甲斐に忍び入り、源三郎を救い出して参れ！」

「え？」半蔵は於大の意外な頼みに腰を浮かした。長家は理解して、

「そうもいかんよな？」と半蔵の顔色をうかがった。だが於大は生来の気の強さを発揮して、

「あなたは黙っていてください。さあ、行け！」と半蔵に毅然と命じた。

困った半蔵は「我が殿のお許しを得ねば」と、ぼそぼそとした口調で返す。

「無用じゃ。あの子は武田の顔色をうかがってばかり」

「しかし……」

「そなたたち忍びは銭で働くのでしょう！　私がそなたを雇うのじゃ！　早う行け！　ささささっと！」

「私は忍びでは……」

半蔵はのらくらと話をかわそうと試みた。そもそも半蔵自身はあくまで武士だと認識していて、安易に忍者のように扱われることをよしとしないのである。だがそれは半蔵だけの認識であるのだが。気遣いの人である長家は半蔵の主張を受け止めながらも、申し訳なさそうに頼んだ。

「とりあえず様子だけでも見てきてくれんか……？」

そして銭をいくらか包んで手渡した。

長家に支度金をもらった半蔵は大鼠を伴い甲斐国に向かった。盆地である甲府は浜松よりも底冷えがする。しかも富士山から冷たい風が吹きおろしてくる。だが気候の厳しさとはうらはらに、噂には聞いていたが、甲府の町はたいそう栄えていた。富士を南東に仰ぎ、三方を山々に囲まれ守りは堅い。相川扇状地の扇頂部に位置する躑躅ヶ崎館を中心に広がる城下町は、京の町並みを意識したかのように、東西南北に整然と作られている。躑躅ヶ崎館のほか、戦時に備え裏山には要害山城を造り、万全の構えである。半蔵は甲府の町を興味深く眺めた。

甲斐特有の銭が出回っていることで活気に満ちた町の一角を、半蔵は大鼠とともに薪を背負い、木こりの夫婦に変装して徘徊する。目星をつけた町外れの武家屋敷の前を歩き、人通りが途絶えたことを確認すると、大鼠が担いでいた薪の束を前方へ放った。その薪の束と半蔵の背中を踏み台にして軽やかに宙に舞うようにして大鼠が塀を越える。塀の内側へ下りた大鼠は行き来する見張りをやりすごし、すばやく内部に潜入した。収容所を思わせるような簡素な長屋の一室を覗くと、おそらく源三郎であろう若侍がやつれた様子で部屋の隅にうずくまっていた。体じゅう傷だらけで、生気はない。傍らに置かれた欠けた茶碗に入った粥らしきものにも手を付けていない。大鼠はそっと引き返すと、見たことをすぐさま半蔵に報告した。そして半蔵は浜松に戻り、まず家康に報告した。あくまで主人は家康であり、その決まりは守る律儀なところが半蔵にはあるのだ。

「だいぶ弱っておられるようで……。聞くところによると、どうやら毎日ひどい仕打ちを受けており、幾度も逃げ出そうとしたらしく……。今は、お体もお心も病んでいるように見受けまする」

主殿の板間に片膝をついた半蔵の報告を聞いて、家康は少しばかり身じろぎした。

「いかがいたしましょう」と半蔵に問われ、家康はしばらく逡巡したが、

「源三郎は、書状の通り息災であった……母上にはそう伝えよ」と冷静を装って告げた。

「は」と低く返事をして、音もなく去る半蔵を見ながら、家康は胸のざわめきを抑えることができずにいた。長家の子供たちのなかで、誰よりも家康を尊敬しなついていた源三郎。家康も彼をかわいがった。だからこそ武田と盟約を結んだ折、源三郎に人質として白羽の矢を立てたのだ。

四年ほど前のことである。上ノ郷城に出向いた家康は源三郎に「すまんが……甲斐に行ってはくれんか？」と訊ねた。

「兄上も幼い頃、人質としてほうぼうに行かされたのでしょう？　そのご苦労があって、今がおあ

りになる！　源三郎は喜んで行って参ります！」

源三郎は張り切って甲斐に出かけて行った。それがこんなことになるとは……。家康は耐え難く胸をこつこつ叩き続けた。人質の辛さは誰よりも家康が知っている。駿府での人質暮らしは豊かで、数正や七之助が供としていたうえ、なにより今川義元が何不自由なく過ごさせてくれたのだ。そのため貧しい岡崎城に戻ることをためらうほどだった。とはいえ、その前の、六歳という幼さで人質に出されたときはどれだけ辛かったか。裏切りや殺戮は日常茶飯事で、信長にいたぶられた数年の苦しみは思い出したくもない。だからいまだに信長と面と向かうと震えが止まらず、いやな汗が背中を伝うのだ。あのような思い、いやそれ以上のことを源三郎に味わわせてしまったと思うとやりきれなかった。

躑躅ヶ崎館の主殿では信玄が床に地図を広げ、豊かな髭を触りながら静かに眺めている。地図の上には碁石が散らされていた。三河・遠江の支城の数々には白い碁石。これは徳川方を示すものである。と、そこへ千代がそっと現れて、信玄の耳元に小さな紅い唇を寄せた。

「うむ」と低い声でうなずいた信玄は、地図上、奥三河の三つの支城である作手《つくで》城、田峯《だみね》城、長篠《ながしの》城に置かれていた白い碁石を取り除き、黒い碁石に置き変えた。

作手、田峯、長篠が武田についた報告を受け、浜松城は蜂の巣をつついたように大騒ぎである。廊下をドタバタと大きな音を立てて、広次と忠世が先を争うように主殿に駆け込んで来た。つんのめる勢いで膝をつくと、広次が土気色の顔をあげた。

「奥三河の……作手、田峯、長篠、いずれも武田方に通じている模様！」

「なんじゃと……！」家康も顔色を変える。

「もしあそこを失えば、いつでも容易《たやす》く攻めこまれるということ……」と広次。

「まるで今川氏真が、家臣に次々見放され、為すすべなく駿河を失ったときのよう……」と忠世は興奮のあまり本音を漏らし、はたと我に返ると、「し、失礼！　と、と、殿は、氏真とは違いますからな」と言いつくろった。それから、「はははは！」と薄い後頭部を叩きながら、から笑いをした。

だが、家康は忠世の道化的なふるまいがまるで目に入っていない。脳裏には山寺の裏庭で信玄と遭遇したときの光景がいっぱいに広がっていた。あのとき、木々に隠れ見張っていた忍者たちの殺気や栗を持たせた信玄の威圧感、すべてが圧倒的で、彼らが本気で攻めて来たら、ひとたまりもないであろう。ぞくりと戦慄し、不安を振り払うように頭をぶんぶんと左右に揺すった。

「越後《えちご》の国に書状を送るというのは？」

気を取り直して家康は対策を考えてみる。

「越後の上杉謙信《うえすぎけんしん》……」と広次、

「信玄の長年の宿敵と手を組み、武田を囲い込む……か」と忠世。ふたりはうーんと考え込んだ。

「万が一に備えてじゃ」と家康が言うと、

「恐れながら、危ういと存じます……間違いなく信玄を怒らせます」と広次も弱気である。

それでも家康はそれしか道はないと考えた。

「内密に事を進める」

「しかし……」

「書状を送るだけじゃ！　他国と仲良うすることの何が悪い？」

上杉謙信は信濃の川中島で信玄と五度にもわたる戦いを繰り広げた信玄の宿敵である。信玄と互角の力を持ち、関東管領ともなった。権力にも通じる人物と繫がっておきたい。家康は気が急《せ》いていた。それだけ信玄が脅威なのである。そこまで言われると広次も忠世も家康の言うことを聞くしかなく、不安な気持ちを残しながら書状を送る準備を急ぐのだった。

ほどなくして、冬が近い信濃の山道を、法衣に身を包んだ山伏がふたり、上杉謙信へ書状を届けに向かった。前方から、笠をかぶった歩き巫女の一団が近づいて来る。使者は、歩き巫女たちに頭を下げながらすれ違った。しばらく歩いたのち、ひとりの使者が静かに倒れ込んだ。もうひとりが驚いて眼を見開いた瞬間、彼もまたがくりと膝をつき、ゆっくりと倒れ込んだ。その首筋にはごく小さな棘のようなものが刺さっている。やがて、先程通り過ぎた歩き巫女たちが引き返してきた。巫女たちのひとりは千代である。千代は冷たい目をして倒れた使者たちを見下ろし、もう動かないことを確認すると、しゃがんで遺体を仰向けにした。冷え切った懐から一通の書状を取り出し、自身の懐に大切にしまうと、先ほど来た道——甲斐路へと仲間とともに足早に戻って行った。

躑躅ヶ崎館で信玄は、千代が奪取した書状に目を通す。

「これで、御屋形様とのつながりは徳川様のほうからお断ちになった、と解釈してよろしいかと」

千代は愉快そうに瞳を光らせた。

「まことに、かわいいものよ」

信玄は表情を変えることなく書状を破いた。一気に破くその勢いに信玄の怒りのほどがわかるようであった。

使者が何者かに暗殺され書状が紛失していたことは、浜松城にもすぐに伝わった。主殿では家康が広次と忠世の報告を受け、呆然とした表情で立ち尽くしていた。

「信玄に渡ったものと存じます」と広次が言う。

最悪の事態になった。家康は居室に逃げ去りたい一心であったが、深呼吸して気を落ち着かせる。

「殿をなじる書状をほうぼうへ送っておるようで……」と広次。

「信玄を怒らせましたな」と忠世、

「しかし、戦だけは何としても避けませんと！」と広次は悲壮な顔で訴えた。

「避けられんだろう」と家康は観念した。

「信玄ははじめから決めておるんじゃ……遠江を切り取ると。怒らせようが怒らせまいが関わりない」

家康は今更ながら信玄の真意を悟ったのだ。

「ただ時を待っているだけじゃ」

そう、信玄は心底恐ろしい人物であった。じわじわと真綿で首を締めるように家康を追い詰めようとしている。だからこそ、「源三郎は、兄上のようになりとうございます！」と目を輝かせていた源三郎を人質に出したことが悔やまれた。

「半蔵を呼べ」

そう命じた家康の声は心労からしゃがれていた。

夜半、甲斐の町にしんしんと雪が降っている。町外れの武家屋敷は雪雲に覆われて月も星もないが、雪明かりであたりはぼうと少しだけ明るく見える。突然、建物の一角、長屋のあたりからふいに激しい爆炎が上がり、闇が紅蓮に色づいた。何事かと慌てた兵たちがあちこちから駆けつけてくる姿を、黒ずくめの男ふたりが物陰から確認すると、闇のなかへと消えた。服部党の伊賀者である。

半蔵の命を受け、仕掛けた爆薬に火をつけたのだ。

長屋の見張りたちが一斉に燃え盛っている方へ駆けつけたため、内部は人けがなくなった。表がやけに騒がしいので、源三郎も珍しく顔をあげ、窓から外の様子を覗こうとした。部屋の入り口からひやりとした冷気を感じ振り返ろうとした瞬間、背後から何者かに口を塞がれた。驚いて首を必死にねじると、黒ずくめの大鼠が「お静かに」と囁いた。いつの間にか、目の前に半蔵が片膝をついていた。

「服部半蔵正成、お迎えに参上」

家康の手の者の顔を源三郎はうっすらと覚えていた。

その頃、躑躅ヶ崎館の主殿では信玄が坐禅を組んでいた。小姓が来て、町で爆発が起こったことを報告すると、驚いた様子もなく、「穏やかにやればよいものを」と虚空を見つめた。

半蔵は源三郎を連れ、町を抜け山道に入った。半蔵と大鼠を先頭に数名の伊賀者が源三郎を背負って雪の積もる山をひたひたと駆ける。やがて信玄の命令を受けた武田の忍者たちが襲撃してきた。雪にまみれて乱戦になる。半蔵と源三郎を逃がそうと、大鼠と伊賀者たちが応戦する。

「ゆけ！」と短剣を振り回しながら大鼠が叫び、半蔵は源三郎の手をぐいっと引っ張って走りだす。残った大鼠たちに、あちこちから吹き矢が飛んでくる。吹き矢の主は千代が率いる数名の歩き巫女の軍団である。

吹き矢を持った千代が大鼠の前に立ち、不敵に笑った。手ごわそうな相手に大鼠は短剣を強く握り直した。

大鼠たちにあとを任せて半蔵は源三郎を引っ張りながら走るが、すっかり体力の落ちた源三郎は足がもつれて歩みが遅い。しかも裸足である。とうとう動けなくなり、雪の中へと倒れ込んだ。

それから二日ののち、浜松城の主殿へ於大と長家が蒼白な顔をして駆け込んで来た。於大は大きな音を立てて打ち掛けを翻し、部屋で待っていた家康と広次に会釈する間も惜しむように、「源三郎は」と訊ねた。

「医師の手当てを受け、お命はご無事でございます」と広次が穏やかに言うと、於大も長家もようやくひと息ついた。

「ただ……寒さでおみ足の指が……駄目に」

雪山を走ったため、何本かの指が凍傷になったのである。哀しみにうちひしがれる於大の肩を長家が両手でそっと支えた。家康は何も言えず、無言で深く頭を下げた。そこに侍女が来て、広次に耳打ちした。

「お目覚めになりました」と広次は於大たちを源三郎の寝室に案内した。

寝室の中央で横になっている源三郎は医師の治療を受けていた。足指に包帯を巻いてもらっている。痛ましいその姿に於大はよろめきながら近寄った。そのあとに長家が続く。

「源三郎」と於大が声をかけると源三郎は目をゆっくり開けた。

「母上……父上……」

於大もそこは武家の出であるから毅然とした態度で、

「よう帰ってきました」と源三郎の手をとりねぎらった。

「お役目を果たせず……お恥ずかしゅうございます……」

「そなたはようやりました。母は誇りに思います」

「はい」

於大と源三郎が、互いに涙をこらえて語り合う傍らで、長家が辛抱できずに「うう……」と泣きだした。

「あなたが泣いてどうします！」

於大はそう言って長家を睨むが、その目にはみるみる涙がこみあげてきて袖でそっとぬぐった。

源三郎の視線は、あとから部屋に入ってきた家康を捉えた。

「兄上……」

「すまぬ源三郎。わしが悪かった。人質にひどい仕打ちをするとは、信玄は何たる外道じゃ！」

家康も源三郎の傍らに座り深く頭を下げた。以前とは別人のように痩せてしまった源三郎が不憫でならなかった。ところが源三郎は意外なことを言いだした。

「兄上……それは……間違いでございます……」

「ん？」

「私は……ひどい仕打ちを受けたわけでは……ありません……」

家康は源三郎の顔を訝しげに見た。

「信玄は……私をただ……同じに扱ったまで……」

あの日、源三郎が半蔵に助けられた日の数刻前、信玄が源三郎のもとへやって来た。驚きおびえる源三郎に信玄は「具合はいかがか」と低い声で静かに訊ねた。

「今宵《こよい》、そなたを奪いに来るようじゃ」

千代から逐一報告を受けていた信玄は、すでに半蔵たちの動きを掴んでいた。「行かせてしんぜる」

と信玄は言い、「国に帰ったら、そなたの兄上に話してやるがよい、ここでのことをありのままにな」と条件をつけた。「そして、こう伝えよ」と、ある言葉を源三郎に託したのだった。

「甲斐の若い侍は皆……同じ鍛錬を……。むしろ私が一番、やさしく扱われ……ほかの者たちはもっとずっと……」

源三郎の説明によると、人質になってからずっと、時に山の中で、時に宿舎である長屋で鍛錬が行われた。それは厳しいもので、できないと、何人もの指導者に棒で袋叩きにあった。

指導者の最高位は山県昌景《やまがたまさかげ》である。鍛錬を受けているのは源三郎だけではなかった。源三郎と同じ年齢くらいの若い侍たちが幾人も同じ訓練を受けていた。手練《てだれ》の武士たち相手に行われる実践的な剣術の訓練では、死にものぐるいで応戦する。あまりの激しさに多くの若者たちが気絶して倒れるが、そのたび水をかけられ、激しく鞭で叩かれる。そして若者たちは「なんの！」と自らを鼓舞するように叫んでは起き上がり、鍛錬を再開した。若い兵たちは長屋の一室に大人数で詰め込まれ、質素な食事を与えられるのみ。訓練と食事と睡眠、日々、その繰り返しだった。これに耐え抜いた者たちが昌景率いる赤備えの軍に生え抜きとして参加できるのだ。

「なかでも、信玄の息子は……誰よりも厳しく激しく鍛えられており……」

源三郎は山の中での訓練で、ひときわ大勢を相手に百人組手を行っている若侍を見た。大勢を相手にするもひるまず戦い続ける鋭い眼光をした青年が、武田四郎勝頼《かつより》であった。

「彼らは……化け物でございます……！」

源三郎は身震いすると家康にすがりついた。

「甲斐の侍と……戦って勝てる者などおりませぬ……！」

震える源三郎の体を抱きしめると、その震えが伝播してきて、家康も恐ろしい気持ちになった。

「信玄から……兄上に言伝《ことづて》が……」と源三郎は信玄に託された言葉を家康に耳打ちした。

その内容は家康をさらに慄《おのの》かせた。

甲斐の夕暮れ、冬晴れで見晴らしのいい山腹で信玄がひとり槍の稽古に汗を流している。その豪快な槍さばきは長年の鍛錬の賜物である。足は裸足だがその皮は厚く育ち、寒さなどものともしない。


その頃、浜松の外れ、天竜川に近い道に半蔵は立っていた。じっと道の先を見つめて待っていると、ゆらゆらとした人影が現れた。おぼつかない足取りでやって来たのは大鼠である。半蔵が大鼠に駆け寄ると、そのまま気を失うように半蔵にもたれかかった。見れば、背中に大きな刀傷を負っていた。半蔵と源三郎を逃がすための死闘の末、重症を負ったのだ。ほかの伊賀者たちは無念にも戻って来ることができなかった。

浜松城の櫓に家康はひとりたたずみ、暮れなずむ浜松の城下町を眺めた。遠く浜名湖に陽が落ちていく。なぜかいつもより太陽がくすんで見えるような気がして、目をしばたたかせていると、左衛門尉と数正が現れ、無言で家康の隣に並んだ。続いて彦右衛門と七之助、さらに平八郎、小平太、最後に広次と忠世が来た。

「御一同、お集まりでございます」と広次が言い、皆は、家康を囲んでしばらく浜松の町を無言で見下ろす。やがて家康が重い口を開いた。

「信玄から言伝を得た」

家臣一同、恭しく家康の言葉を待った。

信玄は源三郎にこう言い含めたそうだ。

「弱き主君は、害悪なり。滅ぶが民のためなり。生き延びたければ、我が家臣となれ。手を差し伸べるは、一度だけぞ」

長年にわたり互いを牽制し合ってきた徳川と武田の関係を、ついにはっきりさせる時が訪れていた。

皆、顔を強張らせたまま口を開く者はいない。互いの出方をうかがっているようにも見える。まあ無理もない。家康がまず口を開いた。

「わしの独断では決められぬ……おぬしらには、妻子がおり、家来もおり、所領もある。おのおのが決めてよい」

家康の思いを酌んで、左衛門尉が皆を見回した。

「皆の衆、どうする？　うちの殿はこの通り、頼りないぞ」

極力、深刻にならないように気を使って、笑顔を添えている。すると平八郎が、

「勝ってみせるからついて来いと言えぬとは、情けなや」と冗談めかして続けた。

「頼りない殿の家臣よりは、武田信玄の家臣のほうが我らもましかもしれんのう」と言うのは数正だ。でもその口調は少し軽く、芝居がかって聞こえた。

「信長とも手を切れますな。代わりに、これからは信玄に媚《こ》びへつらって生きていけばいい」と小平太もなんだか下手くそな芝居をしているように見える。

「この美しい浜松も、苦労して手に入れた遠江も信玄にくれてやりましょう」と忠世、

「ここまで守り抜いた三河、岡崎も、信玄にくれてやりましょう！」と七之助、

「なんもかんも一切くれてやって、信玄のもとでみじめに生きていきましょうぞ！」と最後は彦右衛門が言って「ううう〜」と腕で目を覆い、泣きそうになるところを懸命に抑えるふりをした。皆、武田に折れる気がないことが家康にはわかる。気持ちはありがたいが、

「戦っても……十《とお》に九つは負けるんじゃぞ」と家康は不安を隠せない。

「十に一つは勝てる」と平八郎はぎっと家康を見据えた。「その一つを、信長は桶狭間でやりましたぞ」

桶狭間――。家康にとって忘れもしない出来事だった。圧倒的な戦力を誇った今川義元を、若き織田信長が討ち取った番狂わせの戦いだった。今、それを平八郎は、信玄を義元、家康を信長に置き換えて語っているのだ。

「信長はやりましたぞッ！」

眉をつり上げた平八郎に身を乗り出され、家康はその気迫に呑まれ一歩引いた。

「わしは……信玄に何ひとつ及ばん……すべて……足らんのじゃ」

しばらく間を置いてのち、広次が「恐れながら、殿……」と控えめに言った。

「その代わりに……殿には、この家臣一同がおります」

広次の言葉に家臣たちは静かにうなずいた。

「この一同で力を合わせ、知恵を出し合えば、きっと信玄に及ぶものと存じまする！」

家康は家臣たちを見渡した。左衛門尉、数正、平八郎、小平太、彦右衛門、七之助、忠世、広次らはおのおの、目に力を入れ、揺るがない意志を見せた。床についた手指の関節にも力が入る勢いである。

家臣たちに励まされ、家康は武田の家臣になることを頑として拒んだが、信玄はすぐに攻撃を仕掛けてはこなかった。それが逆に不気味で恐ろしくもあった。いつ家康への怒りの焔《ほのお》が着火するか、気が気ではなかった。

信玄の焔がいよいよ燃え盛ったのは元亀三年（一五七二年）、晩秋のことであった。

信玄はその日もまた巨大な岩の上で坐禅を組んでいた。静かに目を開け、腹をさすっていると、何者かの気配がする。ぴたりと手を止め、信玄が岩の下を見ると、赤い甲冑を身に着けた眼光鋭い若侍・武田四郎勝頼が仁王立ちしていた。

「父上、全軍揃いましてございます」

信玄はゆっくりと空を仰いだ。

「この山々に囲まれた国に、なぜわしは生まれついたのかと、よう恨んだ。もっと田畑《でんばた》があれば、海が、港があれば、もっと富があれば……わしは瞬く間に世を平らかにしたものを」

見渡せば山ばかり。守りは堅いとはいえ、領土は山が邪魔をして拡大しづらい。だからこそ、外の世界に憧れもした。五十歳を過ぎ西の領土を着々と切り取ってきたが、身体的に限界が近づいていることに信玄は気づいていた。

「四郎よ……そなたにそれを残す」と信玄は勝頼に託すことを宣言した。

「これは我が生涯、最大の戦となろう」

甲斐・躑躅ヶ崎館の虎口《こぐち》には「疾如風 徐如林 侵掠如火 不動如山」と書かれた「風林火山《ふうりんかざん》」の軍旗がかわいた風にはためいている。ほら貝と陣太鼓の音が威勢よく鳴り響き、それに呼応するように馬たちがいななく。集結した三万以上の大軍勢のなかには赤備えの具足をまとった真紅の部隊もあり、ひときわ異彩を放っている。赤備えの軍を率いるのは昌景である。館の庭にしつらえた壇上に穴山信君《あなやまのぶただ》、昌景、勝頼ら重臣たちが眼光鋭く兵士たちの様子を見ていた。やがて、甲冑姿の信玄がぬっと現れた。金色の二本の角がそびえ、ヤクの毛をあしらった大ぶりの兜が巨軀をいっそう大きく見せている。その貫禄に兵士たちは憧れの眼差しを向けた。皆の注目を一身に受けて信玄は厳かに演説をはじめた。

「天下を鎮め、世に安寧をもたらす。それは、容易いことではない。織田信長、その器にあらず。かの者、敵を増やし、戦乱を広げるばかり。民はいつまで苦しめばよいのか。この期に及んで見て見ぬふりをするは、我が罪と心得たり！　時は今！　この信玄、天下を鎮め、人の心を鎮めるため、都へ上る！　敵は、織田信長！」

信玄の声が響き渡ると突風が舞い、ヤクの毛がなびいた。

「まずは、その路上にある小石をどかさねばならぬ。これより浜松を目指し、徳川家康を討つ！」

「おおおー！」

「いざ、風の如《ごと》く進め！」

三万人もの大軍勢が甲斐を出て西へと向かう頃、浜松城の主殿では金色の甲冑をまとった家康が大股開きで床几に腰をかけ、香を聞き、目を閉じて瞑想しているところだった。廊下を次々にやってくる武者たちの足音と荒い呼吸、甲冑が擦れる音が混ざり合って聞こえていたものが、次第に明確に分けて聞こえるようになっていく。ついには誰の足音かも予測がつくように頭が冴えてきた。最初に入って来たのは踊りが得意で軽やかな左衛門尉、最後に入って来たのは、傍若無人な渡辺守綱に違いない。家康が静かに目を開けると、眼の前には左衛門尉、数正、平八郎、小平太、彦右衛門、忠世、広次、長家、守綱が揃っていた。懐かしき忠真も酒をあおりながら胡座をかいていた。めいめい鉢巻を強く結び直したりと、皆、その表情には闘志が漲っている。その姿に家康は頼もしさを感じてふっと微笑んだが、すぐに顔を引き締め、床几から立ち上がった。

「この地を守り抜き、武田信玄に勝つ。今こそ、我らが桶狭間を為す時ぞ！」

その堂々たる宣言に、家臣たちは「おおおーッ！」と咆哮した。

家康たちの桶狭間がはじまる。

第十七章　三方ヶ原合戦

戦《いくさ》を前に、瀬名は久しぶりに岡崎城の主殿を訪れていた。いつになく曇った顔の瀬名の隣には十四歳になった松平信康、その隣には信康の妻・五徳、さらに瀬名の背後に隠れるようにして十三歳の亀が座っている。

「とうとう武田と戦になるのですね……」

瀬名たちを広間に迎え現況を説明する役割を担っているのは平岩七之助である。

「は。浜松にて迎え討つことになろうかと」

七之助の口ぶりは重く、瀬名の顔はさらに曇った。

「父上なら、きっとお勝ちになるだろう」

根拠のない自信に満ちた信康をたしなめるように七之助が遠慮がちに言った。

「我ら岡崎勢もいざとなれば後詰《ごづ》めに」

その場合、信康も戦うことになるという婉曲《えんきょく》な言い回しに敏感に反応したのは亀である。

「虫も殺せぬ兄上が戦場《いくさば》に……？」

「子供の頃の話じゃろう」

亀の言い方に信康は不服そうで、五徳も異を唱える。

「信康様はもう立派な大将でございます。信康様、武田をうちのめしてやりなされ！」

「任せておけ」

やけに強気の信康と五徳の様子に瀬名は不安を抱かずにはいられない。なぜなら強敵・武田信玄との戦いである。同じく不安そうな亀と肩を寄せ、慰め合った。

「皆のご武運を祈ろう」

瀬名は子供たちを促して、天に向かって手を合わせた。

その頃、家康と家臣たちはおのおのが戦に出る準備をしていた。吉田城では武装して出かける酒井左衛門尉と登与《とよ》が別れを惜しむところである。

「じゃあ、あとは頼んだぞ」

「へえ、ご武運を」

いつも戦場に赴くときの何気ない挨拶である。だがその日は少し違った。

「登与、なんかついとるぞ」

「は?」

「髪、髪、虫か？　いやいや、もっと」

左衛門尉は登与の髪を触るふりをしながら、ぐいっと登与を抱き寄せた。でもそれもほんの一瞬のこと。

「あ、気のせいじゃ、ほんじゃな」

「ああ、そうですか、行ってらっしゃいませ」

ごくごくふつうな素振りをしたものの、飄々《ひょうひょう》とした左衛門尉の背中を見つめながら、登与は今生の別れになるのではないかという不安に、あふれる涙を抑えきれず、両手で顔を覆った。

浜松、本多家の屋敷では、黒糸威胴丸具足《くろいとおどしどうまるぐそく》を身に着けて、本多平八郎が今しも出かけるところである。三年ほど前、旗本先手役の大将となった平八郎の具足は、強さの象徴のように黒光りしている。二枚胴で小札《こざね》は黒漆塗りの切付板札になっている。大鹿角の脇立《わきだて》が黒々とそそり立つ兜を抱え、甲冑の音をさせて廊下を歩く平八郎のあとを、同じく甲冑をつけた人物が追いかけていく。勇ましく槍を構えてはいるがなんだか足元がおぼつかない。その人物は本多忠真であった。

「こら、待たんか、平八郎」

「叔父上はもう戦は無理じゃ！　待っておれ！」

「まだまだお前なんぞに負けんわい」

「酒を断って養生していなされ」

「酒はもう断った」

「嘘をつけ！」

「一滴も飲んどらん。待たんか」

「飲んどるではないか」

飲んでいないと言い張りながら兜の下は赤ら顔で、槍を持つ手の反対で瓢簞《ひょうたん》を持ち、ちびりちびりとやっている。そんな忠真が平八郎は心配でならない。だが、今回の大戦《おおいくさ》に忠真が参加したい気持ちもわからないではなかった。主君のために死ぬことが信条の本多家の者として、こたびの戦に腕が鳴るのである。

そうかと思えばこんな者もいる。上ノ郷城《かみのごうじょう》の主殿では久松長家《ながいえ》が於大《おだい》にぐずぐず言っていた。

「やっぱり行かなきゃならんじゃろうな……」

「そりゃあ、源三郎のこともありますしねえ。でももうお歳なんですから、無理はなさいませんように」

長家は大永《たいえい》六年（一五二六年）生まれ。四十代後半に差しかかるところである。五十を過ぎた信玄よりは若いが、信玄の豪胆さとは比べ物にならない。慣れない甲冑に「おおっと」とよろめいた。

「言ってるそばから」

「鎧はこんなに重かったかのう」

「みんなの足を引っ張らないようにね！」

於大に励まされた瞬間、長家は再びよろめき、於大に抱き着いた。

「わざとやりなさんな！」

於大はぱっと離れると、長家の背中をどんと押し出した。情緒も何もあったものではない。

元亀三年（一五七二年）十月三日、三年越しの鬱憤《うっぷん》を晴らすかのように、武田信玄率いる三万を超える大軍が甲斐を発った。浜松城に攻めて来るのは時間の問題であろう。

家康は居室でひとり、香を薫《た》きながら、小刀で彫り物をしていた。シュッ、シュッ、という小気味のいい音とともに形づくられていくのは摩利支天《まりしてん》――軍神である。彫りながら家康の瞳に覚悟が宿っていく。やがて、気持ちを静めると甲冑を身に着けた。

「この地を守り抜き、武田信玄に勝つ」

家康は、浜松城の主殿の廊下に立ち、いつでも出撃する構えである。彼の前には左衛門尉、石川数正、平八郎、榊原小平太、鳥居彦右衛門、大久保忠世、夏目広次、長家、忠真、渡辺守綱らが片膝をついて控えた。

　今か今かと待つこと一週間後の、十月十日、武田軍は風のように浜松に近づいて来ている。家康たちは広間で地図を広げ、印をつけたり消したり侃々諤々《かんかんがくがく》の議論を行う。武田軍の動きに関する情報が錯綜《さくそう》し混乱しているのだ。

「作手《つくで》城、田峰《だみね》城、長篠城は、すでに敵の手に」と広次、

「犬居《いぬい》、只来《ただらい》も落ちたとの知らせありじゃ」と忠世、

「多方から一度に攻め込まれておる、手が回らぬ」と小平太、

「信玄本人はどこにおるのかさっぱりわからん！」

　平八郎は焦りを滲ませた。

　本隊と別働隊があるようで動きがつかめず油断がならない。

「しかし恐るべき速さ。三日に一つ城を落とされておる」数正は地図を見ながら慄《おのの》いた。

「侵《おか》し掠《かす》めること火の如くとは、よく言ったものじゃ」

　左衛門尉が唸ると、そこへ彦右衛門が風のように駆け込んで来た。

「駿河方より高天神城《たかてんじんじょう》に向かう大軍ありとのこと！」

「我らを陸側深くに引き付けておいて、海側から高天神を狙う手か」との小平太の問いに、

「そいつが信玄の本軍じゃろう」と平八郎が答えた。

「高天神はやすやすとは落ちぬ」

　高天神を制するものは遠州を制すると言われるほどの鉄壁の城である。それゆえ家康は高をくくっていたが、信玄と勝頼の大軍は十月二十一日、高天神城を容易に越えて行った。

「速すぎる！」

報告を聞いた忠世は薄い髪を毟《むし》りながら絶叫した。

「次は、見付城《みつけじょう》……」と広次はごくりと唾を呑み、

「見付を取られれば、もはや信玄は目と鼻の先」と左衛門尉はうめいた。

見付城を押さえ、天竜川《てんりゅうがわ》を越えれば浜松である。

「平八郎が物見に向かっております」

数正の報告を聞いた家康は、落ち着きなく軍配でそっと太ももを何度も叩くのだった。

平八郎の物見には忠真も一緒だった。見付城付近の道を歩きながらふたりはまた言い争っていた。

「叔父上、戻られよ。もはや弓もまともに引けんのでござろう」

「酒は断ったと申しておろうが！」

「腰の瓢簞は酒だろう！」

「提げとるだけで飲みゃせんのじゃ！」

「飲まんのなら提げんでよかろうが！」

「ありゃあ安心するんじゃ！　弓だって腕は落ちとらん！」

忠真は矢を取り、きりきりと弓を引く。だがその腕を見て、

「震えておるではないか」と平八郎は呆れたが、酒のせいではなかった。忠真は、弓を向けた先を見て武者震いしていたのだ。見付城を赤備えの部隊が取り囲んでいた。

浜松城・主殿の広間で次々入る戦況に、立ったり座ったり焦りを隠せない家康と、左衛門尉、数正、忠世のもとへ彦右衛門と広次が汗だくで駆けてきた。

「平八郎殿、武田の先鋒と相まみえ、一言坂《ひとことざか》にて戦いとなりました！」

「なんじゃと！」と家康は声を裏返した。

「もう来ちまったか」と左衛門尉がうなだれる。

「相手は赤備えの手勢とのこと！」と広次が報告すると、

「よりによって武田最強、山県か……」と数正は虚空を睨んだ。

「加勢に参る！」

辛抱たまらず忠世が刀を摑んで出て行こうとしたとき、彦右衛門が廊下の先を見て声をあげた。

「平八郎が帰って参りましたわい！」

家康たちが待ちきれず廊下へ出ると、平八郎と忠真がよろよろと肩を貸し合いながら、歩いて来た。

「山県の手勢、まあまあでござった」

鎧には折られた矢が突き刺さりながらも口の減らない平八郎。早く手当をと、数正たちが心配しても聞く耳をもたなかった。

「手当ては無用。見ての通り、こたびもまたかすり傷ひとつ負わなんだので」

血を「汗でござる」と言い張り、軽くぬぐうと、がぶがぶと竹筒に入った水を飲んだ。

「ひと汗かいたあとは水がうまいのう叔父上！」

「おう！　水がうまいわ！」

「それは酒ではないか！」

我慢比べをしながら、豪快に、わはは、と笑う平八郎と忠真に家康は「頭は打ってるかもしれんな」と苦笑いした。ふたりのおかげで少しだけ張り詰めた空気がほぐれた。

十一月七日、武田軍は天竜川沿いを北上しはじめた。「暴れ天竜」との異名もあるその川は諏訪湖から南下して、浜松の東を通り海へと注ぐ大きな河である。この頃は、大天竜、小天竜の二本が流れていた。

「見付も落ち、匂坂《さぎさか》も落とされ、敵は二俣城《ふたまたじょう》へ向かっております」と広次、

「城という城をひとつ残らずつぶして後詰めを断つ。奪った城の兵は手駒に加える」と数正、

「見事なまでに武田信玄の戦よ……」と左衛門尉は敵の手腕に嘆息した。

「頼みの綱は……織田信長ですな」と忠世がぽつりと言った。

「本当に加勢を送ってくれるんじゃろうかのう」

「送ってもらわにゃ困る」

左衛門尉と家康が心配しているところへ家来が来た。その報告を広次が聞いて皆に伝える。

「水野信元《みずののぶもと》殿、お見えとのこと」

「ようやく使いを寄こしよった」と彦右衛門は苦い顔をした。

広間に入って来た水野信元はあいかわらず不敵な態度である。

「信長様からの言伝じゃ……この浜松にて武田をくい止めよ！」

と言う。家康たちの聞きたいことはそんなことではない。

「で？」と家康は訊ねた。

「加勢はどれほど送ってくださるのか？　せめて五千ほどは」

左衛門尉が家康の気持ちを代弁すると、信元はとぼけたように出された白湯を飲み、しゃあしゃ

あと答えた。

「お前さんらも存じておろうが。信長様は今まさに、浅井《あざい》・朝倉《あさくら》との戦の真っただ中じゃ。こっちに割ける手勢はねえ」

「そんな……！」と忠世、「この有り様をおわかりなのか？　もし我らが負ければ、織田殿とて……」と数正が責めるように言うと、信元は気に入らないとばかりに声を荒らげた。

「俺ぁ言われたことを伝えに来ただけじゃ！」

これでは埒《らち》が明かない。家康は深呼吸して信元に語りかけた。

「叔父上」

「何じゃ」

「では、信長殿にお伝えくだされ。久しぶりに、鷹狩をしようと」

「あん？　お前何を言っとるんじゃ、こんな時に」

「いいから伝えよ！　ともに二日だけ城を抜け出し、いつものところで鷹狩をしようと」

数日後、家康は三河の西尾にある、人里離れたとある農家に赴いた。いでたちは鷹狩装束ではない。ふつうの小袖と袴に胴服を羽織った姿である。お供の家来たちを目立たぬところに配置し、軒先で家康はひとり茶を飲みながら田畑や山や空を眺めた。戦が起こっているとは思えないのどかな風景である、だが、よく見ると、木々の背後には織田家の兵がひっそりと待機していた。やがて家康の背後から人の気配がして、ほどなく家康の隣に座った。

信長である。彼もまた鷹狩装束ではなく、南蛮風のマントである。

「俺を呼び出す奴は珍しい」

「呼べばおいでになるんですね」

「あれほど信玄を怒らせるなと言ったろうが」

「信玄の狙いは、あなたですよ」

信長は少し間を置いて訊ねた。「どうやる」

家康が黙っていると、信長は「策を申せ」とせっついた。

「策は……桶狭間」

「餌は？」

「家康」

自身の名前を出した家康は「それしか手はないと存じます」と言葉に力を込めた。

「同じ考えだ」

「そちらの戦は、どれほどあれば」

「ひと月」

「ならばやはり、五千お借りしたい」

「三千貸してやる」

「五千」

「三千じゃ」

信長の吝嗇《りんしょく》に家康は嘆息しながら念押しした。

「徳川と織田は、一蓮托生《いちれんたくしょう》であることをどうかお忘れなきよう！」

だが信長は一枚上手であった。

「死にそうな顔した大将には誰もついてこんぞ」

そう言うなり、家康の強張った頬を両手でつかんで、ぐにゃぐにゃと乱暴にもみほぐした。「楽しめ、生涯一の大勝負を！」

からかわれた悔しさにますます眉をつり上げる家康の顔を、信長はにやりとしながら覗き込んだ。

「俺とお前は一心同体《いっしんどうたい》。ずっとそう思っておる」

信長の笑った瞳は剣先のようにきらりと光り、家康はどきり、となった。

「信玄をくい止めろ。俺が必ず行く」

濁りのない声で信長は言うと、マントを翻して去って行った。

「楽しめ、生涯一の大勝負を！」と言う信長の言葉を噛み締めながら、家康はその足で岡崎に向かった。築山では瀬名が庭の草花に水をやっていた。突然現れた家康の顔を見て、ほっとしたように微笑む。瀬名のふっくらとした顔に、家康の心はようやくほぐれた。

瀬名と家康は部屋に入った。ここはいつも家康の好きな香りがする。「ひと目会っておきたくてな」と家康は畳に腰を下ろし、庭で拾った木片を取り出すとおもむろに小刀で削りはじめた。そんな家康を瀬名は隣に座ってじっと見つめた。

「亀を呼んでまいりましょうか？」

「よい……別れが惜しくなる」

家康は一心不乱に木片を削り続ける。「信康も、少し見ぬ間にたくましくなったな」

「一日一日、見違えるように。母はたいそううれしい。……と、外では言っております。でも本当は寂しい。妹思いで、虫も殺せぬやさしい信康が、戦をする武人になっていきます。殿と……同じように」

瀬名は寂しげな瞳で家康を見つめ、心に固くしまっていた想いを吐き出した。

「どうしてなのでしょう。誰だって人殺しなんてしたくないはずなのに、どうして戦はなくならぬのでしょう。殿は所領も大きくなられたけれど、大きくなればなるほど敵も、苦しみも大きくなるばかりのようで……」

「この乱世……弱さは、害悪じゃ」

そう言った瞬間、最後のひと削りが完了した。出来上がったのは、小さな木彫りの兎である。それを瀬名の手にひらに乗せた。

「懐かしい」

「それは、わしの弱い心じゃ。ここへ置いてゆく。持っていてくれ」

瀬名は兎を愛おしそうに両手に乗せて見つめた。

「そなたは、何があっても強く生きよ」

すっくと立ち上がった家康は庭を見つめた。寒椿《かんつばき》、山茶花《さざんか》、石蕗《つわぶき》、藤袴《ふじばかま》、木瓜《ぼけ》、小菊、色とりどりの冬の花が庭を彩る。築山では四季折々、さまざまな花が咲く。家康は瀬名が丹精込めて育てた花々に誓うように言った。

「まことにここは夢のような場所じゃ……。ここには、指一本触れさせぬ」

「殿……いつか必ず、取りに来てくださいませ。殿の弱くてやさしいお心を。瀬名はその日を待っております」

名残惜しい気持ちを断ち切って築山を出て行く家康を見送りながら、瀬名はあふれ出そうな涙をまばたきで抑え込んだ。そして兎の木彫りをぎゅっと握りしめた。

瀬名と別れの挨拶をした家康が浜松城に戻ると、ほどなくして広次が報告に現れた。

「佐久間信盛《さくまのぶもり》殿、水野信元殿ら織田勢、三千！　ご到着でございます！」

「一同を集めよ！」

家康の命で、左衛門尉、数正、平八郎、小平太、彦右衛門、広次、忠世、忠真、長家、守綱らが揃った。信元と信盛ら織田の家臣も加わり、広間は熱気に包まれた
「武田信玄の動き、恐るべき速さじゃ。されど、そのほかはすべて、我らの読み通りである！　これより、改めて我らの策を伝える！」

床几に座った家康は皆を安心させるべく、迷いのない声で言った。

「武田信玄、邪魔になりうる我が方の城はすべて落とし、残すはこの浜松のみ。意気揚々と攻めかかってまいりましょう」と覚悟を決めた小平太の声も晴れやかである。

「我らがなすべきことは無論ただひとつ、籠城あるのみ！　されど方々、これはただひたすらに耐え忍ぶのみの籠城にあらず！」と平八郎も声を響かせた。

「この浜松、我ら一丸となれば、たとえ信玄といえども易々とは落とさせませぬ。優にひと月は持ちこたえられましょう」と左衛門尉は笑顔である。彼の明るさはいつも現場の士気を上げる。

数正は作戦を朗々と語りだした。

「そこで我らは、織田信長様と動きをひとつにする！　このひと月のうちに、柴田殿、木下殿らが浅井・朝倉勢との戦に片を付け、西方《せいほう》の敵を必ずや取り除かれる。さすればただちに、織田信長様のご本軍が電光石火のごとくこの地に駆けつけ、武田の背後を突く！」

さらに小平太が続けた。

「時を同じくして、岡崎の若殿にもお立ちいただく！　信康様の三河勢、三千が押し寄せ、武田の退路をことごとく断つ！」

平八郎が小平太から話を引き取って説明を続けた。この連携、誰もの思いが一致団結していることの証しである。

「そのときこそ満を持して我らが打って出る時！　城攻めに疲れ果てた武田勢に為すすべはなし！織田、徳川総がかりで武田勢を皆殺しにいたす！」

ごくり、と息を呑んだり、武者震いする音がする。

「この城とわしの首は、信玄に食いつかせる餌じゃ。食いつかせてひと月耐え忍び、一撃必殺！信玄の首を獲る！」と最後は家康が締めた。

「天と地をひっくり返すんじゃあ！　かの桶狭間合戦と同じく、この浜松合戦、未来永劫語り継がれるであろう！」

その場に控えた全員が立ち上がり「おおおおおー！」と雄叫《おたけ》びを上げた。

籠城作戦はただちに岡崎城にも報告された。主殿では、瀬名、信康、五徳、亀が集まって、七之助から作戦を聞いた。その面持ちは真剣そのものである。

一方、岐阜城の主殿では信長のもと、木下藤吉郎、柴田勝家、明智光秀らが地図を見ながらああでもないこうでもないと作戦会議をしていた。

十一月末に二俣城を攻め落とした武田軍は、天竜川を渡りいよいよ浜松を目指して南下してくるかと思われた。十二月二十二日、戦の気配は川の西側、浜松の町にじわじわと届いていて、危険を感じた民たちは手に手に鍋や釜を持ち避難をはじめていた。家康が立ち寄った茶店の老婆もあたふたと店を閉め、今まさに逃げんとしていた。そこへ、井伊虎松がふらりと現れた。虎松の信奉者である少女たちを数人従えている。

「団子をおくれ」

「あほう、何を寝ぼけたこと言っとる！」

呆れる老婆に、通りかかった商人も虎松に注意を促した。

「武田がそこまで来とる！　このあたりは焼け野原になるぞ！」

「徳川さんもおしまいじゃろうて。あんたも早う逃げ！」

一刻も早くこの場から離れたいとそわそわしている老婆に、虎松はぬけぬけと言った。

「団子をおくれってば。戦見物するんだ」

浜松城の天守曲輪《てんしゅくるわ》はあわただしく行き交う兵士の足音や、馬のいななきで緊迫感に満ちている。

櫓で見張っていた彦右衛門と守綱が叫びだした。

「来やがった、来やがった！」

「渡辺守綱様がお相手じゃ！」

彦右衛門はこの年、父・忠吉《ただよし》を亡くしている。桶狭間の頃、「ひょの、ひょの」と、家康のために尽力した亡き父のことを思うとますます全身に力が漲るのであった。彦右衛門たちの報告を聞き、主殿に待機している家康、左衛門尉、数正、平八郎、小平太たちも外へ出て櫓に上がった。二俣街道に「風林火山」の旗を掲げた武田軍が全貌を現している。数の多さのみならず、赤備えの一群は目に鮮やかで、その壮観さに息を呑む。「……信玄」と家康は思わず櫓の手すりをギュッと握って呟いた。

街道に居並ぶ武田軍には信玄、信君、昌景、勝頼たちがいる。彼らも浜松城を見据えていた。

「四郎よ」と信玄は勝頼を呼んだ。

「我が兵法《へいほう》のすべてを見せよう」

信玄は浜松城を軍配で指した。

「あそこに敵の大将がおる。我が身をそこに置き、その者となってみよ。その大将は、ひ弱で臆病。されど己の弱さをよく知っているかしこい若造じゃ」

信玄の言う若造は、その頃、浜松城の櫓に上がって武田軍を見据えている。「さあ、来い……信玄！」と。信玄には心眼でその姿が見えていた。

「見えるであろう、家康の姿が」

勝頼にそう言うと信玄は軍配をさっと力強く上げた。それを合図に信君と昌景は口々に「進め！」と号令をかけ、あたりから轟音が鳴り響いた。

「動いた！」と小平太が叫んだ。

「来るぞ！　持ち場につけ！」と平八郎は櫓の階段に走る。だが、家康は「待て」と止めた。

「どういうことじゃ？」

家康は遠くの武田軍の動きに眉を寄せた。

「おい……おいおいおい！　どうしたどうした！」と彦右衛門も仰天する。

「どこ行くんじゃ！　守綱様が怖くなったか！」と守綱が叫んだ。

武田軍は南に向かって前進せず、有玉《ありたま》で一斉に西へと動きはじめたのだ。

「通り過ぎてゆく……」と小平太、

「まさか……浜松を放って行く気か……」と左衛門尉。

「そんなはずあるまい！」と平八郎は反発した。

「素通りじゃ……」と数正はぽかんと口を開けた。

全員が呆気に取られ立ち尽くす。なかでも家康の苛立ちはかなりのものであった。

「馬鹿な！　わしはここじゃ！　家康はここにおるぞー！　信玄！　かかってこい！　信玄ー！」

家康は地団駄を踏みながら叫んだ。こんなに馬鹿にされたことはない。自尊心を傷つけられ「くそおッ！」と奥歯が割れそうなほど噛み締めた。

家康たちの反応は信玄の予想通りであった。

「四郎様、見えますかな、家康の狼狽ぶりが」と昌景が愉快そうに顔をゆるめた。

「幼いわっぱが構ってくれと泣いておりますぞ」信君もしたり顔だ。

「この後、どうするでしょう？」と勝頼は信玄に訊ねた。

「うむ……まず家臣一同と揉めに揉めるであろうな」

信玄は我が意を得たりとばかりに唇の端を少しだけ上げた。

浜松城・主殿の広間に戻った家康は、どうにも気持ちが収まらずうろうろしていた。その前に腰を下ろした左衛門尉、数正、平八郎、小平太、彦右衛門、忠世、信元、長家、佐久間信盛ら一同は地図を広げている。これからの策をめぐって議論は紛糾していた。

「どういうことなんじゃ！　なぜかかって来ん！」と彦右衛門はわめいた。

「浜松はいらんちゅうのか！」と悔しそうな忠真に、

「信玄の狙いは、あくまで信長ということじゃろう……」と忠世が想像をめぐらした。

「無駄な力は使わず、信長との決戦を急ぐと」

小平太がなるほどとうなずくが、平八郎は気に入らない。

「信長に比べれば、我らは取るに足らん雑魚《ざこ》ということか……！」

そこへ、信盛が口を挟んだ。

「あの……方々は普段、我が殿のことを呼び捨てにしておいでか？　ちゃんと様をつけていただきたい」

信長、信長と連呼することが気になる信盛を徳川家臣たちはまるで相手にしない。

「おい、どうすんだよ。策が台無しだぞ甥っ子！」と信元が苛立ちを顕わにした。

「考えておるんじゃ！」と家康は険しい声で返した。

「しかし考えようによっては、戦わんで済んだのですから、好都合とも」と暢気な長家に、

「あほうか久松！　信玄をくい止めろと信長に言われとるんだぞ！」と信元が食ってかかった。

「このまま行かせたら信長に何と言われるか……」と忠真が考え込むと、

「様！　信長様と呼びなされ！」と信盛はまたたしなめた。

なぜいつも家康がじっくり考えたいときにまわりは騒ぎ立てるのか。気が散って仕方がない。

「うるさい！」

うろうろしながら考えていた家康はピタと足を止め、皆を叱りつけた。

その頃、信玄は西に向かって馬を進めながらほくそ笑んでいた。

「落ち着いてよく考えることじゃ。遠江の民が見ておるぞ」

浜松の町では逃げようとしていた民たちの足が突如として止まっていた。信玄の命で千代とその手下たちが民に化け潜入し、民たちに噂を広めているのだ。

「なんだって？」

逃げようとしていた茶店の老婆が千代の言葉に足を止めた。

「慌てて逃げることはないって言ってんのさ。徳川さんは、武田が怖くて素通りさせたらしいよ」

「徳川さんはお手上げだってさ」

「城の中でがたがた震えてるってさ」

「遠江は武田にくれてやることにしたんだとさ」

千代と手下たちの話を虎松も耳にした。

「お前らは帰れ」と不満げな少女たちを残し、虎松は駆けだしていった。

浜松城の主殿では左衛門尉が思案にふけっていた。

「この戦の成り行きを、遠江の民が見ておる。このまま素通りさせたらいい笑いもの……。もはや誰も我らについて来んだろう」

「打って出るしかないのか……」

彦右衛門が家康の顔色をうかがうが、家康はまだ答えを出せずにいた。

「それは話が違いますな！　我らは、籠城せよと我が殿に命じられてここへ来ておる！　野戦《のいくさ》をするなど聞いておらん！」と信盛はとんでもないという顔をする。

「されど、敵が来ないのに籠城しても、それはただみんなで城に泊まっているだけ……」と長家。

「いや、そのほうがいいかもしれんぞ。籠城をしろというのは、信長の指図じゃ！　俺たちは指図に従ったまで、そう言い訳できる。下手に動くより、そのほうがいい！　俺たち織田勢は籠城じゃ！」と信元が言うので、

「義兄殿は、都合よく織田勢になったり、徳川勢になったりしますな」

長家はちくりと嫌味を言った。

「悪いか」

険悪な雰囲気を無視して小平太が言う。

「しかし武田軍を無傷で岐阜へ行かせたら、それこそ切腹ものなのでは？」

「そして岐阜の前には、三河岡崎がある」と数正が深刻な顔をした。「信玄は岡崎を容易く落としましょう」

武田軍は井伊谷を通り三河に入って、岡崎に向かうだろう。岡崎出身の者たちは一斉に顔を上げた。家康も然り。岡崎城に残した瀬名、信康、亀のことが気にかかる。

「殿、岡崎に行かせちゃなりません……わしらの岡崎を守らねば！」

彦右衛門は父の愛した岡崎を想う。

「早く出ねえと、武田は行っちまいます！」と忠真。

「策を見破られた以上、ここに留まっても無駄です。一か八か野戦を挑むしかないでしょう。なあ、平八郎殿」と小平太が言うと、

「打って出れば負ける」と平八郎が返して、ふたりの言い争いがはじまった。

「おやおや、らしくないですね」

「俺は、山県の手勢と槍を交わしてようわかった。奴らは強い。数で大いに劣っている以上、野戦をすれば必ず負ける！」

「臆病風に吹かれたか！」

「勝てる策を考えねばならんと言っておる！」

口角泡を飛ばす平八郎と小平太の脇で信元はふんぞり返る。

「むやみに動かんほうがええんじゃ！　ここにいよう」

「岡崎を見捨てろと申されるか！」と彦右衛門が噛みついた。

「信長の指図を待てと言っておるんじゃ！」

「信長なんぞあてにならん！」

今度は彦右衛門と信元が言い合いをはじめた。

「様をつけよ！」と信盛が執拗に指摘するが誰一人相手にしなかった。

「手遅れになるぞ！」と立ち上がる小平太を平八郎が、

「お前も死ぬと言っておるんじゃ！」とむんずと押さえる。

「出るなら勝手に出ろ！　俺たちはついていかん！」と広間を出ていこうとする信元に、

「何だと！」と彦右衛門は摑みかかった。

もみ合いになる平八郎、小平太、彦右衛門、信元を左衛門尉、忠世、忠真らが止めに入った。

「やめんか、あほたあけ！」と忠真、「落ち着け！」と忠世、「敵の思うつぼぞ！」と左衛門尉。皆が大騒ぎをするなか、家康が立ち上がり部屋の隅に向かったことに気づいた数正は、こめかみをピクリとさせ、「殿のお考えの邪魔をするな！」と一喝した。

ぴたりと動きを止めた一同は、こわごわ家康を見る。家康は部屋の片隅で、指をくわえている。理由はわからずとも、これが家康にとって心を落ち着かせる仕草であることを、古くからの家臣たちはわかっていた。

「殿、お指図を」と左衛門尉が家康の神経を逆なでしないように穏やかな調子で聞いた。

「……殿」と忠世。

「どうします」と彦右衛門。

「いかがなさる、殿」と数正。

皆の声を聞きながら、家康はこれまで経験した様々なことを思い返していた。

浜松城で井伊虎松と話したこと――。

「わしは、そなたたちの頼れる領主となってみせる……見ていてくれ」

源三郎から聞いた信玄の言伝《ことづて》――。

「弱き主君は、害悪なり。滅ぶが民のためなり」

家康がどうするべきか考えあぐねているとき、信玄は家康に心のなかで語りかけていた。

「さあ、決断せよ……時は待ってくれんぞ」

しばしの沈黙ののち、家康は立ち上がり、広間の中央に戻り、床几に座り直した。

「我らが信玄に勝る点があるとすれば、ひとつ」

家康は落ち着いた口調で言った。「この地についてじゃ」

「仰せの通り！　我らはこの浜松の地を信玄よりよく知っております。地の利を活かせば、一矢報いることができるやもしれませぬ！」

広次が地図を広げ、一同は地図を取り囲んだ。

「ただいま武田の軍勢は欠下《かけした》の坂道に差しかかる頃。坂を登り切った先は……三方ヶ原《みかたがはら》。さらにその先は……。祝田《ほうだ》の細い崖道でございます！」

「あそこは身動きがとれんぞ！」と忠世。

「そこを後ろからつつけば……」と忠真。

「かなりの兵を失わせることができよう！」と小平太。

「敵の力を大いに削げば、我らにも勝機がある」と平八郎の顔がみるみる輝いていく。

家康は一同の顔を見回し「皆の者」と呼びかけた。

「我が屋敷の戸を踏み破って通られて、そのままにしておく者があろうか。戦の勝ち負けは、多勢無勢によって決まるものではない！　天が決めるんじゃ！　ただちに信玄を後ろから追い落とす！出陣じゃあ！」

夕刻、「厭離穢土《おんりえど》欣求浄土《ごんぐじょうど》」の旗を掲げ、家康率いる徳川軍は浜松城を発った。犀ヶ崖《さいががけ》を抜け姫街道を通って三方ヶ原へとひたすらに北上する。

「ゆけーっ！　信玄を逃がすな！」

家康は軍配を振りかざし、愛馬のあぶみを強く踏みしめた。彦右衛門が家康のそばにつき、左衛門尉、数正、平八郎と忠真、小平太、忠世らはそれぞれの部隊を率いて馬を飛ばした。そのあとを守綱らが追いかけ、街道を猛然と駆け抜けた。

その頃、築山では瀬名が不安をかき消すように薬を煎じていた。

カタン、と物音がして見れば、明《あか》り取り窓の前の棚に飾ってあった木彫りの兎が倒れていた。隙間風だろうか。瀬名は窓を閉めると兎に駆け寄り守るように抱きしめた。

申の刻（午後四時頃）、西日に照らされる扇形にぽかりと広がった大平原――三方ヶ原台地が見えてきた。冬枯れの荒野に風が吹き上がりざわざわと不穏な音をさせている。武田軍を岡崎に向かわせるわけにはいかない。家康軍は背後から一斉に攻めかかる。やがて、風は強風となり粉雪が舞いはじめた。

「ゆけーッ！」

坂道を駆け上がったとき、家康たちはたじろいだ。眼前の三方ヶ原台地いっぱいに、武田軍三万が見事に整然と魚鱗《ぎょりん》の陣を敷いて待ち構えていたのだ。粉雪で視界がぼやけていてもなお、その長く伸びた部隊の、一点突破を狙った鋭さは家康たちの心を貫いた。

待ち伏せていた信玄は泰然と家康の方を見ていた。

「勝者はまず勝ちて、しかるのちに戦いを求め、敗者はまず戦いて、しかるのちに勝ちを求む。わっぱよ……戦は、勝ってからはじめるものじゃ」

ゴオォォと耳鳴りのように雪が渦巻く音がする。家康は今まで経験したことのない恐怖を感じていた。これまで何度も体を震わせるような恐怖は味わってきたが、ほんとうの地獄は違う。それは何もかも無になることだった。何も考えられず手足も動かない。主人の気配を察知した愛馬が不安げに耳をうしろに伏せた。

武田軍の魚鱗の陣に対し、徳川軍は鶴翼《かくよく》の陣で対抗する。だがいかんせん、兵力に差がありすぎた。降りしきる雪のなか、わずか二時間あまりで徳川と武田の勝負は決着がついた。

夜になって、虎松が息せき切って三方ヶ原台地へ駆けて来たときには武田軍の勝鬨《かちどき》が聞こえていた。

浜松の町から姫街道を雪のなかひた走ってきた虎松は、身を潜めながら、草をかき分けて戦場を見渡す。武田軍の勝鬨を聞きながら、虎松は真っ黒な瞳で目の前の光景をまばたきもせず見つめていた。台地に群生する下草や低木はなぎ倒され、そこには死体が重なり合っている。その上に雪が降り積もり、凄惨な光景を少しだけ隠していた。

「厭離穢土 欣求浄土」の旗が見るも無惨に踏みにじられ、切れ端が風に吹かれている。眼前に横たわる死者は皆、徳川兵ばかりである。武田の陣営では兵士たちが「エイエイオー！」の喜びの声をあげ、「風林火山」の旗が勝ち誇ったように風にはためいている。陣営を見渡していた虎松は一台の荷車を見てはっとした。荷車に載せられているのは、松明の火を受けて、きらきらと反射する金色の具足である。それは胴体だけで首がない。金の兜をかぶった首を、荷車の先頭を歩く侍大将が誇らしげにぶら下げていた。

第十八章　真・三方ヶ原合戦

「徳川家康、討ち取りましてございます！」

人の気配でかがり火がゆらりと大きく揺れた。金色の兜を手にもった侍大将が、浜松城の目と鼻の先、犀ヶ崖《さいがかけ》に陣を敷いた武田軍の陣幕をくぐってぬっと現れた。目を瞑り床几《しょうぎ》に座った武田信玄、その左右に山県昌景《やまがたまさかげ》、穴山信君《あなやまのぶただ》らが控える。逸る心を抑えながら膝をつく侍大将に「これへ！」と昌景が声を落として指示をした。「は！」と侍大将は勢いよく膝を進め、金の兜をかぶった首を信玄の前へ差し出した。信君が両手で受け取って信玄に渡す。三人は血の気の失せた首をしげしげと見つめた。信玄が家康の顔をその目でじかに見たのは数年前、晩秋の山林である。あのとき若い家臣たちと軽口を叩いていた人のよさそうな血色のいい家康の顔と、いま目の前で静かに目を瞑っている血の気の失せた首を見比べて、その相違に信玄はふっと笑った。

家康が討ち取られたという情報はたちまちほうぼうに流布された。当然、岡崎城にもその知らせは届いた。夜半ながら、瀬名と亀は侍女に伴われ、築山から岡崎城へとやって来た。広間に入ると、松平信康、妻の五徳、平岩七之助らがうなだれていた。

「まことなのか」と瀬名が訊ねると、

「お方様……殿が……」と顔をあげた七之助の頬は涙でびしょ濡れだ。

「父上が……！」信康は涙をこらえ唇を噛む。

「まことなのか！」ともう一度瀬名は問うた。

だが七之助はそれ以上言葉を続けることができなかった。それが答えでもある。鎮痛な表情で沈黙する五徳と信康に瀬名は毅然と言った。

「信康、とかく戦場では様々な噂が流れます。虚説に惑わされず、仔細を見極めなされ」

「はい！」

「七之助、武田はここへ来るものと思い、備えを怠るな」

「は！」

もし本当に家康が討たれたとすれば、岡崎城を守るのは瀬名であり信康なのだ。瀬名は心を奮い立たせるように打ち掛けを力強く翻し居住まいを正した。

家康が討たれたとの知らせは、岐阜城にも届いていた。岐阜城の主殿でひとり織田信長は東の方角を見つめていた。その方角には浜松城がある。静けさを打ち消すようにバタバタとした足音が聞こえ、木下藤吉郎が息せき切って現れた。

「誰が戦場を離れてよいと言った」

「知らせを聞いて、居ても立ってもおられず……まことでごぜえますか……」

「あっという間だったそうじゃ」

「徳川様が……えれえことになりましたな」

「やはり、桶狭間など二度とは起こらぬか」

信長はつまらなそうにふっと息を漏らし、気持ちを抑えるように夜の空気を吸いこむ。空は墨色に曇って月が見えない。いつも軽佻浮薄《けいちょうふはく》な藤吉郎すら落ち込んだ様子で、信長の傍らに控えた。

「徳川様がこうもあっさりやられてまうとは……。武田信玄、なんちゅう強さだて。無傷でここへ来てまうでしょうな」

「だろうな」

「西には浅井・朝倉、本願寺、東からは武田……。四面楚歌《しめんそか》とはこのこと」

「こうなると……我らの負けだな」

信長は珍しく弱気なことを言いだした。だが言葉とは裏腹に顔は不敵に笑っている。藤吉郎も目をぎらつかせて笑い返した。くくく、とお互い含み笑いしながら、こみ上げてくるのは闘志であった。「猿……愉快だのう」

「へぇ！　どえれぇ愉快でごぜーます！」

追い詰められれば追い詰められるほど燃えるのが信長であり、藤吉郎だった。

「ただ、一つ懸念がごぜーます」と藤吉郎が言った。

「……将軍か」

信長は西の方角を見つめた。雲に隠れていた月がゆっくりと顔を出してきた。

京都に報告がもたらされたのは、夜明けに近い寅の刻（午前四時頃）であった。二条御所では寝間着姿の将軍・足利義昭《あしかがよしあき》の前に明智光秀《あけちみつひで》が跪坐して、家康討ち死にの報告をした。聞くなり義昭は「ははははは！」と背中を弓なりに反らして高らかに笑いだした。

「そうか！　武田信玄が松平家康を討ち破ったか！　そりゃそうであろうな！　さすが信玄入道じゃ！　見事見事！」

光秀は訝しげに義昭を見つめた。信長の信頼の厚い家康が討たれたとあっては、信長のこれからが危ぶまれる。だが義昭の口調は冷ややかだ。

「明智、そなたももう信長のもとへは行かんでよい。信長はもう用無しよ。これからは信玄じゃ」

「信長様と信玄入道がぶつかって、どちらが勝つかは……」

「目に見えておる！　信長は浅井・朝倉にも勝てんのだぞ？　そこに信玄まで加わったのじゃ！しかも、信長の唯一の味方の松平も滅んだ。もはや信長の勝ち目は万に一つもない！　奴は終わりよ！」

くくく、と今度は前屈みで義昭は笑った。今の地位は信長の尽力があったからとはいえ、義昭のやることなすことに文句をつけて、自由を奪おうとする信長が煩わしくなっていたところだった。

「さあ、早く来い、信玄！　都から信長を追い出せ！」

酒を飲んでいないにもかかわらず、白い寝間着をひらひらさせて大騒ぎする義昭の態度が光秀には心配でならなかった。

「上様……まだわかりませぬ、徳川は滅んだのかどうか」

「家康は死んだんじゃろう？」

何を言いだすのか、と義昭は眉をひそめたが、光秀は生真面目な表情を崩さなかった。

夜明けが近づくなか、かがり火の焔が弱まりつつある。浜松城の虎口《こぐち》を入ったところ、ぽっかり開けた空間に三方ヶ原の戦場から生還してきた負傷兵たちが黒山のように固まって、休んだり手当てを受けたりしている。早々に撤退してきた大久保忠世が中心となって兵士たちを収容し、城に残っていた兵や女たちが手伝いに駆けずり回っている。鳥居彦右衛門は虎口を固め、敵の尖兵が来るのを追い払う。そうしているうちに石川数正も戻って来て、休む間もなく彦右衛門に加勢した。怪我を負った左衛門尉や守綱も外に目を光らせている。大将を失ったにもかかわらず、誰もが挫けることなく、むしろ、浜松城に決して武田を侵入させまいという気迫に満ちている。何かを必死に守ろうという決意の顔である。

「武田勢じゃ！」

見張りに出ていた守綱が息せき切って戻って来るなり叫んだ。見ると前方に松明を掲げた武田軍が近づいてくるところである。このまま浜松城を攻撃してくるつもりであろう。

「来たか……」数正のくぐもった声に左衛門尉は身構えた。

じわじわと浜松城へ向かってくる武田軍の部隊。先頭で馬に乗っているのは武田勝頼《かつより》である。浜松城を睨む馬上の勝頼は今まさに攻撃命令を下そうとしている。

「一気呵成《いっきかせい》に攻めかかるぞ！」

城門では守綱が血の滲んだ鉢巻をぎゅっと締め直し声を限りに叫んだ。

「来るぞ！　おい、者ども！　最後の一兵となろうとも、この城にとどまって戦うんじゃ！」

兵たちは「おお！」と続き、負傷兵たちも何とか立ち上がろうとする。その様子を見て左衛門尉はある決意を固め、数正に小声で相談した。

「それは……」

「ほかに手はなかろう」

数正は一瞬迷いを見せたが、左衛門尉の覚悟の顔を見て心を決めた。

「やってみるか……」

そして数正は大股で虎口に歩み寄ると、必死に城門を守っている兵に向かって命じた。

「門を開けよ！」

「な……なんと？」守綱は耳を疑った。

「門を開けるんじゃ！」

「城を明け渡すおつもりか！」

「いいから城門を開け放て！　かがり火をたいて、息を潜めよ！」

左衛門尉も足を引きずりながら門に近づき命じた。左衛門尉と数正、徳川軍の重臣が言うのだから従うしかない。兵は重たい閂《かんぬき》を外しはじめた。

さらに左衛門尉は、かがり火にめいっぱい薪をくべ、夜が明けたかのように城を煌々《こうこう》と照らしだすよう命じた。あえてこうすることで城の様子を武田軍に見せつけるのだ。

浜松城で何らかの動きが生じていると察知した勝頼は、攻撃命令を下そうとする軍配を持つ手をふと止めた。どう判断したものかと首をかしげたのち、「しばし待て！」と命じた。

城の門がぎぎぎと軋む音をさせて開放されたとき、兵の姿はひとりも見えず、城の前はしんと静まり返っていた。左衛門尉の策はひとまず成功したといえるだろう。犀ヶ崖の武田本陣に戻った勝頼は信玄、昌景、信君に状況を報告した。

「門を開け放って静まり返っている？」

「は……何かの罠でございましょうや」

戸惑う勝頼を見て、信玄、昌景、信君らは顔を見合わせて大笑いをはじめた。勝頼がきょとんと

していると、

「それは、空城《くうじょう》の計《けい》でござる」と昌景が言った。

「空城の計？」

「兵法三十六計《へいほうさんじゅうろっけい》。空っぽの城をさも罠であるかのように見せかけて敵を惑わせる。かの諸葛孔明《しょかつこうめい》がとったとされる奇策でござる」と信君が説明する。

「しかし、本当にやる奴をはじめて見た」

「面白き連中じゃ！」

昌景と信君が愉快そうに腹を抱えて笑うさまを見て、徳川軍にからかわれたと思った勝頼は、兜の下の顔を真っ赤にして憤慨した。

「くだらん策じゃ！　ただちに浜松城を落とします！」

肩を怒らせ本陣を飛び出して行こうとする勝頼を、信玄が呼び止めた。

「まあ待て、四郎。故事を学んでおるのは結構なことよ。それに免じて見逃してやろうではないか」

と信玄は余裕の構えである。

「浜松は捨ててゆくと？」と昌景が訊ねると、

「うむ」と信玄はうなずいた。

「何を仰せでございます、今なら浜松城を容易く落とせます！」

若い勝頼は血気に逸る。

「それでも一朝一夕にはいかん」

「しかし徳川の息の根を止めねば！」

「立ち上がれぬほどには叩いた。充分じゃ。……我らの敵は、都に巣くう魔物よ」

「し、しかし……奴は……家康はどうするのですか！」

信玄は傍らの檜の台に載せられた黄金の兜をかぶった首に目をやった。

「その仕事は、四郎……そなたの代に残してゆく」

信玄は勝頼の目をじっと見据えて言った。

「わしは、時が惜しい……一日たりとも無駄にしとうない」

信玄は甲冑の上からみぞおちのあたりにそっと触れた。その仕草に少し顔を曇らす勝頼、昌景、信君を残して、信玄は陣幕の外に出ると、長い首をぐっともたげて空を見上げた。台地に広がる空、東から陽が昇り、朝焼けで薔薇色に染まった空を目を細め見つめる。

「美しい朝じゃ……。信長がわしを待っておる。さあ、西へ向かおうぞ！」

信玄はまだ暗い西の空に向き直る。自身の最期の仕事を、西の地を踏むことに賭けたのだ。強大な力を持ちながら東の山奥で長く忍んだ男は、ようやく広い世界を手に入れようとしていた。


駿河湾から陽が昇る。朝陽を受ける浜松城の主殿の廊下を、左衛門尉と数正が足早に歩いていく。

「武田勢、陣を引き払い、西へ向け出立いたしました」

「ひとまずは、難をしのいだかと」

左衛門尉と数正は奥の居室の襖を開け跪坐した。ふたりの報告を受けた人物——部屋の中央には具足下着の男がひとり、体を胎児のように丸めて寝転がっていた。両腕で顔を覆い身を震わせている。

みっともない姿で男は泣いていた。哀しみが波のように襲ってくる。この世の絶望をすべて抱えたように男はさめざめと泣き続ける。そのかすれた涙声は家康のものだった。

家康は生きていたのだ。

事の顚末はこうである。半日前、二俣城を落とし、天竜川を渡って西へと向かう武田軍に対して、家康は攻撃を仕掛ける決意をしていた。

「戦の勝ち負けは、多勢無勢によって決まるものではない！　天が決めるんじゃ！　ただちに信玄を後ろから追い落とす！　信玄を逃がすな！」

声をかぎりに号令を発すると家臣一同は、

「おおー！」と応える。

「行くぞォー！」

平八郎が勇ましく出撃してゆく。後に続く家臣たちのなかに忠真もいる。蜻蛉切の槍を持った平八郎の横についいて馬を走らせる忠真を平八郎は止めた。

「叔父上！　叔父上は待っておれ、足手まといじゃ！」

「まだまだおめえなんぞに引けはとらんわ！　おめえに戦い方を教えたのはこのわしじゃっちゅうことを忘れるな！　このあほたあけ！」

忠真は槍を振り回しながら平八郎を追い抜いていく。やむなく平八郎は後を追った。

家康も兜をかぶり直し、鎧の上に陣羽織を羽織って出撃の用意を整える。そして、留守を任せる者を選び名を呼んだ。

「久松長家《ながいえ》！」

「は！」

「夏目ヨシ……夏目ノブ……」

「夏目広次《ひろつぐ》にございます！」

「おぬしたちに留守を任せる！　ぬかるなよ！」

また広次の名前を間違えたことにどうにも引っ掛かりを感じて家康は立ち止まり、広次を振り返った。「なぜじゃ」

家康の問いかけに広次は顔をあげた。その実直そのものの顔を、家康は前屈みになってしげしげと見つめ、訊ねた。

「なぜわしはおぬしの名を覚えられん？　なぜずっと間違える？」

「それは、私の影が薄いからでございましょう」

あまりにもあっさりと返す広次。以前は間違えるとその顔に哀しみをたたえたものだったが、昨今はすっかり諦めたかのように常に淡々と受け流していた。それが逆に家康の胸を針の先のように刺すのだ。三河一向一揆のときにさんざん反省したはずが、名前を間違えなかったのはあれきりだった。これだけ覚えられないのは、何か大きな要因があるような気がしてならない。だがその要因を家康はどう頭をひねっても思いつかなかった。

「ささ、行ってらっしゃいませ！」

広次は家康の混乱を打ち消すように笑顔を向けた。

「殿は、きっと大丈夫でございます！」

そう、いま考えるべきは武田軍のことである。家康は気持ちを切り替えて城を出た。

犀ヶ崖を抜け姫街道を三方ヶ原へ――。勢いよく上り坂を駆け上がる徳川軍。「ゆけーッ!」という家康の声に続いてほら貝や陣太鼓が鳴り響いた。

申の刻(午後四時頃)、三方ヶ原台地いっぱいに、家康は、八陣のひとつ鶴翼の陣を敷いた。名前のごとく鶴が翼を広げたように横に広がった陣形である。右翼を左衛門尉、左翼を平八郎、中央を数正が率いている。三万もの敵兵を包囲して一網打尽にしようというのである。ところが、武田軍は中央の兵を突出させ続く兵を三角形に配置して中央を一点突破する魚鱗の陣を敷いて待ち構えていた。信玄に、家康の動きはすべて読まれていたのだ。絶望に震える家康を見て、傍らに付き添った彦右衛門が提案した。

「退きましょう……このまま合戦になったらやられます!」

「ひ……退け……退けーっ!」

声を上ずらせながら家康が命じたときはすでに遅く、信玄は大きく軍配を振るった。

「かかれーッ!」

徳川軍の危機はただちに浜松城に伝えられた。広次と長家のもとへ使番《つかいばん》が青ざめて駆けつけた。

「申し上げます! 三方ヶ原にて武田勢と合戦に及びましてございます!」

「なんということじゃ……!」

よろめく長家を広次が支えた。と、そこへ新たな使番が脇目も振らずすっ飛んで来た。

「申し上げます! 我が方、総崩れ! いずれの手勢も散り散りばらばらに逃げております!」

「殿は……! 殿はご無事か!」と長家。

「旗本衆も総崩れ! 殿のご消息、不明にございます!」

これはまずいことになったと、長家と広次は不安に顔を見合わせた。

三方ヶ原台地は粉雪と砂塵が混ざって見渡す限り灰色である。激しい乱戦のなか、徳川兵が武田兵にみるみる討ち取られていく。信玄は本陣で床几に座って泰然と構えている。武田軍を率いているのは勝頼である。あちこちで逃げまどう兵を馬で追いながら勝頼は叫んだ。

「家康を逃がすなー！　家康を捕らえよ！」

信長の命で徳川軍の援軍に来た水野信元と佐久間信盛は、銃声と怒号が響く戦場から少し離れたところに避難していた。

「こりゃあ駄目だ……強すぎらぁ」

信元がサイコロを振りながら撤退することを考えていると、信盛が突然馬を走らせた。

「水野殿！　我ら織田勢は岐阜へ戻り、殿のお指図を仰ぐこととする！　さらば！」

言うが早いか脱兎のごとく戦場を離脱した。

「俺たちも退くぞ！　退け退けー！」

信元も慌てて追いかける。荒れ果てた戦場を見ながら「うまく逃げろよ、家康」と呟いた。

残された左衛門尉、数正、忠世、守綱らは満身創痍《まんしんそうい》で敵兵と格闘するも、これ以上は味方を失うだけだと観念した。

「退け！　退け！　城へ退けー！」と左衛門尉、「おのおの城へ退け！　己の身は己で守れ！」と数正が馬の向きをくるりと変えた。その後を追おうとして守綱が、

「殿はいずこに！」とあたりを見回した。

「城へ向かわれたはずじゃ！」と忠世が城の方向を見る。彦右衛門がついているはずだが、心配に

なって平八郎と小平太が探しに出た。

「殿！　殿はどこじゃ！」

「殿ー！」

戦う兵たちを槍でかき分け「厭離穢土 欣求浄土」の旗印を探していると、山県昌景率いる赤備えの兵たちが現れた。平八郎と小平太は槍を振り回して応戦するが、多勢に無勢、ついに倒され、平八郎はあわや首を取られそうになった。もはやこれまでと観念したそのとき――。脇差を振り上げた敵兵がどうっと前のめりに倒れた。首には矢が刺さっている。周辺の敵兵も次々に射られ、倒れていく。平八郎と小平太は立ち上がり、再び槍を振り回し、敵兵をなぎ倒した。

弓を射っているのは、忠真だ。

「叔父上」

「言うたじゃろう、腕は衰えとらんと」

忠真は竹筒に入った酒をちびりちびりとやっていて、ゆらゆら体を揺らしているにもかかわらず、見事な弓さばきである。平八郎は目を瞠《みは》った。だがそこへまた赤備えの兵たちが現れた。兵の数が多いので、射っても射ってもすぐに次が現れるのである。

「おめえらは行け」

忠真の覚悟に小平太は、「遠慮なく」と行こうとする。だが平八郎は割り切れるはずもない。

「ひとりで死なせん」

「おめえは本当にあほたあけだのう」

忠真は酔いのさめた顔で諭した。

「おめえの死に場所はここではねえだろう！　おめえの夢は、主君を守って死ぬことじゃろうが！」

「あいつを……主君と認めてなど……」

「好きなんじゃろうが」

忠真はお見通しである。

「殿を守れ。おめえの大好きな殿を」

いや、平八郎が好きなのは殿だけではない。こんなふうに格好をつける叔父のことがこの上なく好きなのだ。だが平八郎の未練を忠真が割れるような声で断ち切った。

「行け、平八郎！」

粉雪と飛び散る血が舞う荒野にひとり、忠真は仁王立ちしてふたりの若者を見送ると、背負った旗指物の竿を地に突き刺した。旗はすでにあちこち千切れている。それからまた竹筒に口をつけてうまそうにぐびりぐびりとやる。

「さあ、本多忠真様がお相手じゃ。こっから先は一歩も通さんわ！」

忠真は髭のまわりについた酒を腕でぬぐい、ぎっと真正面を見据え両手を広げた。

徳川軍の多くは戦場から離脱し、浜松城へと戻って来た。

「酒井様、お戻りー！」

左衛門尉が数人の家来たちとともに足を引きずりながら帰還して来た。負傷した兵たちの手当てに奔走していた広次は、地面にしゃがんだ左衛門尉に駆け寄った。

「左衛門尉殿！　よう戻られた！　数正殿、忠世殿、守綱殿らもご生還され、今、手当てを」

「殿は！」

「まだお戻りになりませぬ」

「なんじゃと……」

左衛門尉はよろりと立ち上がった。

「馬を引け……！」

「そのお体では無理でござる！」

「馬を引け！」

左衛門尉は必死で立ち上がり、刀を杖代わりにして再び戻ろうとする。そんな体では無理だと広次は左衛門尉を羽交い締めにした。

その頃、家康は彦右衛門とともに三方ヶ原付近の集落に隠れていた。すでに住民たちは避難していて、人けはない。そう思ったのも束の間、家康の首を狙う敵兵が現れ、家康は敵兵と格闘しながら納屋の戸を突き破って外へ転がり出た。「殿！」と、彦右衛門も家康を守ろうと必死に応戦した。何かあったときこの場所へと打ち合わせてあったため、平八郎と小平太が駆けつけて来た。家康の無事を確認し、平八郎と小平太は顔を見合わせうなずき合った。そして、決意も新たに敵兵にかかっていく。右へ左へ、斬っても刺しても次々湧いてくる敵兵たちを懸命に倒した。

「こっちへ！」と平八郎の誘導で家康、小平太、彦右衛門は農家の縁の下に転がり込んだ。

敵兵が松明を手に、家康を探し回っている。暗く狭い縁の下で息を潜めている家康、平八郎、小平太、彦右衛門。行き来する敵兵の足だけが見える。息を殺していると、そのうち敵兵の足が見えなくなった。ほっとして外に出ようとする彦右衛門の腕を平八郎がきつく摑み、行くなと首を横に振った。油断は禁物である。

縁の下に這いつくばりながら、家康は幼い頃の記憶を思い出していた。六歳の頃、まだ竹千代と名乗っていた家康は、岡崎城・主殿の暗い縁の下で息を潜めて怯えていたことがあった。自分を探して行きかう家来たちの足が見える。

「どこにもおられぬ！」

「竹千代様にも困ったものじゃ！」

「厩《うまや》を見てこよう」

などと口々に言いながら去ってゆく家来たちの足、足、足……。家来たちの気配が失せ竹千代がほっとして外に出ようとすると、ひとりの家来がやって来て、縁の下をひょいと覗きこんだ。逆光によって顔はわからない。竹千代はおびえて後ずさった。その家来は腹ばいになって縁の下へするりと入って来た。

あの顔――。今の今まですっかり抜け落ちていたこの記憶に、家康の心が大きく波打った。居ても立ってもいられず、じゃりっと土を掴んだそのとき、馬の蹄の音が聞こえた。馬から誰かが降り、近づいて来る。家康の目の前をうろうろする、すね当てを付けたその足は、六歳の頃に見た、少しひょこひょこと上下する、武士にしてはやや軽い足取りと似ていた。

六歳の頃、竹千代が縁の下に隠れていたわけは、岡崎を離れ今川家に人質になることを拒んだからだった。

「そなたは寅の年、寅の日、寅の刻に生まれし強き者じゃろ、しばしの辛抱じゃ」

父・松平広忠にそう言われたものの、幼い身には容易に承服できなかった。浅知恵に過ぎないが、逃げて縁の下に身を潜めた。なんとかやり過ごせるかと思った矢先、ひとりの家来に見つけられてしまった。

「しい」と唇に指を当てながら、竹千代に微笑んだ家来は、これといって特徴のない顔をしていた。家来は竹千代と並んで腹ばいになったまま、のんびりと言った。

「よいところにお隠れになりましたな、若」

「どこにも行きとうない……ここにいたい」

「怖いですか」

そう聞かれて竹千代は素直にうなずいた。

「竹千代は、弱いんじゃ」

〝強き者〟であれと育てられ、努力しようとしたものの、強さはどうにも竹千代の性に合わなかった。「弱い」と正直に言葉に出すと、これまで抑えてきたものがあふれてきて泣きそうになる。なだめるように家来は言った。顔は地味だが声はやさしく聞き心地が良かった。

「弱いと言えるところが若の良いところでござる。素直にお心を打ち明け、人の話をよくお聞きになる。だから皆、若をお助けしたくなる。若は、きっと大丈夫。皆が助けてくれます」

「そなたも一緒に来てくれるのか？」

「もちろん。この夏目吉信《なつめよしのぶ》が若をお守りいたします！」

「ありがとう……吉信」

吉信は言葉通り竹千代に付き従った。今川家に竹千代を運ぶ役割を担った戸田宗光《とだむねみつ》は三河国渥美郡の蒲郡《がまごおり》の港で竹千代を船に乗せた。海を通って駿府へ向かうというのだ。竹千代の目をふさぎ「どんぶらこ、どんぶらこ、どんぶらこっこ、よーいよい、どんぶらこ、どんぶらこ」と寝かしつける。

その間、宗光に命じられた船乗りたちは竹千代の従者たちを皆殺しにした。竹千代が異変に気付き振り向くと、従者たちの屍が海へ投げ捨てられているところだった。宗光は広忠を裏切っていたのだ。そのまま竹千代は尾張・織田家の人質として苦悩の日々を送ることとなる。

海に打ち捨てられた従者のなかに吉信もいた。だが吉信はからくも死を免れ、波打ち際に投げ出されていたところ、目を覚ました。慌ててあたりを見回すが、むろんすでに船はない。「若……若……！」と呼ぶ声はむなしく波の音にかき消された。

吉信はとぼとぼと岡崎城に戻り、床に額を擦り付けるようにして広忠に詫びた。

「夏目吉信、腹を召してお詫びいたしまする！」

だが広忠は寛容だった。

「腹を切ったつもりで、引き続き奉公せよ」

「そうは参いりませぬ！　このような失態を犯して、生き恥をさらすなど……」

「ならば、名を変えよ……。夏目吉信は竹千代を守って死んだんじゃ。名を変えてやり直すがよい」

以来、吉信は夏目広次と名前を変えて生きてきた。広次となった吉信が家康（当時、次郎三郎元信）と再会したのは、家康が十五歳のときだ。広忠の七回忌で、岡崎に帰った家康を祝う宴が酒井邸で行われた。次々に自己紹介する岡崎の家臣たち。広次も忠真に誘われ、気が進まないながらも挨拶に向かった。忠真はすっかり酔いが回っている。

「この本多忠真、殿のご尊顔を拝し、こりゃあ名君になられるに違いないと……」

「ほ、本多殿、それは殿ではござらぬ。数正じゃ。殿はあちらにおわす」

「おお、夏目殿よう教えてくれた。さても殿、お父上にそっくりになられましたなあ！」

「それは平岩殿の息子！」

酒に酔った忠真の粗相《そそう》をたしなめながら、広次はおずおずと挨拶した。

「殿……それがしは……夏目広次にございます」

「夏目広次……すまぬ」

次郎三郎は広次のことを覚えていなかった。寂しいようなほっとしたような気持ちで「よいのです、よいのです」と力なく微笑んだ。


ああ、広次の名前が思い出せなかったのは、名前を変えていたせいだったのか。家康はようやく広次の名前を間違えてばかりいた理由に合点がいった。

家康たちが隠れていた農家の縁の下に潜り込んできたのは広次だった。広次は、「今のうちに！早く！」と家康たちを引っ張りだした。平八郎、小平太、彦右衛門も後に続いた。

「そこら中に敵兵がうようよおります」

皆が縁の下から出ると、広次が言った。

「城まで一気に駆けるしかないか」

と小平太が腹をくくったように言うと、広次が突然言った。

「殿、具足をお脱ぎくだされ」

「何？」

「早く！」

そう言いながら広次は自分の具足を外しはじめた。平八郎、小平太、彦右衛門は広次の考えを悟り、家康の金色の具足を外そうと手をかけた。

「ならん！」

広次が何をしようとしているのか家康も察して激しく拒んだ。だが、平八郎、小平太、彦右衛門、広次が一斉に家康に襲いかかって倒し、もがくところを力ずくで押さえつけて、手分けして具足を家康の体から外した。平八郎がその具足をつけようとするが、広次が蹴飛ばして奪い取る。

「おぬしはまだ先じゃ」

「やめよ……！　夏目！」

金色の具足を黙々と着けていく広次を家康は止めようとするが、彦右衛門がしっかり押さえつけた。具足を付け替えながら、広次は永禄六年（一五六三年）の三河一向一揆のことを思い出していた。あの頃は何度も名前を間違える家康に不信感を覚えていた。岡崎城下の町を広次がひとり、とぼとぼ帰って来ると、千代が待ち伏せしていた。

「ご家来を討ち取らねばならぬのは、お辛いでしょうね」

広次が無視して通り過ぎようとすると、すれ違いざまに千代が密書を手渡した。

「吉良様が家老としてお迎えするそうですよ。岡崎のお殿様は、本当についてゆくべきお方なのかしら」

逡巡した末、夏目は一向衆についた。が、結果、一向衆は家康に敗北することになる。本来なら反逆した罪に問われるところ家康は、

「夏目広次。そなたには、多くの家臣から助命嘆願が出されておる。謀反の罪、不問といたす」と見逃してくれた。幼い頃の家康を織田の手に渡してしまったこと、一向衆についたこと、生涯二度

も家康の身を危うくしてしまったことに広次は罪悪感を抱いていた。その感情を砕くように家康が絶叫した。

「やめろ、夏目吉信！」

家康のなかで今、はっきりと「夏目吉信」の像が結ばれた。

家康の呼んだ名前に、金色の具足を着ける手が止まった。

「吉信じゃろう！　お前は……幼い頃、わしと一番よう遊んでくれた……夏目吉信じゃろう！」

吉信の目から涙がにじむ。

「こんなことは……せんでよい！」

「足りませぬ。一度ならず二度までも殿のお命を危うくした……この不忠者を……ここまで取り立ててくださった。これしきの恩返しでは足りませぬ！　せめて……二十五年前に果たせなかったお約束を……今、果たさせてくださいませ！　今度こそ……殿をお守りいたします！」

「……吉信」

「夏目吉信、ようやく殿のお役に立てます！　平八郎殿、小平太殿、彦右衛門殿……殿を頼みましたぞ」

吉信は家康の身代わりとなって死ぬつもりだ。主君を守って死ぬことが人生の目標である平八郎には、その気持ちが痛いほどわかる。

「しかと」と受け入れた。

「御内儀やご子息のことは、我らにお任せを」と小平太も神妙にうなずいた。

吉信は金色の具足を着け終わり、金の兜をかぶった。彦右衛門は、頼んだぞというように吉信を抱きしめる。

「吉信！……駄目じゃ！　吉信！」

家康は吉信の前に立ち、手を広げ通せんぼした。

「殿！　殿が死ななければ、徳川は滅びませぬ。殿が生きてさえおれば、いつか信玄を倒せましょう」吉信はやさしい目で家康を見つめた。

「殿は……きっと大丈夫」

そう言うと敵兵の声のする方へ駆け出て行った。たちまち敵兵が「おったぞー！」「家康じゃ！」

「大将首じゃ！」と口々に叫んで群がってゆく。

「そうじゃー！　徳川三河守家康は、ここにおるぞー！」

「吉信！」

じたばたする家康を平八郎、小平太、彦右衛門が引っ張って浜松城へと逃げた。

元亀三年（一五七二年）十二月二十三日未明、三方ヶ原合戦は終結し徳川軍は大敗した。

朝、浜松城・主殿の寝室で仰向けのまま家康は泣き続けた。数正と左衛門尉はしばらく家康を黙って見つめていたが、様子を見ながら左衛門尉が柔らかな口調で声をかけた。

「……殿」

家康は懸命に泣きやもうとするが嗚咽《おえつ》が止まらない。

「彦は、深手を負いながらも女子供を励ましております。平八郎は例の如く、かすり傷ひとつ負ってないと言い張って軍勢を立て直しております」

数正もいつもより口調に気をつけながら続けた。

「小平太はわずかな手勢ながら南側の敵を追い払いました。忠世も同じく犀ヶ崖にいる武田勢に夜討ちをかけました」

「皆、やれることをしております」

「わかっておる！　わしは……皆に生かされた。決して無駄にはせぬ！」

左衛門尉の言葉に、家康は両手で涙を拭きながら身を起こした。

「必ず立て直すぞ！　家康は生きておる！　そう言いふらせ！」

家康は生きている。この知らせはすぐさま各地へ飛んだ。岡崎城では、瀬名が七之助と話して籠城を決意した。すぐさま大台所に米俵がどんどん運び込まれる。

「武田が迫っておるぞ！　急げ！」と七之助。

「父上はご無事じゃ！　しっかり籠城すれば、必ず後詰めに来てくださる！」と信康。

「私たちおなごが心を一つにして、殿方を支えることが大事ぞ！」と瀬名。

瀬名、信康、七之助らがきびきびと指示を出し、五徳と亀は台所を手伝った。そこへ家臣が来て七之助に何事か耳打ちした。「……なんじゃと？」

岐阜城の主殿では、信長が家康の生存を知って、信玄との戦いに希望の光を見いだしていた。集まっている藤吉郎、勝家、信盛らに語りかける。

「信玄が戦をするときは、すでに勝ちが決まっているという。だから俺はおぬしらに、勝てとは言わぬ。俺がおぬしらに求めることは一つ。ただ己の為すべきことをすべて為せ。命を燃やし尽くせ！あとは天が、この信長と信玄、どちらを選ぶかじゃ」

とそこへ小姓が来て、藤吉郎に何事か耳打ちした。

「あん⁉　まことときゃ⁉」

「どうした」

「へえ！　いや、ことによると……もうへえ、天は選んでまったかもしれません」

七之助と藤吉郎のもとに届いた何事かの知らせは、京までも届いていた。

二条御所の主殿では義昭がうろたえて明智を問い詰めている。

「ど、ど、どういうことじゃ！　なんでなんじゃ！」

「わかりませぬ」

「わかりませんで済むか！　もう信長とは手を切ってしまったんじゃぞ！　どうして……どうして信玄が来んのじゃあ！」

だから言ったではないか、と光秀は義昭を蔑むような目で見た。

一体何が起こったのか――。浜松城でも家康をはじめとして皆がざわついていた。広間に、左衛門尉、数正、平八郎、小平太、彦右衛門、忠世が集まっている。

「今、仔細を確かめておりますが……なぜかはわかりませぬ」と左衛門尉は困惑し、

「しかし間違いなく、武田勢は向きを変え、甲斐に引き返しております」と数正が補足した。

あれほど勢いよく西に向かっていた武田勢が急に引き返すなど、またしてもとんでもない作戦なのであろうか。

「何かが起きたんじゃ……信玄に」

家康の胸は早鐘のように打ちはじめた。

第十九章

お手付きしてどうする！

三方ヶ原で徳川家康に勝利した武田信玄は、浜松城を攻めることなく、祝田《ほうだ》の少し先、刑部《おさかべ》あたりに陣を敷き、年を越した。翌元亀四年（一五七三年）、三河に侵攻したものの、二月に入ると突如進路を変え甲斐へと引き揚げはじめた。

四月に入り、信玄は木曽路を通り故郷へと戻るところで、信濃国駒場（長野県阿智村）に逗留していた。雪の季節を過ぎ、つがいの鳥が天高く舞い、春の喜びを歌う声が聞こえる。宿所に寝たきりの信玄は久しぶりに空が見たいと思った。この男は空を見ることがこよなく好きであった。武田勝頼に支えてもらい、見晴らしのいい場所へと、ゆっくりとした足取りで向かった。少し離れて、山県昌景《やまがたまさかげ》や穴山信君《あなやまのぶただ》らが静かに付き従った。

一点の曇りもない青空が広がっている。信玄は用意された床几《しょうぎ》に腰を下ろすと深く呼吸をした。花や若葉の香りが鼻をくすぐる。見下ろせば大地には一面、野の花が咲き乱れ、木々には白い可憐な花がついている。

「今日は気分がよい」

「もうすぐ甲斐でござる。躑躅ヶ崎《つつじがさき》でゆっくり休まれれば、きっとよくなりましょう」

「うむ……信玄は、すっかりよくなり、織田との決戦に備えておる……そう言い続けよ。三年の間は……我が死を秘するべし」

そう言うと信玄は激しく咳込んだ。信玄の病状はかなり悪く、もはや甲斐への行軍を続けることは不可能になっていた。だが、そこは甲斐の虎と恐れられた武将である。脅威の忍耐力で厳冬を耐え抜き、山道を越え、甲斐への帰途を乗り切ろうとしていた。そして今、自分の足で大地を踏みしめることを望んだ。

「父上……」と勝頼が背中を支えると、

「無念じゃ……少し……時が足らなんだ」

信玄は静かに空を仰いだまま言った。疾《はや》きこと風の如く、徐《しず》かなること林の如く、侵《おか》し掠《かす》めること火の如く、動かざること山の如し。まさに「風林火山」の旗のように静かに泰然と確実に調略し、侵略してきた長い年月であった。が、西に向かうまでに時間を使い過ぎた。四月十二日、武田信玄は彼の愛した空の下、東風《こち》を受けながら眠るように逝った。

武田信玄死す――。その噂は瞬く間に各地を駆けめぐり、大きな衝撃を与えた。

だが、家康はにわかには信じることができなかった。浜松城の主殿に集まった石川数正、本多平八郎、榊原小平太、鳥居彦右衛門、大久保忠世らに家康は警告した。

「死んだという噂を流して、何かを企んでいるのかもしれん、信玄のことじゃ、油断ならんぞ」

「生きている信玄の姿を見たという話もいくつかある」

彦右衛門は家康と同じ、信玄存命説を支持したが、

「いくつもあるほうがおかしい。わざと見せておるんじゃ、影武者よ」

忠世は信玄死去説を唱えた。

「田中の城をつついてみましたが、形ばかりやり返してくるのみでまるで歯ごたえなし」と平八郎。

「二俣あたりは、うんともすんとも。どうしていいかわからんといったふうで」と小平太。

決定的なことは誰ひとりとしてわからない。

「私も、信玄入道、身罷《みまか》ったとみて間違いないと存じます」と数正が慎重に言った。

家康も次第にそうではないかという気持ちになってきた。

「軍神《いくさがみ》といえど病には勝てず、か」

忠世が呟くと、それまで黙っていた彦右衛門の肩が揺れ、ふふふと笑いだした。

「殿……助かりましたなあ。天は我らに味方したんじゃあ！」

「彦！　敵とはいえ、人の死を喜ぶとは何事か」

「あ……！　ははあ！」家康に叱られ、彦右衛門も反省する。

「信玄入道は、わしにとって乗り越えるべき大きな山であった……。その死が確かであるならば、わしは入道を惜しむ」

「仰せの通りでございます！」

あれだけ信玄につらい目にあわされたというのに家康は沈痛な面持ちで、彦右衛門は拍子抜けした。とはいえ、情に流されているわけにもいかない。

「この機を逃す手はありませぬ。武田に奪われし所領、取り返しにかかりましょう」

平八郎に促され家康は、「各地の内情を探れ」と皆に命じた。

平八郎、小平太、彦右衛門、忠世らが素早く退室していく、あとに残った数正は、気が抜けたように座っている家康に、

「いつも懐に入れておられる軍神、摩利支天《まりしてん》が守ってくださったのかもしれませんな」

それだけ言うと、静かに出て行った。

知られていたのか、と家康はばつが悪そうに苦笑いしながら、摩利支天の小像を懐から取り出した。まだ彫りかけのそれをそっと拝み、小刀で続きを彫りはじめた。長年にわたる信玄との戦いは家康の心を脅《おびや》かし続け、それに耐えるため家康は少年時代に趣味にしていた木彫りを、またはじめていた。久しぶりに彫った兎は瀬名に贈り、自身は猪に乗った軍神・摩利支天を身につけることにしたのだ。彫っているときだけ無心になれた。

シュッ、シュッと小気味よい音をさせて彫りながら、信玄の重圧から解放されて肩から力が抜けていくのを感じる。それまで溜めに溜めた気持ちが涙になって、散らばった木くずの上にぽたぽたと落ちた。

信玄の死により、京都の勢力図も大きく変わった。七月、織田信長は敵対する勢力の駆逐を開始した。まず、反旗を翻し槇島城《まきしまじょう》に立て籠もっていた足利義昭を追い詰める。七月十六日、武装した信長、木下から名前を変えた羽柴《はしば》藤吉郎秀吉《ひでよし》、明智光秀たちが兵とともに槇島城に乗り込んだ。

義昭は縛られて庭に引きずり出された。怒りに震えながらうずくまる義昭を、信長は侮蔑の目で見下ろした。義昭は信長を睨み返すが、もはやなんの脅威もない。信長は刀を抜いて一閃させると、義昭の首にぴたりと寸止めした。

「去れ。二度と俺の邪魔をするな」

「京の都は……余の住まいじゃ！　余は天下人じゃ！」

最後まで足利将軍家の誇りにしがみつく義昭を秀吉は雑に扱った。

「もうあんたの天下だねえわ」

「明智！　この汚らしい奴らをここから追い出せ！」

義昭は光秀に命じたが、

「我が殿の命である！　奸賊《かんぞく》、足利義昭を追放せよ！」

光秀も早々に義昭を見限って信長についたのである。

「引っ立てーい！」秀吉が意気揚々と叫ぶ。

「わしが将軍じゃ……わしが将軍じゃぞ！」

なおもあがく義昭に信長は冷ややかに言った。

「ああ……俺のそばにいればな」

光秀がすかさず言う。

「この明智光秀、これより殿の天下一統のために身を捧げまする」

「励め」

信長はそれだけ言うと「秀吉、次は長政じゃ」と命じた。

「へえ！」

十五代続いた足利室町幕府はこのような哀れな終わりを迎えた。二十八日、元号は元亀から天《てん》正《しょう》に改められた。八月、信長は勢いに乗って北近江へ進撃した。そこから越前に攻め上り一乗谷《いちじょうだに》の朝倉を滅ぼすと、近江へとって返し、小谷城《おだにじょう》へと向かう。小谷城攻撃の先陣は秀吉である。九月一日、長政は自害し、小谷城は落ちた。

浅井長政の妻は信長の妹・市である。秀吉は多くの手勢を従えて泡を食ったように市の居室に急いだ。襖を開けると、市と幼い三人の娘、侍女たちが固まっていた。間に合った……と秀吉はしたたる汗を拭って言った。

「長政殿とともにご自害されとったら、わしの首が飛ぶところでござーましたわ」

「そうしたかったが、浅井の姫たちを立派に育てることを我が殿に託された」

市は信長に似た燃えるような目で秀吉を睨んだ。市のそばには五歳になる茶々、四歳になる初《はつ》がいて、一歳の江《ごう》を抱いていた。娘たちは不安に瞳を揺らしていた。

「安心してちょー。姫様たちともども、お市様のことは、このわたくしめがよ〜くお世話したりまする……」

秀吉がひょいひょいと近寄って市の手をとろうとすると、市は威厳をもってその手を強く払いのけた。「気安く触れるな、猿」

「猿だねぇて、羽柴秀吉だて」

秀吉は払いのけられた手を面白くなさそうにちらと見ると、家来に命じて、市と姫たちを強引に連れ出した。


その頃、浜松城では家康にもちょっとした問題が起きていた。主殿に左衛門尉と数正が来て、家康に提言しているところである。

「瀬名がここに？」

「おひとりでお寂しいはずだと信康様がかねがね。こちらにお移りいただくというのは、いかがでございましょう？」と数正は言った。

「願ってもないことじゃ。すぐにでも瀬名をここに……」

家康は声を弾ませたが、何かを思い出したように「あ」と口を開けた。

「何か？」

「いや、何でもない。わしは……構わん……」

家康の態度がおかしいことは数正も左衛門尉もすぐ気づいた。

「何かおありなのですか？」と左衛門尉はつとめて穏やかに訊いた。

「何もない」

「そうですか、では、話を進めまする」

数正もいつもなら目をぎょろりとさせて執拗に確認しようとするところ、静かに退く。

「ん、頼む」

家康はほっとしたようにふたりを見送った。そして胸をなで下ろした瞬間、左衛門尉と数正のにやにやとした顔がのぞいた。

「言うなら今ですぞ！」

「楽になりなされ」

長い付き合いである。家康が何か隠していることを左衛門尉と数正は嗅ぎ取っていた。

「別に大したことではないんじゃが……」

家康は観念して近くに寄れと言う仕草をした。左衛門尉と数正は膝をつき、家康にそろりそろりと近づいて左右から片耳を突き出した。家康の打ち明け話を聞き終わった左衛門尉と数正はしばし腕を組み、押し黙った。が次の瞬間、

「何を考えておられるんじゃ！」

まず数正が立ち上がって大声を上げた。続けて左衛門尉も立ち上がり怒りだす。

「信長が敵を蹴散らしているときに、殿は風呂で何をしておられたのか！　情けなや！　あー情けなや！　ただちにお方様に申し上げます！」

「いや、それだけは……」

やっぱり言わなければよかったと家康は後悔したが、あとの祭りである。

「仔細もれなく申し上げます！」と数正は憤慨しながらすぐにでも使者を岡崎城に出す勢いだ。

「いやいやいや！」

家康はあたふたとふたりにしがみついて止めた。

家康に何があったのか。それは遡ること五月の出来事だった。青葉が茂る庭で家康は木剣で素振りをして汗を流していた。縁側には完成した摩利支天像がお守りとして置いてある。武田信玄は死んだが、嫡男の勝頼が牙を研いでいて油断はできない。家康も来たる戦に備えて日々鍛錬を続けていた。三方ヶ原での戦いのような思いはもう二度としたくない。本多忠真や夏目吉信をはじめとして多くの者が家康を守って死んでいった。そんなことはもう二度とあってはならないのだ。が、どうにもやる気が出なくて切り上げた。風呂に入って気分を紛らわそうと考え、湯殿に向かった。

この時代の風呂は沸かした湯の蒸気を充満させた蒸し風呂である。家康は、湯殿の揚がり場で、気に入っている蟹柄の浴衣に着替え風呂屋形に入り胡座をかいた。外に大きなかまどがあり、そこで湯を沸かして蒸気が中に満たされる。下男が、せっせと火を焚いて湯を沸かしては蒸気を室内に送り込む。室内の湿度は上がり、汗が玉のように噴き出し肌を伝ってぽたぽたと落ちた。もやもやした気分が汗になって出て行くようで、家康はたいそうくつろいだ。

「おお、すまんな」

外で下男が誰かと話している声がした。どうやら誰かが下男を扇《あお》いでいるようだ。家康も暑いが、湯を沸かし続ける下男もかなり暑いはずである。

「代わります」と女の声がした。誰かと交代するのであれば、と家康は声をかけた。

「髪を梳《す》いてくれんかー」

「失礼いたします」

「おお、お万《まん》であったか……」

「いけませんでしたか？」

「かまわん」

うつむき気味で恥ずかしそうに入って来た侍女は、名をお万と言う。池鯉鮒神社《ちりゅうじんじゃ》神主の娘で、戦災を逃れ、瀬名仕えの侍女となり、現在は浜松城で暮らす家康のそばに仕えている。なで肩で柳腰、少し物憂げな雰囲気が、神主の娘ということと相まって、神秘的にも見えた。

お万は緊張しながら家康の黒々と豊かな長い髪を梳きはじめた。

「近頃、なんだか気力が出なくてのう……」

「あのような大変な戦を生き延びられたのですから、無理もないことかと」

「これまで幾度となく死にかけたが、なんだかんだ生き延びておる……。わしは、ついているのかもしれんな」

「それもまた殿のお力と存じます」

「わしの？」

「天は見てくださっているのです……殿の日ごろの行い、おやさしいお心。だから天がお守りになるのだと、万は思います」

「そんなもんかのう」

そんなふうに言われるとまんざらでもない気がして、家康は少し気が楽になった。

「万の目には……殿は、天人様のように輝いて見えます」

家康はゆっくり振り返り、お万の顔をよくよく見た。蒸気に汗ばんだ白い肌は、淡い桜色に染まり、妙に色香がある。部屋の中が甘い香りに包まれ、家康に少しばかりみだらな気持ちが芽生える。

はっと我に返ると慌てて「も、もうよい」とお万を下がらせた。

ひとりになった家康は両手でパンッと頰を叩いてとろけた目を覚まし、深呼吸して昂ぶった気持ちを落ち着かせた。だがその日から家康は風呂に入るたび、お万に髪梳きを所望するようになった。

薫風に紋白蝶が舞っている。城の裏庭の薪置き場で、お万は何かを待つように薪の山に座って足をぶらぶらさせていた。足元に生えていたたんぽぽを引っこ抜き、ふうと綿毛を吹いていると、侍女仲間の声が聞こえてきた。

「殿が風呂をご所望だよー」

待ってましたとばかりにお万は薪の山から飛び降り、薪を両手いっぱいに抱えて小走りに行く。下男が薪を取りに来たが、お万は「今日も私が」と遮った。その際、薪をいくつか落としてしまい、慌てて拾おうとしてさらに落とす。

「いつもながら、うかつ者じゃのう」

笑って拾い手渡す下男に小さく舌を出して笑いながら、風のように湯殿へと駆けて行くお万。そのまわりを紋白蝶が絡みつくように舞っていた。

お万は湯殿の外のかまどでひとしきり湯を焚くと蒸し風呂に入った。家康の髪を梳くためである。

「慣れてきたようじゃな」

「慣れるなんてとんでもないことでございます。こうして殿の御髪《おぐし》に触れると……万は、胸がどきどきして……めまいがしそうで……」

と言うなりお万はふらりとよろめいた。

「熱いッ！」

よろけた拍子に高熱の湯気口に触れたのだ。

「見せてみよ」

「大丈夫でございます……」

「いいから見せよ」

家康はお万の白く細長い手を取って、やけどをしていないか確認した。

「大したことはなさそうじゃが……うかつなお万じゃ」

このうかつさが素朴で好ましくもあった。聡明すぎたり気位が高すぎたりする女性は身内だけで充分だ。家康が手から目を上げるとお万と目が合った。そのまま互いに目を逸らせず、しばらく見つめ合う。

「……下がってよい」

気まずくなって命じるが、お万は家康から視線を外さない。家康は火照《ほて》りを感じながら、もう一度強く言った。

「下がってよい！」

お万は一礼して出て行った。家康は妙に胸の動悸を覚え、身じろぎした弾みにうっかり湯気口に触れた。

「熱いッ！」

慌てて離した手を激しく振った。

一方、岡崎の築山では、何も知らない瀬名が花に水をやっていた。そこへ信康と五徳が現れた。やけに神妙な顔をしている。

居室に戻り、瀬名はふたりのために茶をいれた。

「折り入って話とは？」

信康と五徳は見合う。うんとうなずき、五徳が切り出した。

「母上、浜松へお移りになってはいかがでございましょう？」

「浜松へ？」

「殿のもとでお暮らしになっては」

「ずっと父上と離れ離れで、母上はお寂しいはずだと五徳が申しまして。確かにその通りだと思い」

「されど、そなたたちはまだ……」

「私たちなら大丈夫。もう子供ではございません。岡崎のことはご案じなさいませぬよう」

「これまで信康様をお育てくださりありがとう存じます。これからはこの五徳がしっかりお支えいたしますれば、母上はお父上をお支えくださいませ」

急な話に瀬名は言葉が出ないが、動揺したのは瀬名よりも亀であった。

「亀は？　亀はどうなるのです⁉」

「そなたは残るもよし、母上とともに行くもよし」

「母上と一緒にいとうございます！」

瀬名はしばし考えて「……五徳や」と呼びかけた。

「はい」

「私は、邪魔か？」

「何を仰せでございます、私は母上のためを思い……」

「正直に申してほしいのじゃ」

「……では」

五徳は少し間を置き、意を決したように言った。

「母上は、少々おやさしすぎるかと存じます。母上がおそばにおられると、信康様はいつまでたっても甘さが抜けませぬ」

「五徳……」

はっきりものを言いすぎる妻を信康はたしなめるが、五徳は続けた。

「私は織田信長の娘でございますれば、信康様をわが父にも劣らぬ強い強い大将にいたしとうございます！」

五徳は父親譲りの気性の激しさを如実に顔に表した。

「されど、母上がお寂しかろうと思いますのもまた本心でございます」

「相分かった。折を見て、殿にご相談申し上げよう」

「なるべくお早くなさいませ。お父上をずっとおひとりにしておかれては、よからぬ虫がつくかもしれませんから」

「ははは、父上に限ってそのようなことはなかろう」

「浜松は虫が多いのですか？」

五徳と信康のやりとりを聞いて、亀が不思議そうに訊ねるものだから思わず笑いが漏れる。緊張がほぐれたことにほっとしながら、瀬名は違い棚に飾ってある兎の木彫りに目をやった。

浜松城の湯殿では、いつものようにお万が湯を沸かしていた。肩には紋白蝶がとまっている。

「御髪をお梳きいたしましょうかぁ」

お万が声をあげると蝶は驚いたように飛んで行った。返事がない。

「殿？」

「あー、いや、うん、あー……んんん……」

お万は煮え切らない家康の返事を聞きつつ、躊躇なく湯殿に入って行った。家康に叱責されるはずがないと確信しているかのような態度である。

八月の終わり、降りしきるような蝉の声が庭中に聞こえてくる。家康は居室でひとり、落ち着きなく貧乏ゆすりをしていた。

「服部半蔵《はっとりはんぞう》参上」と冷めた声がした。

「おお、入れ」

静かに部屋に入り片膝をつく半蔵に、家康は声を潜めて聞いた。

「いかがであった?」

「医者に診《み》せました。間違いございません」

「そうか」という家康の声はやや震えている。

「殿、おめでとうございまする」

「……うん……めでたいことだよな」

「殿のお子が増えることはお家にとっても喜ばしいこと」

「そうだよな……まずいことではないよな」

「まずいことではないということはないでしょう」

半蔵の回りくどいもの言いに家康は、う、と息を詰まらせた。

「お方様の承知していないお子でございます。もしお方様のお耳に入れば大変な騒動になろうかと」

耳が痛い。家康は顔をしかめた。

「しかも、お万はもともと築山にてお方様に仕えていた侍女、そのような者にお手付きをされたとあれば、こりゃあ……」

そう言いながら半蔵の口元が弛緩してきた。

「何を笑っておる」

「笑っておりませぬ」

「笑っておるではないか!」

はじめは笑いをこらえていた半蔵だったが、ついに耐えられなくなって、ぷっと噴き出すと、声に出して笑いはじめた。いつもは暗い目をしている半蔵が珍しく明るい表情になった。

「どうするおつもりでござっはははは、腹痛い」

「誰にも言うでないぞ……言うでないぞ！」

家康は笑い転げる半蔵に念押しした。家康はお万を妊娠させていたのだ。

蟬時雨の降る裏庭の木漏れ日の下、薪置き場にお万はいた。薪運びに疲れ、薪の山に腰かけて涼んでいる。そっとおなかをなでながら、ふふ、とほくそ笑んだ。

家康の口止めにもかかわらず、お万が妊娠したことはすぐに岡崎にも伝わった。築山では、瀬名が報告を受け、生花用の鋏《はさみ》を握る手を震わせた。その様子を、信康と五徳が心配そう見つめる。

「父上を見損なった！」

信康は立ち上がると力まかせに畳を踏みしめた。

「だから申し上げたのです、早くお移りになられたほうがよいと！」

五徳も目をつり上げて瀬名に詰めよった。

「されど、にわかには信じられぬ。お万はよう知っておるが、おっとりしたつつましい娘で……」

瀬名は頭の整理がつかず困惑するばかりだ。そこへ奥から習い事を終えた亀がやって来た。

「何の話でございますか？」

「何でもない」と瀬名は曖昧にしようとしたが、

「お父上に虫がついたのじゃ」と五徳がすかさず口を挟む。

「言わんでよい！」

「ええー、どんな虫ですか？　毛虫？」

「あっちに行っておれ」と信康にあしらわれて亀はむくれた。

だが亀にもいずれわかることである。瀬名は立ち上がると打ち掛けをバサリと払って言った。

「浜松へ参って、大殿に直々に問うてみよう」

「それがよろしいと存じます」と五徳。

「あくまでもおだやかに話し合ってみる」

「はい……おだやかに」

信康はそう言うと、瀬名が無意識に強く握りしめている鋏をそっと取り上げた。

お万の懐妊は、岡崎城にも知られていることだから当然、浜松城では誰もが知る事件となっていた。大台所では、平八郎、小平太、彦右衛門、忠世が板間に座りつまみ食いしながら噂話に花を咲かせる。

「やっちまったな」と平八郎が薄く笑う。

「お万というと、あのおっとりした」と小平太、

「永見家の娘だそうじゃ」と彦右衛門、

「戦で焼けちまった池鯉鮒神社の神主の?」と忠世は興味津々である。

「いっときは、岡崎でお方様のもとにも」と彦右衛門が言うと、

「そりゃまずかろう」忠世は肩をすくめた。

「どうしようもない奴だ」

堅物の平八郎は家康に憤慨しながら食いものを口に詰め込む。

「しッ」小平太が声を潜めた。見れば廊下を家康が台所にやって来るところである。忠世は慌てて
「武田勢を叩かねばならんのう」とわざとらしく言った。

小腹の空いた家康が食べ物を探しに来たのだ。そこへ小姓が駆けて来て囁いた。

「え？　き、来た⁉　瀬名が⁉　わ、わしはいないと言ってくれ」

家康は慌てて引き返そうとしたが、廊下の向こうから、瀬名が家臣たちが止めるのを振り切って足早にやって来て、鉢合わせとなった。

一瞬緊張が走る。だが瀬名はにっこりと笑顔で会釈をするので家康も、

「……やあ」となんとなく笑顔で手を上げた。

「何がやあですか！　あほたあけ！」

瀬名の急変に恐れをなして、家康はくるりと向きを変えて走りだした。

「待ちやれ！　お逃げになるな！」

瀬名は台所の壁にかけてあったほうきを手に取ると、鬼の形相で振り回し、家康を追った。その様子を見て平八郎、小平太、彦右衛門、忠世は笑いをこらえるのに必死である。

家康はすぐに瀬名に捕まって居室に連れ戻された。そこから瀬名が懇々と説教をはじめた
「側室を持つなと申しているわけではありません。むしろ殿のお子が増えることは喜ばしいことと存じます。されど、瀬名のあずかり知らぬこととあっては、正室としての立場がございませぬ！」

「申し訳ない」

「相手構わずお子をつくられたら、お家はどうなりますか！　信康や亀の立場も危うくなりかねませぬ！」

「その通りじゃ」

「殿は、私だけでなく、信康や亀をもないがしろにされたのです！」

「すまぬ！」

家康は瀬名に言われるまま、小さくなっている。しかし、家康が謝罪すればするほど瀬名は怒りがこみあげるとみえて、ついには手を振り上げた。家康はぶたれることを覚悟し目を瞑ったが、瀬名の手は空中で止まった。

「かまわん……ぶってくれ！　叩いてくれ！」

瀬名は高く上げた手をゆっくり下ろす。が、思い直したように、油断した家康の左頬をピシャリと激しく叩いた。

「あ、ぶった……」

「ぶてと言ったでしょう！」

瀬名は気持ちの持っていきどころがなく立ち上がった。

「お万と話してきます」

「で、ではわしも一緒に」

「結構！　おなご同士で話します。……私、お万もぶってしまうかもしれませんから」

瀬名は乱暴に打ち掛けを翻して出て行った。残った家康はじんじんと痛む左頬をそっとさする。

これが瀬名の気持ちなのだと思ってうなだれた。

瀬名は意を決して侍女たちの居住する長屋に向かった。だが表は静まり返っている。裏に回ると、裏庭の木にお万が縄で縛られ、さめざめと泣いていた。三、四人の侍女たちが離れたところに神妙な顔で控えている。瀬名が驚いて近づくとお万は殊勝な様子で謝罪した。

「お方様……万は、大変なことをしてしまいました。お方様に申し訳なくて、申し訳なくて……どうぞ、懲らしめてくださいませ！」

侍女がおずおずと近づき、瀬名に折檻棒を手渡す。それと同時にお万はしおらしく言った。

「お気のすむまで折檻してくださいませ。殺されても文句は言いませぬ。お願いでございます」

いくら勝ち気な瀬名であっても棒でぶつという蛮行はできかねた。身重と知ればなおさらである。

「おなかの子に罪はなかろう」

「されど……この子を産めば、お家が乱れます。城を出て、私が育てるとしても……殿のご落胤《らくいん》とあらば、世に恥ずかしくない躾《しつけ》をほどこさねばなりませぬ。我が家は……社《やしろ》でございますが、戦で焼けてしまい……父は死に、母は動けず……とてもとてもそのような……」

泣きながら言い募るお万をじっと見つめていた瀬名は、ふいに笑みを浮かべた。

「お万、もうよい」

そう言いながら、瀬名はお万の縄をほどきはじめた。

「私はそなたを見くびっておったようじゃ……。おっとりした、つつましいおなごじゃと。なんのなんの、才ある子じゃ。これではうちの殿などひとたまりもあるまい。見事じゃ」

瀬名は縄をほどくと、お万をいたわって軒先に座らせ、隣に腰掛けた。お万が岡崎城で瀬名に仕えていた頃、時々こんなふうに縁側に座って無駄話に付き合ってもらったことがあったと、瀬名は思い出した。

「殿から金子《きんす》をふんだんにいただくがよい。その金で、この子を立派に育てよ。焼けた社も再建するがよい」

瀬名は気づいていた。すべてお万の謀《はかりごと》だったのだと。じつは木に縛られていたのも、彼女が侍女たちに頼んでやったことであった。お万は戦で失われたものを取り返そうとしていただけなのだと瀬名は解釈した。

「恥じることはない。それもおなごの生きるすべじゃ。私は嫌いではないぞ」

「恥じてはおりませぬ。多くのご家臣を亡くされ、お心が疲れ切っている殿をお慰め申し上げたまで。男どもは、己の欲しいものを手に入れるために、戦をし、人を殺し、奪います。おなごはどうやって？　人に尽くし、癒しと安らぎを与えて、手に入れるのです。おなごの戦い方のほうがよほどようございます」

お万は聡明な表情で考えを語った。それは瀬名にも共感できるものであった。

「お方様」

「何じゃ？」

「お方様は……戦のない世になればよいと、よく仰せでございましたね。私は、ずっと思っておりました。男どもに戦のない世などつくれるはずがないと。政《まつりごと》もおなごがやればよいのです。男どもにはできぬことがきっとできるはず。お方様のようなお方ならきっと」

そう言うとお万はすっと立ち上がった。

「もうここへ来ることも、皆様の前に現れることもございますまい。この子は、立派にお育ていたします。いずれ殿のお役に立つ子に。……お方様、どうぞお達者で」

おっとりとしていささか頼りなく見えていた娘の顔はもはやなく、毅然とした自立心ある姿だった。お万はここに一切の未練もない様子で去って行った。

ひとりになった瀬名は、ふうと深く息を吐いた。瀬名が家康のもとに戻ると、縁側でひとり、庭に向かって肩を落として座っている。瀬名は家康の隣に正座をし、家康が見ている庭を一緒に見つめた。夏の盛りも過ぎ、早くも葉の色が変わってきているものもある。見上げれば雲も形を変え、空の色も西から茜色になりはじめていた。うつろいゆくものを感じながら、家康は深く頭を下げた。

「本当にすまなかった……わしは、気が緩んでおった」

「それだけ、辛く苦しい時をお過ごしだったのでしょう。大変なときに、おそばでお支えせず、申し訳ございませんでした」

「そなたは悪くない……」

家康と瀬名はお互いをいたわり合った。瀬名の思いやりに触れた家康は気をよくして、

「こっちに移ってくるんじゃろ？　わしのそばにいてくれんか」

と少し甘えたように訊ねた。

瀬名は五徳から「信康様をわが父に劣らぬ強い強い大将にいたしとうございます！」と言われたことを思い出した。そしてお万に言われた「お方様のようなお方ならきっと」という言葉を。

「ここに移るのは、もう少し先にいたします。信康と五徳姫はもう子供ではないと申しておりますが、私にはそう思えぬのです」

家康の勇ましい太い眉が八の字になるのを見て瀬名はなだめるように微笑んだ。

「いずれは、ふたりで暮らしましょう」

「わかった」家康も聞き分けよくうなずいた。

頃合いを見計らって、左衛門尉と数正が現れた。ふたりの様子を遠くから見ていたのだ。家康の隣に座った左衛門尉がやや険しい顔をして言った。

「殿、気を緩めるゆとりなどありませんぞ。この遠江の民は、殿を馬鹿にして楽しんでおります」

「どんなふうに？」

「知らんほうがよろしいかと。あの者たちを従わせるのは容易ではござらん」

瀬名の隣に座った数正も言う。

「しかも、信玄入道が身罷ったとて武田はいまだ強大。我らの軍勢は半死半生。奪われた所領を取り返すのも困難を極めましょう」

秋の虫が鳴きはじめ、夕陽が落ちていく。家康、瀬名、左衛門尉、数正は並んで夕景を見つめた。

「本当の戦いはこれからか……」

家康が呟くと夕風が吹いてきた。

家康に対する遠江の民の評判は、三方ヶ原の戦いを経ていっそう辛辣になっていた。浜松の町では茶店の老婆が客の商人たちとおしゃべりをしている。

「三方ヶ原から負けて逃げ帰るときに、うちの団子をみーんな食っちまって、だから私ゃ、銭払えーって追いかけてなあ、銭をふんだくってやったんだわ！　ありゃ家康だったに違いないわ！」

「家康はな、信玄が恐ろしくて、馬上で糞をもらして、焼きみそだーってごまかしたんだと！」

「そういえば臭かった！　臭かった！　糞漏らしが武田に勝てるはずないがね！」

あることないこと尾ひれをつけて話しては大笑いしている老婆と商人たちを見ながら、隅の方で団子を頬張っているのは井伊虎松である。愉快そうに話をする者たちを鋭い目で見つめ、何事か考えながら、代金を置いて店を出て行った。通りの向こうに大きな夕陽が落ちていく。

甲斐の躑躅ヶ崎館でも陽が落ちる。勝頼は薄暗くなった部屋で仏像に向かって無心で坐禅を組んでいる。仏像のそばには信玄の甲冑が飾られている。眼を閉じながら、勝頼は信玄との今生の別れを思い浮かべた。

「無念じゃ……少し……時が足らなんだ」

「父上の残された思い、四郎勝頼がこの身に負うて、成し遂げて見せまする」

「それは……ならん。そなたは、そなた。わしになろうとするな」

信玄は勝頼の目をぎっと見据えた。

「そなたの器量は、このわしをはるかに凌ぐ。信玄ごときを目指すな。勝頼のやり方で、勝頼の世をつくれ」

そう言うと信玄はこれまでの一切の修羅《しゅら》を手放したような穏やかな顔になった。

「黄泉《よみ》にて見守る」

父の言葉、忘れるものか――。そう思って勝頼が静かに目を開けると、音もなく、背後に千代が片膝をついて控えていた。勝頼は千代に決意を語った。

「三河を手に入れる。狙うは岡崎……松平信康！　そして、その母……築山殿じゃ」

勝頼は父譲りの策略をめぐらしはじめた。

第二十章　岡崎クーデター

金色の盃に映った月に花びらが落ちて乱れた。織田信長はそれをうまそうに飲み干した。

天正二年（一五七四年）、岐阜城の主殿、広間の縁側で織田信長は明智光秀を相手に酒を飲んでいた。

「信玄めが死におって、もはや殿を脅かすものはおりませんな。徳川様が、武田に奪われた所領をしっかりと取り返されることでしょう」

「果たしてそうか？　武田四郎勝頼《かつより》……恐るべき才覚と俺は見る」

信長は甲斐の方角に首を向けた。空は濃い藍色に染まっていた。

信長の考えた通り、徳川家康は武田勝頼に振り回されっぱなしであった。信玄が亡くなったあと、家康は武田に切り取られた地の奪還を図った。だが、勝頼は手強かった。四月には遠江《とおとうみ》の山城・犬居《いぬい》城を奪還しようとした家康は阻まれ、逃げ惑うはめに陥った。

鐘打山《かねうちやま》の急な山道を怒濤のように押し寄せて来る赤い武田の軍勢に、家康と大久保忠世は必死に馬を走らせた。

「退け！　退けー！」

家康は愛馬のあぶみをぐっと踏みしめ上体を低くする。そのあとを大久保忠世も、

「退け退け退けー！」

と大汗をかきながら追った。その背後から無数の矢が間髪をいれずに飛んでくる。矢を放ちながら追ってくる武田の軍勢から徳川軍の兵たちはほうほうの体で逃げるが、次々に討ち取られ、山道に雪崩のように倒れていった。犬居城奪還は失敗に終わった。

五月に入り、勝頼は遠江の要衝である高天神城を囲んだ。浜松城の主殿で家康は疲れたように床几《しょうぎ》に腰掛けた。本多平八郎、榊原小平太、忠世たちも落ち着かず体を揺らしていた。

「織田の加勢はまだ来んのか！」と小平太が誰にともなく問うと、

「もう間もなく来るはずじゃ」と忠世が答えた。

「高天神はもう持ちこたえられんぞ！」

平八郎があせりを滲ませると、鳥居彦右衛門が滑り込んで来た。

「高天神城、落ちましてございます」

「信玄なくとも、武田は武田ですな」

冷静な忠世の言い方が家康には癇《かん》に障《さわ》る。

「くそッ！」と力任せに床を鳴らした。

六月十七日、高天神城が陥落した。床に広げた地図の印で、武田領が浜松周辺にじわじわと広がっていることがわかる。信玄亡きあと、家康は領土奪還に出たものの、武田が再び攻めに転じると敗北を重ね、家康はさらに領土を失っていった。

天正三年（一五七五年）に入ると、勝頼の勢いは増した。甲斐・躑躅ヶ崎館《つつじがさきやかた》の主殿では今もなお、信玄のヤクの毛の兜と鎧が威光を放っている。四月十二日に信玄の三回忌を終え、いつものようにそれに手を合わせていた勝頼が振り返った。背後には山県昌景《やまがたまさかげ》や穴山信君《あなやまのぶただ》ら家臣が片膝をついて控えている。

「穴山、戦の具合はどうじゃ？」

「つつがなく進んでおります」

信君が言うと勝頼は立ち上がり、一同を見回した。

「父上の三回忌を終えた……。ここからは、わしの思う存分やらせてもらう。岡崎を取る」

勝頼にとってこれまでは前哨戦でしかなかった。これからが本番、一気呵成《いっきかせい》に攻める気でいた。

日に日に信玄に似てくるような勝頼を、昌景や信君らは頼もしそうに見上げた。

勝頼による陰謀がひたひたと近づきつつあることを家康は知らない。浜松城の主殿の広間で、文机《ふづくえ》に向かって大量の書状を書いていた。書いても書いても終わらない。次第に大粒の汗が書状にしたたり落ちてくる。なんだか暑いが、それは必死に書いているからだろうと思っていた。そこへ、彦右衛門と忠世が現れた。

「殿、武田勝頼本軍、いよいよ動きだした様子！」

という忠世の報告に、「どこへ向かっておる！」と家康が訊ねると、
忠世は地図を開いて指差した。「足助城《あすけ》！」

足助城は西三河、真弓山の山頂を本丸とした連郭式《れんかくしき》の山城である。西三河の重要な拠点のひとつが危ないと聞いて青ざめる家康に、彦右衛門が追い打ちをかけた。

「狙いはやはり……岡崎かと」

こうしてはいられない。家康は書きものを後回しにして立ち上がった。

「わしが出る」

「殿！　お待ちくだされ！」

「ここ浜松を留守にしてはなりませぬ！」

大股で部屋を出て行こうとする家康を、彦右衛門と忠世が代わる代わる止めた。その手を家康は激しく振り払い廊下に飛び出していく。

「このままでは岡崎がやられる！」

「岡崎には数正殿が行っております！」

「岡崎がやられれば元も子もないんじゃ！」

しつこく追いかけてくる彦右衛門の手を振り払った瞬間、家康は不意に足がもつれた。ふらりとよろめき、かろうじて壁に手をつき堪えるが、そのままずるずると廊下に崩れ落ちた。

「殿！」と忠世が駆け寄った。

彦右衛門も続き、額に手を当て声をあげた。

「すごい熱じゃ……」

家康は赤い顔をして脂汗をかいていた。

すぐに岡崎城へ家康病《やまい》の知らせが届いた。信康は出陣の準備をはじめた。主殿の広間で小姓たちに手伝わせ、甲冑を着けるが、どうにも気持ちが昂《たか》ぶり、紐がうまく結べない。あせる信康の傍らで、五徳は手伝おうともせず、すまし顔で正座しているだけである。

「落ち着かれませ、総大将はどんとしていなければ」

「わかっておる」

信康が苛立っていると、廊下から気ぜわしい衣擦《きぬず》れの音が聞こえてきた。

「母上、亀」

亀を引き連れてやって来た瀬名に、信康と五徳は深くお辞儀をした。

「私たちも城に入ります」

「岡崎が戦場になるのですか？」

亀に聞かれ信康はいきり立った。

「そうはさせぬ！　岡崎に松平信康ありと武田勝頼に思い知らせてやる！」

「浜松の殿は、病で伏せっておいでとかで、頼りになりませぬでなあ」

五徳の皮肉に瀬名と亀はかちんとなった。瀬名は自身の立場を意識して耐えたが、亀はあからさまにむくれ、反論した。

「父上は遠江のことでお忙しいのでございます！」

「五徳、そなたの父上とてあれこれ命じられるばかりで助けは寄こさず、頼りにはならぬがな」

信康とて父を馬鹿にされたらたまったものではない。つい皮肉を返した。すると五徳はたちまち般若《はんにゃ》のような顔になった。

「わが父には天下人としての役目があるのです！」

「ご立派なことじゃのう」

「侮辱なさるなら父上に言いますよ！」

いつものように夫婦喧嘩をはじめる信康と五徳を瀬名がたしなめた。

「やめなされ！　我らが心を一つにする時ぞ」

ぴたと黙ったふたりに瀬名は諭すように言った。

「信康、そなたのもとには殿が残していってくださった忠義の家臣が大勢おる。一丸となればかなわぬ敵はおりませぬ」

「心得ております！」

信康は気持ちを切り替えて、家臣を集めると軍評定《いくさひょうじょう》を行った。そののち、信康を中心に円陣を組み跪坐した石川数正と平岩七之助ら重臣一同に、信康は高らかに宣言した。

「これより、足助城に向かう！」

「武田勝頼がかの城に入る前に、こちらから打って出て城の守りを固める！　さすれば武田勢、この岡崎には一歩も近づくことかなわぬ！」と数正が続けた。

「総大将は、信康様御自ら勤められる！　山田八蔵《はちぞう》！」

七之助が呼ぶと、

「は！」と荒くれ者の大男、山田八蔵が顔を上げた。

「先陣を申しつける！」

「大岡弥四郎《おおおかやしろう》！」

「は！」

大岡弥四郎は冷静沈着な切れ者である。

「城に残れ、留守を任せる！」

「は！」

「大岡弥四郎、命に代えて岡崎を守りまする！　御一同のご武運をお祈りいたしまする！」

信康は家臣たちを信じて、「行くぞ！」と奮い立った。

「おお！」と一同も声をあげ、出陣した。

ところがその二日後、信康たちは敗退して逃げ帰ってきた。負傷兵で埋め尽くされた大台所では兵や女たちが手当てに駆け回るなか、瀬名と亀も手伝いに奔走する。瀬名はもう慣れたもので毅然としているが、瀬名に指示され、懸命に重傷の兵の出血を押さえている亀は、感情が昂ぶって、おいおい泣いていた。

「しっかり！　気を確かに！」

瀬名が励ましていた重傷の兵が手当ての甲斐なく息絶えた。そっとまぶたを閉じてやり、手を合わせる。亀は目の前で人が死ぬのを見て、さらに激しく泣いた。

「亀、泣くでない。息のあるものを助けよ！」

「はい……！」

ほかに手の足りない者はいないかと、瀬名が機敏にあたりに目をやると、山田八蔵が、自身の腕におぼつかない手付きで包帯を巻こうとしていることに気づいた。

「八蔵、それでは傷口が膿《う》むぞ」

瀬名はさっと近づき、包帯を取り上げた。

「お、お方様……お構いなく、大した怪我では……」

「毒が入れば命取りじゃ。しみるが辛抱せい」

瀬名は包帯を巻く前に、怪我した腕に膏薬を塗ってやった。

「お手が汚れまする……！」

「そなたらの血や汗ならば本望じゃ。ご苦労であったの」

「もったいのうございます……！」

八蔵は最後まで、大きな体をひたすらに小さくして恐縮していた。

そこへ侍女のお梅とお杉が小走りでやって来た。

「お方様、代わります」

「気安くお触れにならぬほうが」

ふたりは瀬名から包帯を取り上げ、八蔵から遠ざけた。気にすることはないと思いながら、ふたりに任せ、瀬名はほかに手の足りない者たちを探した。すると目についたのは、五徳である。何をしていいかわからないのか、ただ無表情に立っている五徳に瀬名は声をかけた。

「五徳、誰もそなたに命じることはできぬ。自ら進んで手伝わねばならぬぞ」

「このような汚い男どもに触れるなんてできませぬ」

「汚いとは何事か！　三河を守るために戦っている者たちぞ！　そなたも三河のおなごであろう！」

思わず瀬名は声を荒らげた。その剣幕に皆が驚き、瀬名と五徳の様子をそっとうかがう。

「私は織田信長の娘じゃ！　無礼者ッ！」

五徳は激高して出て行った。

まったく困ったものだと瀬名は肩を落とした。そこへ信康、数正、七之助、大岡弥四郎が入って来た。すれ違いに出て行った五徳の様子を見て、信康は瀬名に訊ねた。

「どうされました？」

「何でもない」

瀬名は憮然と答えた。それよりも気になるのは戦況である。

「……うまくいかなかったようじゃな」

「こちらの動きが読まれていたようで、手痛くやられました」

と数正はうなだれた。

「かくなる上は、この城にて籠城戦の構えをとることとなりましょう」

鼻息を荒くする七之助に、瀬名が顔を曇らせると、弥四郎が励ました。

「お方様、ご心配には及びませぬ。この岡崎城は、古今の城のつくりを学んだこの弥四郎めが、知恵の限りを尽くして造営を繰り返したもの。武田勝頼といえども城にとりつくことさえかないますまい」

「心強いぞ、弥四郎」

弥四郎の実直な態度を好ましく感じた瀬名は微笑んだ。弥四郎も顔をほころばす。その様子を八蔵が複雑そうな表情で見つめていた。

浜松城では家康が徐々に回復していた。布団から半身を起こして煎じ薬を飲む。瀬名直伝の妙薬である。まだ熱があるが、こうして起き上がれるくらいになった。その横に酒井左衛門尉がいて、白湯を渡しながら報告する。

「武田勝頼、足助に入った模様。早ければ明日には、岡崎に攻め寄せまする」

「こんなときに動けんとは……我ながら情けない」

「お疲れが出たのでございます。私が代わりを勤めまするゆえ、ゆっくり休まれませ」

「……すまんな」

「岡崎には、平八郎と小平太を急ぎ送り込みました」

「そうか」

「それから、ついでにあの小僧もくっつけて」

「あの小僧？」

家康は、一瞬、きょとんとなったが、すぐに「ああ……」と、ある人物を思い浮かべた。

「数正も七之助もおります。槍自慢の倉知平右衛門や小谷甚右衛門、力自慢の山田八蔵、そして切れ者の大岡弥四郎。岡崎が落ちることはありませぬ」

「そう思うがな……だがわしは、武田勝頼という男が恐ろしい」

家康は声を落とした。

「奴は、信玄の軍略知略のすべてを受け継いでおる……一体どんな手を打ってくるか」

家康はぶるっと震えて言った。

「武田信玄は……生きておるんじゃ」

信玄と勝頼の顔が重なって家康には見えるのだった。


夕暮れどき、岡崎の町外れの、人けのないあぜ道に長い影が伸びていく。歩き巫女がひとり、用心深く歩いている。千代である。あぜ道の脇に大きな楠《くす》の木が一本立っている。その根元に群生した雑草に埋もれるように古びた小さな祠《ほこら》があった。千代はしゃがんで手を合わせると、祠の中に供え物をして去った。しばらくすると武士が一人やって来た。弥四郎である。あたりを見回しながら、弥四郎は祠に軽く手を合わせ、供え物をどかした。その下に、小さく畳んだ紙片が置かれていた。それを広げて読むと、表情を固くし、すぐに紙を細かくちぎって捨て、弥四郎はその場から去った。

去ったかに見えた千代は、木陰から弥四郎の行動を一部始終見ていた。弥四郎が紙片を読んだことを確認すると満足そうな微笑みを浮かべ、その場から立ち去った。

その夜、岡崎の領内のとある屋敷の中、ろうそくが数本だけ灯《とも》った薄暗い部屋に、三十人ほどの武士が集まっていた。一人ひとり、連判状に名を書いては、脇差を少し抜いて薬指の先を切り、花押の下に押していく。連判状には『岡崎東方之衆』と書かれていた。ここに集まった者たちは、信康を裏切り武田についた者たちだ。

灯りに照らされた者のなかに弥四郎と八蔵がいる。

「勝頼様からお指図あり」

と弥四郎が集まった者たちに告げると、皆、神妙な顔になった。

「明日、武田勢が攻めて参る。よって、我らは今宵《こよい》事を為す。時は、寅の刻（午前四時頃）じゃ」

武者震いする一同を、弥四郎はさらに鼓舞する。

「御一同、恐れるな。これは、岡崎を救うために為すことじゃ！　狙うはまず、松平信康！　ついで、築山殿！　岡崎城を乗っ取り、武田勝頼様をお迎えいたす！」

築山殿の名前を聞いて八蔵の目が少しだけ揺らいだ。が、誰もそれに気づかない。皆、血気に逸《はや》り、金打《きんちょう》をした。弥四郎は連判状を火にかけて燃やしている。後には引けない状況ながら八蔵はひとり悩んでいた。

傷の手当てをしてくれた瀬名のことを思うと、これでよかったのかわからなくなる。八蔵は重い足どりで岡崎城に向かった。なんとはなしに大台所に立ち寄ると、瀬名と数人の侍女が猛然と立ち働いている。負傷兵たちが手当てを済ませ、それぞれの持ち場に戻って行ったあと、大台所も戦のあとのように土間も板間も散らかっていた。片付けをし、雑巾がけを率先して行っている瀬名に、お梅とお杉がはらはらしている。

「お方様がこのようなことまでなさってはなりませぬ」

「何かしていたほうが気がまぎれる」

瀬名がそう言いながら額の汗を腕でぬぐったとき、お杉がはっと声をあげた。

「……お方様」

お杉の視線が勝手口に所在なげに立ちつくしている八蔵をとらえた。

「八蔵、何用じゃ？」

お梅に警戒心を剝き出しにされ、八蔵は言葉を絞り出そうとして迷った末、

「……何も」

と、そそくさと台所を出て行った。

「気味の悪い」とお梅は首をすくめた。

「お方様に変な気を持ったのかもしれませぬ、膏薬を塗ってもらって」

お杉は顔をしかめた。

「だからこのような場所においでにならぬほうがよろしゅうございます」

そうお梅に言われ、

「では、休ませてもらおう」と瀬名は大台所を離れた。


城内に瀬名の寝室として用意された小さな一室に戻ると、寝間着姿の亀が鏡に向かって髪をとか

しながら待っていた。

瀬名も寝間着に着替え、灯明皿の火を消し亀と並んで布団に入った。

「母上と並んで寝るなんていつぶりかしら」

「明日には戦になるかもしれぬ。今宵のうちによく寝ておくのじゃぞ」

「はい……でも、慣れぬ場所ではなかなか……」

などと言いつつ、亀は寝入ってしまった。無邪気な寝顔に瀬名も微笑んで眠りについた。が、丑の刻（午前二時頃）を過ぎても瀬名は眠れずにいた。すうすうと寝息を立て熟睡している亀の隣で布団を深くかぶり、眠ろうと試みたが、心配ごとが湧いてきて目が冴えるばかりだ。


寅の刻（午前四時頃）、寝静まった岡崎城の一角に、弥四郎と八蔵ら三十人ほどの一党が集まった。見張りが気づいて不審な顔をしたが、弥四郎は「見回りじゃ」と言って平然と通り過ぎた。弥四郎たちは燭台を掲げ、堂々と主殿の廊下を進んでいく。廊下の分かれ道で、弥四郎の組と、八蔵らの組に分かれた。

弥四郎の組が向かったのは信康の居室である。がらりと襖を開けると、ただならぬ気配に信康は驚いて跳ねるように起き上がった。

弥四郎ら一党は信康を取り囲んだ。

「お命、頂戴つかまつる」と弥四郎が低い声で言った。

信康は枕元の刀を摑むが、抜くより早く刺客の一人が信康に斬りかかった。

信康は襖の前に退くと鞘で刃を防ぐ。その瞬間、背にした襖を突き破って長槍が勢いよく伸び、刺客の体を貫いた。襖を開けて出てきたのは、平八郎である。隣室に身を隠していた数正、七之助ほか兵たちも次々に出て来て、驚愕する弥四郎たちに、刀を突きつけ取り囲んだ。信康は寝間着の衿を崩し、肩で息をしながら、見つめていた。

その頃、八蔵たち十数名はとある居室の前で立ち止まった。

「……ここじゃ」

と静かに入る一同。広い部屋の真ん中に布団がふたつあった。どちらも掛け布団をかぶって寝ていて顔が見えないが、部屋にかけてある打ち掛けは、昼間瀬名と亀が着ていたものである。

「お許しを」

ふたりの刺客が、それぞれ掛け布団の中央に刀を突き立てようとした瞬間、掛け布団の下から刀が突き出て刺客を刺した。ばさりと掛け布団を跳ね上げて、刺客にかぶせる。布団の中から出てきたのは、爛々と目を光らせた小平太だった。

すぐさま体勢を立て直し、刺客たちが一斉に斬りかかると、もうひとつの掛け布団を跳ね上げて飛び出して来た者が、素早く刺客たちに斬りかかった。少女のように華奢なその人物は、井伊虎松である。しなやかに素早く刺客を仕留めていく虎松は、最後に残った八蔵に斬りかかった。すると、小平太が前に出て、虎松の刀をはね返した。

「あほたあけ、この者はこちら側だと言ったろう」

「……顔を知らんのでな」

小平太に頭ごなしに叱られて、虎松は憮然と言った。

弥四郎ら一党が家臣たちに捕縛されていくなか、八蔵は目を伏せて立ち尽くしていた。信康の居室では数正、平八郎、七之助たちが、一党を追い詰め取り囲んだ。

「刀を捨てよ！」と七之助が凄み、

「大岡弥四郎、これまでじゃ」と数正が静かに言った。

もはやこれまでと観念した弥四郎は刀で首を切ろうとする。が、一瞬早く平八郎が阻止して、弥四郎を組み伏せた。「裁きを受けろ」

時間を少し遡る。その夜、瀬名から火急の話があると信康や数正たちが集められたのは子の刻（午前零時頃）であった。大台所の片付けをしていた瀬名は、お杉やお梅に促され一度は居室に向かったものの、どうしても八蔵のことが気になっていま一度、勝手口へ向かった。まだ片付けをしていたお梅とお杉たちが「お方様」と案じるが、瀬名はかまわず勝手口から裏庭に出た。かすかに人の声がする。見れば、白雲木《はくうんぼく》の下で八蔵が幼子のようにおいおい泣いていた。瀬名は、八蔵に近寄ると、手拭いで涙を拭いてやった。瀬名のやさしさに八蔵はさらに声をあげて泣き崩れた。

その夜計画されていたことの一部始終を八蔵は瀬名に明かした。驚いた瀬名は急ぎ、広間に信康、数正、七之助を集め、再度、八蔵に語らせた。

「弥四郎が……信じられぬ！」

信頼し目をかけていた家臣の裏切りに激しく動揺する信康に、数正は冷静に言った。

「今は誰が寝返っても不思議はござらん。弥四郎が武田に通じていたとすれば、こちらの打つ手が読まれていたのも合点が行きまする」

「八蔵！　弥四郎の誘いに乗った者の名を申せ！」七之助が厳しい目で促す。

「うう……わしには……わしには……」

「申せ！　ひとり残らず成敗してやる！」

「七之助、証拠もなく左様なことはならぬ」と数正が咎めた。

「しかし今すぐやらねば……！」

「なかには、八蔵のように迷っている者もおろう。本当にやるかどうかはわからぬ」

頭に血が上った七之助を瀬名がなだめた。

「ならば、どうすれば？」

「やらせて、膿みを出し切るよりほかあるまい」と数正が言うと、

「……やってくれるか、八蔵？」と信康が八蔵に訊いた。八蔵は泣きながらうなずいた。

こうして、瀬名たちは最初に寝室として用意された広い部屋から小さな部屋へと急遽移動していたのである。

部屋を変えたものの、まんじりともできずにいた瀬名は、城内がざわついている気配を感じて上体を起こした。亀も目を覚ました。

「母上……何か騒ぎでも？」

「何でもない……もう少し寝ていなさい」

一番鶏が鳴くと、庭で弥四郎とその一党の取り調べが行われた。ひとり許され、隅に小さくうずくまっている八蔵に、一党は憎悪の目を向けた。悪し様に罵る者もいた。八蔵はじっとうつむいて耐えていた。その様子を瀬名が廊下から心配げにそっと見ていた。

弥四郎たちの前に信康、数正、平八郎、小平太、七之助が仁王立ちしている。

「お前たちがこのようなことを企てるとは……わしは残念である」

まず信康が重い口を開いた。

「特に頭《かしら》の大岡弥四郎、ここまで取り立ててくださった殿の御恩を忘れたか！」

七之助は断じて許さない姿勢を見せたが数正は、

「おぬしにも言い分があろう、申してみよ」と少し温情を見せた。

だが弥四郎はふてくされたように黙ったままである。

「武田に人質でも取られ、脅されたか」と平八郎が訊いた。

「城を乗っ取った暁には、岡崎城の主にしてやる、とでも言われたか」

小平太の問いに、ようやく弥四郎がぼそりと答えた。

「脅されて仕方なく……つい武田の口車に乗せられてしまいました……悔いております」

しおらしい発言に、信康たちの表情がふっと緩む。そのとき、弥四郎はぷっと噴き出した。

「とでも言えば満足でござるか？」

「何を……？」と七之助は一度緩めた眉をつり上げた。

「私は、こちらの船とあちらの船をよーく見比べて、あちらに乗ったほうがよいと判断したまで。沈む船に居続けるは愚かでござる」

「我らは、沈む船か」と数正が低く唸った。

「浜松の殿の才と、武田勝頼の才を比べればおのずと……」

「わが父までも愚弄するか！」

激高する信康に弥四郎は喚いた。

「ずっと戦をしておる！　ずっとじゃ！　織田信長にしっぽを振って、我らに戦って死んで来いとずっと言い続けておる！　なんの御恩があろうか！」

「お前には忠義の心というものがないのか！」

七之助が殴りかかろうとするのを数正が止めた。

弥四郎は一気にまくしたてた。

「くだらん！　御恩だの、忠義だのは……我らを死地に行かせるためのまやかしの言葉じゃ！　皆もうこりごりなんじゃ！　終わりにしたいんじゃ！　だが終わらん。信長にくっついている限り、戦いは永遠に終わらん無間地獄《むげんじごく》じゃ！　遅かれ早かれ死ぬのならば、ほんのひと時でも、欲にまみれる夢を見たほうがましじゃ！　飯《めし》をたらふく食って、酒を浴びるほど飲んで、いいおなごを抱いて！　なあ、みんな！」

捕えられた一党の者たちは「そうじゃ、しょせん、我らは捨て駒！　ならば最期くらい自分たちのために生きて何が悪い！」「わしらは一体何のために死なねばならんのか！」と大合唱をはじめた。

「よう聞け！　これが皆の本当の思いじゃ！　本当の心じゃあ！」

そう言うと、「はははは！」と天に向かって狂ったように笑う弥四郎の異様な様子に、信康たちは背筋の凍る思いを感じていた。

このやりとりを瀬名の隣で聞いていた五徳は、つかつかと廊下を降りて庭に踊り出た。兵の持っている棒を奪うと、力いっぱい弥四郎を殴り、さらに顔に唾を吐きかけた。五徳のあまりにも激しい剣幕に呆気に取られている信康に、五徳は収まらない様子で言った。

「信康様、このことは、我が父に仔細もれなくお伝えいたします。あの者たちをしかと処罰なさいませ。この上なくむごいやり方でな」

肩を怒らせながら横を通り過ぎて行く五徳を見て、このままでは良くないことが起こる気がして瀬名は気を揉んだ。

その頃、足助城の近くでは、出陣準備を整えて高台に上がった勝頼と昌景と信君が岡崎の方角を見下ろしていた。弥四郎が信康を討ったらすぐに岡崎城を攻める算段だったが、

「……のろしは上がりませんな。しくじったようで」

と信君があっさりと言った。

「構わず力攻めいたしましょう、御屋形様」と昌景が進言する。

勝頼は少し考えてから、

「そう焦ることもあるまい」と答えた。

「見逃すのでございますか？」と昌景はなおも粘る。

「岡崎攻めはまだはじまったばかりよ」

「岡崎には家康に不満をもつ連中が大勢いることは確かでございますからな」

勝頼と信君は冷静である。

「その通り。穴山よ、しかと育てよ、次なる大岡弥四郎を。あの城は、いずれ必ず内側から崩れる」

そう言って勝頼は踵を返した。「出立じゃ」

「いずこへ？」と昌景が問う。

「引っ張り出しに行くのよ、浜松に籠もっている臆病者を」

浜松城では復調した家康のもとに、平八郎と小平太が報告に来ていた。

「あの大岡弥四郎がな……」

自身が体調を崩しているときに、瀬名や信康が命の危機にさらされていたとは……。家臣に裏切られる松平家の運が信康に降り掛かったかと思うとぞっとした。

「一味は皆、死罪にするほかありませぬ」

平八郎はまだ怒りに震えていた。

「武田勝頼、恐ろしい敵じゃ」

「奴は岡崎攻めを取りやめ、南へ進んでいる様子ゆえ、我ら急ぎ戻りました」と小平太の顔はこわばっている。

「こちらに向かっておるというわけか」

「迎え討つとすれば、左衛門尉殿の守る吉田城になりましょう」

と懸念する平八郎に家康は言った。「わしも吉田に入る」

「お顔の色がまだ優れませんが」と小平太が心配する。

「そんなことは言ってられん」

家康は立ち上がって、小姓たちに鎧を着けるよう命じた。

「そういえば、あ奴はどうであった？　あの小僧じゃ、使えそうか？」

鎧を着けながら家康が訊ねると、平八郎と小平太は少しいやそうな顔になった。

「……ああ、まあ」

「腕はそこそこ立ちますが……」

「無礼者で口の利き方を知らん」

「小面憎くて危なっかしい」

平八郎と小平太が交互に言うのを聞いて家康は苦笑する。

「昔のお前たちみたいではないか。……いや、今もか」

たちまち平八郎と小平太は心外だという顔になったが、家康は気にせず、

「呼んでくれ」と命じた。

すぐ庭先に現われたのは、弥四郎の事件で活躍した井伊虎松である。

「虎松、参りました」

家康は庭に降り、虎松に近づいた。「顔を上げよ」と言うと、虎松に訊ねた。

「聞かせてくれんか……。わしを憎んでいたお前が、なぜわしに仕官することを願い出たのか」

「我が家と、郷里を立て直すためでございます」

「なぜわしかと聞いておる。武田に仕えたかったのではなかったか」

虎松は口元をきゅっと結んだまま家康の顔をじっと見た。

「わしは、かつてお前に見ていてくれと言った」

かつて、浜松の茶店で家康を殺そうとして捕まった虎松に、家康は「わしは、そなたたちの頼れる領主となってみせる。見ていてくれ」と言ったのだ。

「だがこのざまじゃ、ずっと武田にやられっぱなしじゃ……。民は、わしを馬鹿にして笑っているそうじゃ」

虎松も、実際、町の者たちが家康を馬鹿にして笑う姿を見ている。

「なのにお前はなぜ……」

「だからこそでございます。私は幼い頃より、民の悲しむ姿、苦しむ姿ばかりを見てきました。しかし、殿の話をするときは皆、愉快そうに大笑いします」

「嘲笑《あざわら》っておるのじゃ」

「だとしても……民を恐れさせる殿様より、民を笑顔にさせる殿様のほうがずっといい……きっとみんな幸せに違いない……そう思いました」

家康は少し身を乗り出した。

「殿にこの国を守っていただきたい。心の底では皆、そう願っていると存じます」

聡明な光をたたえた虎松の言葉は家康の心をぐっと摑んだ。虎松はさらに続ける。「それに……」

「それに？」

「正直、武田に行ったら、すごいのがいっぱいいて出世できそうにありません。そこへ行くとこっちは」

「大したのがおらんか」

「変ちくりんなのばっかりで。もう少し由緒ある家臣がいたほうがよいでしょう？　井伊家のおいらとか」

家康相手に恐れを知らぬ物言いをする虎松を、家康は次第に好ましく感じはじめていた。

「虎松……これより勝頼を叩きに行く。わしのそばにつけ」

「ひとつお願いが」

「申せ」

「名を、新しき名を殿に名付けていただきとう存じます」

「ならば、そうじゃのう……仙千代《せんちよ》でどうじゃ」

「ありがちですね」

「何だお前」

「千にとどまらず万の働きをいたしますゆえ、万千代と名乗りとうございます！」

「ではそうせい」

「ありがたく頂戴いたします！」

虎松改め万千代は深々と頭を下げた。こうして井伊万千代は家康の小姓となったのである。

東三河の吉田城をめぐって徳川軍と武田軍の激しい戦闘がはじまった。武田本陣では馬に乗った勝頼、昌景、信君たちが余裕の表情で戦況を見つめていた。勝頼が軍配を振るい、山県が「退けー！」と声をあげた。

吉田城の櫓では、家康、左衛門尉、彦右衛門が外を見ていた。

「武田勢、引き揚げていくわい！」

喜色満面の彦右衛門に家康は厳しい顔のまま言った。

「引き揚げたのではない」

「わしらを誘いだす気じゃろう。いけにえを狙いに行ったんじゃ」

と左衛門尉も表情が固い。

「いけにえ？」

「さしずめ……」

「長篠《ながしの》」

三河・長篠は武田と徳川の勢力の境目にある。東三河から信濃、甲斐へと通じる道の途中にあり、東と西を結ぶ重要拠点であった。

戦で落ちつかない岡崎城の大台所に、瀬名が顔を出した。思いつめたように見つめる先には、せっせと床の雑巾がけをしている八蔵の姿があった。大きな体を前に屈めて板間を磨いている。瀬名に気づいた八蔵は頭を下げ言った。

「本当なら死罪になってたはずの身でございますから、これくらいのことは」

「八蔵、頼みがある」

瀬名と話をしたあと、八蔵は、町外れの楠の木の下の祠《ほこら》の前にやって来た。弥四郎が武田方と連絡をとっていた祠である。周囲を気にしながら、瀬名から預かった花束を置いた。その下に小さく折りたたんだ手紙を隠して走り去った。

夕刻、築山に戻った瀬名が庭の花の手入れをしていると、門番の武士が来客を連れて来た。訪ねて来たのは千代である。

「ようおいでくださった」

「なんと素敵なところでしょう。まさか築山殿じきじきにお招きいただけるとは思いませんでした」

千代は八蔵が祠に残した紙片を持っていた。それは瀬名の書いた手紙だった。八蔵は、瀬名の頼みで千代と連絡をとったのだった。

「またお会いできてうれしい。お千代さん」

「私を覚えておいでではございますか」

「昔、お寺で楽しい踊りを」

瀬名は人なつっこく笑ったが、すぐに顔を引き締めた。

「こたびも、あなたではないかと思っておりました」

三河一向一揆のとき、本證寺《ほんしょうじ》の空誓《くうせい》と組んで民衆を煽っていたのが千代であった。瀬名はそのときの一部始終を家康から聞いていたのだ。

千代からしてみれば、家康の妻・瀬名はてっきりおっとりとした姫様だろうと高をくっていた。が、どうやらそれは間違っていたようだ。

「ふたりきりで話しましょう。お茶をたてますね」

瀬名は茶室に千代を招いた。茶室の床の間に大山蓮華《おおやまれんげ》が一輪活けてある。大ぶりだがややうつむきがちな白い花と瀬名の茶杓の扱い、選ばれた茶器から、瀬名の資質がうかがい知れる。

静かに茶筅を振る瀬名に千代は訊ねた。

「おできになるとお思い？　……この私を取り込もうなんて」

「家臣に手出しされるくらいなら、私がお相手しようと思って。そちらにとっても望むところでは？」

思わせぶりな眼差しで瀬名は茶碗を差し出すと、再び人なつっこい笑顔を浮かべた。

「お友達になりましょう」

第二十一章　長篠を救え！

　まるで二十三夜の月のように、瀬名のたてた茶の深緑は陰影をつくっている。飲むどころか逆に飲み込まれそうな気がして、千代は手をつけることをためらった。そして瀬名の腹を探るように切り出した。

瀬名の大きな丸い瞳の陰影が茶の色の深さと重なって見えた。

「苦しいご胸中、お察しいたします。もはや徳川は風前の灯火……頼みの織田様は、こき使うばかりで助けてはくれませぬしなあ。岡崎は岡崎で生き残っていかねばなりますまい。武田はいつでも受け入れますよ、あなた様と信康様を」

　小首をかしげるようにして聞くばかりの瀬名に、千代は畳み掛けた。

「あなた様なら、勝頼様が妻としてお迎えすることだって」

　千代が手をつけない茶を、瀬名はさらに勧めながら訊ねた。

「お千代さん、旦那様は？」

「とうに亡くしました」

「戦《いくさ》で？」

「ええ」

「お子は？」

千代はゆっくり首を横に振った。

「それで忍び働きを？　あなたも苦労しますね」

「性に合っております。武田様もよくしてくださいますし」

「でも、戦がなかったら、また違った暮らしをしていたことでしょう。旦那様を支えて、お子たちを育てて」

今度は千代が黙る番だ。答える代わりに茶碗を手にとり、口元に運ぼうとしたとき、

「あなたから幸せを奪ったのは、本当はどなたなのかしら」

瀬名が大山蓮華《おおやまれんげ》の白い花に目をやりながら訊ねた。

「ある人に言われました……男に戦のない世はつくれないと。私とあなたが手を結べば、何かができるんじゃないかしら」

それから瀬名は目を千代に向けた。

「徳川のためでも、武田のためでもなく、もっと大きなことが」

千代は茶碗を持つ手をぴたりと止めた。

「毒を飲まされるところでございました」

「毒など入っておりません」

「そのきれいな眼《まなこ》に引き込まれて、いらぬことをしゃべってしまう毒でございます。怖いお方でございますね」

千代は茶碗をそっと置いた。

「今日はこのへんで」

「またおいでくださいませね」

千代は答えず、薄く微笑むだけ。そしてそのまま去って行った。


雨が上がり、草いきれとともに濃い川霧が長篠城《ながしのじょう》の裾野に絡みついている。大野川（現在の宇連《うれ》川《がわ》）と寒狭川《かんさがわ》（現在の豊川《とよかわ》）の合流点に立つ天然の要害《ようがい》である長篠城は、奥三河から信濃に通じる交通の要衝であり、徳川と武田の攻防が続いていた。

天正三年（一五七五年）五月、武田の大軍が長篠城を標的として取り囲んでいた。武田勝頼は長篠城を見下ろす医王寺山《いおうじ》を本陣として、執拗に弓矢や鉄砲による攻撃を加えた。武田本陣にいるのは、総大将の勝頼と山県昌景《やまがたまさかげ》、穴山信君《あなやまのぶただ》ら主要な者たちである。武田に兵糧《ひょうろう》攻めにされ、長篠城の兵たちは飢えと疲労であと数日保つかどうかという瀬戸際にあった。長篠城を守っているのは若き武将・奥平信昌《おくだいらのぶまさ》である。信昌は二年前に三河作手《つくで》城主の父・定能《さだよし》とともに武田から離反していた。それゆえ、武田の攻撃も容赦がないことを身にしみて感じていた。

「しっかりせい、じきに助けが来る、必ずや徳川様がな」

信昌が兵たちを励ます言葉をかけたとき、「来るもんかて」と吐き捨てるように言う者があった。

「何か言ったか、強右衛門《すねえもん》？」

「わしゃ、来んと思うわ……。長篠は見捨てられたんだて」

暴言を吐いた家臣は名を鳥居《とりい》強右衛門勝商《かつあき》という。小柄ながら、体は毛深く、眉は毛虫のようで、生気に満ちている。

強右衛門の口ぶりに重臣が「口を慎め」と眉をひそめた。だが強右衛門の口は止まらない。

「武田を裏切って徳川についたんは、しくじりでごぜえます。殿は、徳川に騙されたんじゃ。考えりゃわかるこっちゃ、徳川の姫が、こんな山ん中に輿入れするはずがねえ」

調子に乗って言い募る強右衛門の頭を、重臣がげんこつで殴った。

「逃げてばかりの、ろくでなし強右衛門が！」

頭をさすりながら卑屈に笑う強右衛門に信昌は言った。

「強右衛門、わしはもう武田には戻れん。徳川様を信じるほかないんじゃ」

「呼んでめえりましょうか？　岡崎に走って徳川様に……まあ食いもんがねえと、はよおいでくだせえと」

「敵に囲まれとるぞ。どうやって？」信昌が訊く。

「谷川の底を潜ってくんですわ。わしは泳ぎが得意だで、わしにしか無理だわ」

へへへ、と笑う強右衛門の本気か冗談かわからない様子に重臣は苛立った。

「逃げる気じゃろう。己だけ武田に寝返る気じゃろうが！」

「ほいじゃあ、ほかのもんがやりゃあいいわ」

信昌はふと、この妙に自信ありげな男に賭けてみようと考えた。どのみち何もしなければ武田に攻められて一巻の終わりなのである。

強右衛門が裸になって意気揚々と川に入り岡崎に向かったことは、すぐに武田本陣にも伝わった。長篠を落とすのも時間の問題と、余裕の表情で酒を飲んでいた勝頼に信君がぼそりと伝えた。

「一人、谷川を伝って抜け出た者があるようで。徳川に助けを求めにゆくものと思われます」

昌景に「捕まえますか」と訊かれた勝頼だが、少し考えて「行かせよ」と言った。その目は企みに満ちている。

「母上！　母上！」

築山で、千代を見送った瀬名のもとに、亀がお付きの侍とともに息を切らせて駆けて来た。

「音曲《おんぎょく》の稽古はもう済んだのか？」

「表に……表に……倒れております！」

「何が？」

「はじめは、熊か、大きな猿かと」

「まあ、死んでおるのか？」

「そう思って、石をぶつけてみたのです」

「なんでそんなことを」

「そうしたら……飯《めし》をくだせえと」

「え？」

「人でございました！」

雨で水かさの増した川をなんとか渡り、岡崎城までたどりついた強右衛門だったが、息も絶え絶えで門の前に倒れ込んでしまった。それを亀が見つけたのである。強右衛門は大台所の片隅に連れて行かれると、出された湯漬けを猛然とかき込んだ。奥平の者たちが腹を空かせて待っていることなど少しも気にかけなかった。

この毛深い小柄な男を、瀬名と亀は柱の陰から観察していた。亀は怯えながらも、これまで見たことのない野性的な男から目が離せずにいた。ふと強右衛門と目が合い、慌てて瀬名の後ろに隠れると、強右衛門はにかっと笑った。髭は濃いが愛嬌のある顔ではあった。

徳川家康が浜松城から急ぎ来たのは翌日のことである。酒井左衛門尉、鳥居彦右衛門、小姓の井伊万千代とともにやって来た。迎えに出たのは松平信康と石川数正、平岩七之助である。

「父上」

「挨拶は抜きじゃ」

「長篠よりの使者に間違いないのか?」

左衛門尉が訊ねた。強右衛門のことである。

「奥平殿の書状を持参しておる」と数正が答えた。

「連れて参りましょうか」と七之助が言うと、

「あとでよい。手立てを考えるのが先じゃ」と家康は広間の上座に座った。

さっそく地図を広げて評議がはじまった。小姓の万千代だけは隅に控えさせられ、評議に入れない。だが、入りたそうに首を伸ばしていた。

「我ら、吉田城に籠城し、武田をくい止めておりましたが、敵は突如、奥三河の方へと引き揚げていきました」と数正が現状を家康に報告した。

「追い払ったかに思えましたが……」と彦右衛門、

「狙いは、長篠城であったと」と信康が続けた。

「長篠を奪われれば、奥三河一帯を奪われることに……」

七之助が言うと、ここぞとばかりに万千代が口を出した。

「それだけではございませぬ。武田から寝返ってくれた奥平殿を見捨てたとあらば、徳川の信用は地に落ちる！」

「万千代、小姓が口を出すものではない」

家康にたしなめられて、「ご無礼」と万千代は首をすくめた。

「奥平勢は、わずか五百足らず。ここまでよう持ちこたえております」と彦右衛門。

「何としても助けなければ……」と信康が逸《はや》る。

「ですが武田勢は我らの三倍、のこのこ出て行けば三方ヶ原《みかたがはら》の二の舞でござる」

数正が言うと、またしても万千代が口を出した。

「それこそが勝頼の真の狙い！　いわば長篠は、我らを引っ張り出すための餌でござる！」

ぎっと、全員が一斉に万千代を睨んだ。

「ご無礼」

「つまるところ、頼みの綱は……」と信康、

「もう一度助けを求めましょう！」と七之助が提案する。

「また水野か佐久間あたりを寄こしてどうのこうのと言い訳するばかりでないといいがのう」

彦右衛門が心配したが、事態ははたしてその通りになった。

数日後、水野信元と佐久間信盛が岡崎城にやって来た。

「上様は、まだ天下のことで手一杯でなあ、なんせ畿内じゃあ、三好《みよし》らがなあ」

信元はサイコロをもてあそび、にやにやしながら説明した。

「上様は、徳川様のお力を信じておられる。皆さまだけでなんとかできると」

信盛はそう言うが、三方ヶ原の戦いでもさっさと逃走したふたりを家康は信用できない。うんざりした面持ちになった。むくむくと怒りが湧いてきて、思わず口走った。

「手を切る！」

「あん？」と信盛は片眉をぴくりと上げた。

「今すぐ助けに来なければ、織田と手を切る！」

信元と信盛は呆気にとられ顔を見合わせた。

「父上……」と信康が心配そうな声を出したが、家康は心を決めていた。

「武田勝頼と組んで信長を攻める！　そう伝えよ！」

「家康よ、そんなことは言っちゃならん。上様にそんな言い方をすればえらいことになる」

信元が助言したが、家康は怒り心頭に発していた。

「上様とは何じゃ、将軍でも何でもなかろう」

「本当にそのようにお伝えしてよいのでございますな」と信盛も語気を強める。

「ああ、ようござる！」

「待て待て、落ち着け」

信盛と家康の喧嘩ごしのやりとりを信元が止めた。だが家康と信盛の熱量は上がったままで、

「そう伝えますぞ？」

「さっさと行かれよ！」

大声で言い合うと、信盛は激しい勢いで立ち上がり部屋を出て行った。

「佐久間殿！」と信元は慌ててあとを追った。

ふたりが去ると、家康はふんっと鼻をならし、茶をぐびぐびと飲んだ。

「大丈夫でしょうか」と不安がる信康に、

「びくびくするな。わしと信長は対等な間柄じゃ！」

そう強気で答えたものの、家康の茶碗を持つ手はかすかに震えていた。

それから二日後の五月十四日、櫓《やぐら》で見張りをしていた万千代が声を振り絞って叫んだ。

「おい、来たぜー！　織田勢が来やがった！」

櫓の下に家康、左衛門尉、平八郎、小平太、彦右衛門、忠世たちが慌てて集まって来た。

すぐさま櫓に上がった家康は目を見張った。

「道が真っ黒だ」

万千代が言うように、城の前の街道が黒づくめの織田の大軍勢で埋めつくされ、織田木瓜《もっこう》の幟旗がひときわ映えている。

「二万、いや、三万はあろうかの！」と彦右衛門、

「しかも烏合の衆にあらず。柴田、丹羽、羽柴、滝川、佐久間、前田、池田……」と数正、

「重臣たちが勢揃いじゃ！」と忠世は唸った。

「かつてとは比べ物にならぬ威勢を感じますな」と小平太は感心したように言った。

「天下を平定した軍勢の凄みということか……。武田に勝てるぞ」と平八郎も目を輝かせた。

「父上、賭けに勝ちましたな！」

「わしが脅せばこんなもんじゃ！」

「お迎えに行って参ります！」

七之助が駆けて行き、左衛門尉は「一同、粗相のないようにな！」と号令をかけ、迎えの準備をはじめた。

織田軍の援軍が来たことは、亀から強右衛門に伝わった。

「まことでごぜえますか！」

大台所で握り飯を食べていた強右衛門は、食べる手を止め、喜びにむせび泣いた。

「ものすごい大軍勢だそうで、ようございましたな」

「ありがとうごぜえます！　いやあ、やはり徳川様と織田様の結びつきは、強えんでごぜえますなあ！　よかったぁ。あの、姫様……亀姫様でごぜーましょう？　わしゃあ、ろくでなし強右衛門と呼ばれとるくれえの駄目な奴で……正直、ここに来るかどうしようか迷っとって、このまま逃げちまおうかと。ほんでも、我が殿はこんなわしを信じて送り出してくださった。ほいだで、来てよかったわあと」

「はあ」と亀はきょとんとなった。

「あ、何が言いてえかと申しますと、やさしい殿なんでごぜえます」

「はあ」

「どうぞ、うちの殿を末永くよろしくお願い申し上げます」

「はあ……はあ？」

亀には強右衛門の言っていることがまったく理解できない。首をかしげていると、瀬名が来た。

「亀、あなたもお迎えするのですよ、支度なさい」

訝しげな顔をする亀の手を瀬名はきつく引っ張った。

七之助に案内されて、信長が羽柴秀吉と護衛兵のみの少人数で広間にやって来た。

「御家中の方々もどうぞ中へ」

「いやいや、外で結構！」

秀吉がわざとらしく遠慮する。広間で家康、信康、左衛門尉、数正、平八郎、小平太、彦右衛門、忠世たちが整列して待ち構えていた。

「織田殿、よくぞおいでくださった、御礼申し……」

まず家康が挨拶しようとすると、信長は遮って、疾風のごとく家康の前に膝をついた。

「徳川殿、再三の求めにもかかわらず、かように遅れたる由、心よりお詫びいたす」

慇懃無礼《いんぎんぶれい》な信長の態度に気圧されて、家康、信康、そして家臣たちは波のように膝をついた。

「滅相もない！」と言う家康を無視して、信長は信康に向き直る。

「婿殿であるな。今更ながらの対面、許されよ。織田信長である」

「の……信康にござりまする！」

礼儀正しさが逆に異様なまでの圧となって、信康は震えた。次に信長は部屋の脇に控える瀬名と五徳と亀に近づき、恭《うやうや》しく挨拶した。

「御内儀《おないぎ》、織田信長にござる」

「家康の妻にございます。夫が世話になっております」

「五徳」

「は、はい、父上！」

「しかとやっておろうな」

「はい、父上！」

「御内儀や信康殿にご無礼なかろうな」

「はい、父上……」

信長を最も恐れているのは五徳であった。いつもの気性の激しさはどこへやら、小動物のように震え、声が上ずっている。

信長はいま一度瀬名に視線を戻し、頼んだ。

「これがわがままを申すようなことあらば、遠慮なく折檻いただきたい」

瀬名がなんと返していいのかわからずに戸惑っていると、信長は気にせず、亀を見た。

「姫」

「はい」

「長篠がいまだ落ちずに持ちこたえておるのは、ひとえに姫のおかげ。礼を申す」

信長の言葉に首をかしげる瀬名を見て、「まずい」と家康は少し腰を浮かした。

「戦が終わりし暁には、一日も早く奥平殿のもとへ参るがよろしかろう」

亀が首をゆっくりかしげ、信長に問い返そうとしたそのとき、

「時が惜しゅうございます、さっそく軍評定《いくさひょうじょう》を」

状況を察した数正が助け舟を出すように切り出した。

「織田様、あちらに」

左衛門尉も続けざまに、あらかじめ空けてあった一段高い上座を示した。

「そこは城主の座でござろう。家康殿と信康殿が」

「いえいえ、総大将が」

　秀吉が割って入る。

「総大将は徳川様でごぜーましょう！　さあさあ、さあさあ！」

　陽気にそう言って、家康と信康を上座へ引っ張っていった。途中、秀吉は満面の笑顔から表情をすっと落とし、家康に囁いた。

「気ぃ付けやーせ、お怒りでごぜーますぞ」

　びくり、と家康はひるんだが、そのまま信康とともに上座に座った。信長と秀吉は、数正たちと並んで胡座をかいた。

「では、いかに武田を討ち払い、長篠を救うべきか、織田様よりお指図を頂戴いたしたく存ずる」

　数正が粛々と言う。ところが信長は黙ったまま。重い沈黙が流れ、家康たちはたじろいだ。代わりに秀吉が口を開いた。

「この戦は、徳川様の戦。わしらぁは手伝いに参《めえ》ったまで。徳川様がお指図くだせーまし！」

　不穏な空気のなか、家康はそっと数正に目で合図した。

「では、本多平八郎忠勝より」

　と数正が促し、平八郎が長篠の地図を広げ駒を用いて説明をはじめた。

「まず、武田勝頼本軍がここに布陣していると考えられますれば……」

　信長は黙って聞いている。何を考えているのかまったくわからない。強気な平八郎も珍しく緊張して、肩に力が入っている。

　その頃、瀬名たちは信長との面会を終えて、大台所に水を飲みに来ていた。板間に座り、緊張をほぐすようにまんじゅうをつまんだ。

「母上、私のおかげとはどういう意味でしょう？　奥平殿のもとへ行くというのは？」

「母にもわからぬ」

「先ほどもあの男が妙なことを……」

首をひねっている瀬名と亀に、五徳は大きく口をあけまんじゅうを食べながらさらりと言った。

「亀姫は、奥平に輿入《こしい》れするということでございますよ」

「え⁉」

「ほかにないではありませんか」

寝耳に水の話に瀬名と亀は顔を見合わせた。その会話を、大台所の片隅で昼寝をしていた強右衛門が、うっすらと目を開けて聞いていた。

一方、広間では平八郎の作戦の提案が続いている。

「……さすれば、必ずや勝利を得られましょう。以上」

家康たちが信長の顔をうかがうと、目を瞑り黙って聞いていた信長は、ゆっくり目を開け秀吉をちらと見た。

「さすがは本多殿！　まことに結構な策でごぜーます！」

信長の言葉を代弁するような秀吉に、家康たちはほっと胸をなで下ろした。

「では、評定はこれにて。七、お部屋にご案内せい」と数正がそそくさと指示し、

「は！」と七之助は立ち上がった。

「のちほど、膳の用意をいたしますので」と左衛門尉も立ち上がる。

「いやあ、お構《かめ》ぇなく、兵糧は用意しとりますで」と秀吉が遠慮する。

「粗末な膳でござる、女どもの顔を立ててやってくだされ」と家康が懇願し、

「では上様、ほん、ちょびっとだけよばれましょうか！」

信長と秀吉は七之助に案内されて食事の間に向かった。

信長たちの姿が見えなくなると、一同は一斉に大きなため息をついた。

「何じゃ、あの殊勝なふるまいは」と忠世は苛々し、

「信長のくせに慎ましくしおって」と彦右衛門も文句を言う。

「筋違いな怒りようでござるがな」ふたりの言葉を聞いた小平太は、気持ちはわかるというように言った。

家康は、秀吉に囁かれた言葉が頭から離れず気が気ではなかった。そこへ、大台所から瀬名が戻って来た。

「殿、ちょっとよろしゅうございますか？」

瀬名の顔と口調がどことなく険しく、家康は重い気分で立ち上がった。

家康を連れ、瀬名は再び大台所に戻って来た。瀬名は板間の隅に家康を追い詰めて、五徳の言うことは本当なのか問いただした。傍らには亀、五徳も神妙な顔で座っている。信康も心配してあとを追って来ていた。しぶしぶ家康は、密かに進行していた亀の縁談について打ち明けた。

「奥平の若殿はな、勝頼を見限ってわしについた。それがゆえ武田の人質になっておった妻を亡くされたんじゃ……」

「どうして私や亀にお話ししてくださらなかったのですか？」

「いや、違うんじゃ」

奥歯にもののはさまったような言い方をする家康に、信康が噛みついた。

「私は承服できませぬ。なにゆえ亀をあんなところへ行かさねばなりませぬか！」

家康が答える代わりに五徳が平然と言った。

「奥平をつなぎとめるために決まってでございましょう」

「つり合いが取れぬと言っている！」

とそこへ亀が冷静に訊ねた。

「母上、長篠とはいかなるところで？」

「私も行ったことはないが、風光明媚な……」

瀬名が言うと、五徳が割って入った。

「ものすごい山の中。けものしかおりませぬ。あの者を見たでしょう？　みんな毛むくじゃらよ」

あの者とは強右衛門のことである。亀は震え上がった。

「いやじゃ、いやじゃいやじゃ！」

「五徳、知りもしないのにいい加減なことを」と瀬名が叱る。

「父上、奥平には他家の姫で充分であると存じます！　私は、亀はもっとよい家に、もっと……」

信康は悔しがる。家康はなんとか皆をなだめようと努めた。

「皆落ち着け、これはまだ決まった話ではない。信長が勝手に話を進めてしまったんじゃ。亀、わしもそなたを奥平へ行かせるつもりはない」

「まことでございますか？」

「ああ、他家の姫でよいと思っておる」

「では、きっぱりお断りくださいませ」と信康は迫った。

「もちろんじゃ。……折を見てな」

「今日この場で申し上げればよろしゅうござる」

「ま、まあな……」

家康が言葉を濁していると、土間で夕餉の支度をしている女たちが手を止めてこちらを見ていることに気づいた。なんだか女たちみんなから責められているように思えて、「何を見とるか」と注意すると、女たちは慌てて働きだした。そんな様子を強右衛門がそっと聞いていた。

月が昇ると、客間にて、ささやかな膳による酒宴がはじまった。瀬名が信長に酒を注ぎ、五徳は家康たちに、亀はうつむき気味で秀吉に酒を注いだ。

「かわえぇのお！　桃のようだがや！　お母上に似てこれからどんどんお美しゅうなりゃーすわなあ！」

でれでれと亀を眺める秀吉を、家康は冷ややかな目で見たが、秀吉は一向にお構いなしである。

「いやあ、奥平殿がうらやましいがね！　ひゃひゃひゃ！」

信康は家康のぴりぴりした様子を気にしながら飲んでいたが、やがて思いきって信長の前に出て行き、手をついた。

「舅殿！　恐れながら申し上げたき儀がございます！」

「信康ッ」と家康は青ざめたが、信長は「遠慮なく申されよ、婿殿」と静かに言った。

「我が妹と奥平殿との婚姻の儀、ご放免いただきたく存じまする！」

信康の声を合図に、瀬名と亀も信長の前に出た。家康もやむなく出て、信長に手をついた。

「この件につきましては、我が家の事柄でございますれば、我らにお任せ願いたく……」

すると信長は平然と「その通りじゃ」と受け入れた。「俺の指図できる事柄ではなかった。勝手に話を進めてすまなんだ」

「では……取りやめても……」と家康がおずおずと問う。

「ちょうどよい、徳川殿にお伝えせい」と信長は秀吉に言った。

「……は。では。えー実は、上様はこんたび、徳川様とのおん仲につき考え直されましてな。清須以来の盟約をこれにておしめえにすることといたしました」

「おしまいとは？」と家康は訝しんだ。

「手を切るっちゅうことで」

秀吉はにやりと笑って言った。「徳川様がそうお望みだとか」

そう来たか――。家康はついた手にぎりりと力を込めて、信長を見た。知らん顔をして酒を飲む姿は実に意地が悪い。

「お待ちくだされ、誤解でござる。主は決してそのような……」と左衛門尉、

「我が主はこれまで通り、織田様と互いに助け合って参りたいと……」と数正も慌ててとりなそうとする。が、

「いやいやいや、こりゃあなんにも徳川様に限ったことではごぜーません。今後、上様はいかなるお相手とも対等な間柄《えーだがら》での盟約はなさらんのだわ」

と秀吉は飄々《ひょうひょう》としながらも有無を言わさない態度である。

「では、今後は……」と左衛門尉がおそるおそる訊ねた。

「この天《あめ》が下《した》に生きるすべてのもんは、ひとり残らず織田信長様の臣下とならん！　ちゅうことだわなん」

「つまり……我が殿にも織田家の家臣になれと」

「左様、わしらぁと同じ！　そのほうが徳川様も皆さまもご安心じゃろう。これからは上様がしかとお守りくださるんだに！」

数正は口角をいつも以上に下げながら確認するように訊いた。

「代わりに……織田様にすべて従わねばならなくなります……徳川家中のことまでも」

「ははは、そりゃあそうだわ、当《あっ》たり前《めー》でしょー」

「もし……臣下とならなければ、いかなることに？」

「なんでならんかしゃん」と秀吉は笑った。

「仮に！　でございます」

「そりゃあ、敵とみなすことになってまうわなー。今宵のうちにここを引き揚げるよりほかねえわ。五徳様もお連れして」

秀吉は得意げな顔で滔々と話す。それまで黙って聞いていた家康だったが、ついに切れた。

「何たる仕打ち……。これはあまりに身勝手な取り決め」

「なんでぇ？　ええ話ではござ……」

「信長殿に申しておる！」

家康の激しい言い方に秀吉は黙った。

他人事《ひとごと》のように酒を飲んでいる信長に、家康は向き直った。数正たちは、緊張の面持ちで家康と信長を見守るしかない。

「勝手に決めるつもりはない。決めるのは、おぬしじゃ」

信長は盃を膳に置いて、ようやく口を開いた。

「俺と手を切りたくば遠慮なく切るがよい。勝頼と手を組んで、俺を攻めたいのなら、そうすればよい。いっそ今ここで俺の首を獲ってはどうか。今ならできよう」

何も言えず、静かに震える家康に信長は淡々と無理難題を突きつけてくる。

「今、決めてもらいたい」

「これは……これは脅しじゃ！」

「先に脅しをかけてきたのはおぬしだろうが」

「お前がちっとも助けを寄こさんからだろうが！」

「俺を脅すなど許さんぞ！」

信長の声も荒くなる。睨み合う家康と信長。周囲はどうしていいかわからず、冷や汗をたらしている。

「さあ、決めよ」

信長は燃える目で迫った。

「どうする家康！」

信長の問いに、家臣たちも一斉に家康を見た。

「今まで織田が徳川に何をしてくれたんじゃ。わしは桶狭間以来、この手で我が国を守ってきたんじゃ、多くの犠牲を払って！　なにゆえ今さらお前の家臣にならねばならんのか！」

「ならば、それでよい」

信長は一気に声を低く落とし、立ち上がると客間を出て行った。秀吉も慌ててついてゆく。左衛門尉たちは戸惑い、五徳もどうしていいかわからず、信康の顔をうかがった。

部屋の外からそっと一部始終を見ていた強右衛門は、たまらず信長を追いかけ、その前に伏した。

「お、奥平信昌が家臣、鳥居強右衛門でごぜえます！　ど、どうか、お帰りにならんでくだせえまし！　長篠を救ってくだせえまし！」

「奥平に伝えよ、徳川は長篠を見捨てた、武田方に戻れと」

「も、戻れんのでごぜえます！　我が殿は、武田を裏切って……奥方や、ご兄弟を殺されて戻れんのでごぜえます！　戻りゃあ、えらい目に！」

信長にすがりつこうとする強右衛門を、信長の家来たちが「無礼者！」と引き離し、刀を抜いて成敗しようとした。そのとき、亀が飛び出してきて、信長の前に手をついた。

「お、お怒りをお静めくださいませ！」

信長も、慌てて追ってきた家康も瀬名も、亀を注視した。

「亀のせいで、このようなことになってしまい申し訳ございませぬ。父上、亀はもうわがままを申しませせぬゆえ、どうか仲直りしてくださいませ」

「……そなたのせいではない。わしは信長殿のやり方が」

「でも、長篠はお助けしなければならないのでございましょう？　亀は……奥平殿のもとへ喜んで参ります！」

亀の健気な思いに打たれた瀬名も、出て来て手をついた。

「我が夫は、織田様の臣下となるを拒むものではございませぬ。ただ、これは家臣一同にも関わる事柄ゆえ、よく話し合う猶予をいただきたいまで。ひとまずこのことは脇に置いて、長篠を救うことを先になさってはいかがでございましょう」

瀬名は大きな目を見開いて信長をじっと見つめた。

「その後にお答え申します。旦那様、そうでございますよね」

家康は不承不承にうなずいた。

信長はつり上げていた眉を下げ、腰を低くして、瀬名と亀をいたわった。

「面《おもて》を上げなされ。怒ってなどおりません。ほんの余興でござる」

信長は呆然と立ち尽くす家康の前に立つと、家康の左頬を軽く叩いて言った。

「無論、長篠は助けるさ」

家康の頬に信長のひんやりとした手の感触が残った。

「ほ、ほいじゃあ……！　あ、ありがとうごぜえます！　ありがとうごぜえます！　わしゃあ一刻もはよ皆に伝えてやりてえで、これにて！」

とりあえずは亀のおかげで事なきを得た。強右衛門は喜び勇んで長篠へと帰って行った。

だが、月明かりを頼りに雁峯山《がんぼうさん》を戻る途中、強右衛門は武田軍に捉えられた。勝頼の前に突き出された強右衛門はその忠義ぶりを讃えられた。その上で、信昌には、「徳川は長篠を見捨てた。城を明け渡すべきだ」と伝えるように持ちかけられた。そうすれば、武田に召し抱えてくれると言うのだ。強右衛門は迷った。

朝方、川霧に包まれた長篠城ではいよいよ食糧が尽きて、兵たちは皆、力なく床に腰を下ろしている。声を張り、皆を懸命に励ましてきた信昌も精も根も尽き果てていた。

「……助けは来んの」とついに弱音を吐いた信昌に、重臣が、

「あのろくでなしは、逃げたに決まっております」と忌々しげに言った。

そのとき、城の外を見張っていた兵が叫んだ。

「強右衛門じゃ! 強右衛門が帰って来たぞー!」

信昌たちは部屋から外に出て、城の前を流れる川の対岸に目をやった。川霧のなかにひとり立っているのは紛れもない強右衛門である。「強右衛門じゃ!」「帰ってきた!」と兵たちは快哉を叫んだ。

「強右衛門! 岡崎にゃあ、たどり着いたんかー! 徳川様は助けに来てくださるんかー!」

信昌が声をかけるが、強右衛門はうつむいて、じっと手を見つめているばかりである。

「強右衛門!」

信昌はもう一度声をかけた。すると、強右衛門は顔をあげた。その顔は苦悶に歪んでいる。

「来ん……徳川様は……助けに来ーん……わしらぁ見捨てられたあ」

強右衛門の報告に信昌たちは愕然とする。

強右衛門はもう一度、自分の手を見た。夜中、険しい山道を走ってきた手は泥だらけで、手の皺の溝まで泥が入り込んでいた。強右衛門は思い出していた。岡崎城で「わしゃあ一刻もはよ皆に伝えてやりてえで、これにて!」と身支度を整えに出て行こうとする強右衛門の手を亀が強く握ったことを。

「ようございましたな、強右衛門殿！」

「は……はい……！」

「奥平殿にお伝えくだされ、どうか持ちこたえてくださいませと！　亀は、奥平殿のもとへ参るのを楽しみにしておりますと！」

「姫……」

「毛むくじゃらでもかまいませんと！」

「我が殿は、毛むくじゃらではござえません」

強右衛門と亀は顔を見合わせて笑った。

手のひらを見ながら強右衛門は、泣いていた。亀の真っ白であたたかな手を思い出すと心がきり痛んだ。そもそも、奥平のような弱小の家では先行きはないと思っていた。武田を離れ徳川についた判断にも否定的だった。岡崎に行くと言ってこのまま逃げてもいいかと思っていたほどの事なかれ主義であったのだ。だが、強右衛門は心の迷いを振りきるように、涙をはらい、対岸の信昌たちをきっと見据えた。

「う……う……嘘じゃぁ！　殿ー！　徳川様はすぐに参らっせるぞー！　織田様の大軍勢と一緒だわあ！　皆の衆、まあちぃとの辛抱じゃあ！　持ちこたえろー！　持ちこたえるんじゃぁー！」

勝頼と武田の兵は、霧が深いのを利用して、強右衛門の背後に待機していた。強右衛門の裏切りを聞くと、勝頼はちっと舌打ちして、目で家臣に指示した。兵は、叫び続ける強右衛門の口を押さえ濃霧のなかへ引きずり込んだ。

「強右衛門！」と信昌たちが強右衛門を呼ぶが、霧が邪魔をして何も見えない。少し霧が晴れたとき、兵たちが「あ！」と絶望の声をあげた。強右衛門が磔《はりつけ》にされている姿が見えた。武田兵が強右衛門に槍の切っ先を向けている。「強右衛門！」と口々に叫ぶ奥平の仲間たちに、強右衛門はにかりと笑った。

「殿ー！　殿ー！　徳川の姫はなあ、うるわしい姫君でごぜえますぞー！　ようごぜえましたなあ！　大事にしなされやー！　そりゃあまあ本当に素晴らしい姫君じゃあ！」

武田兵が強右衛門を槍で突き刺した。

「強右衛門！」

信昌たちの悲鳴にも似た声があがった。そのとき、霧が晴れ、雲間からいく筋もの光が降り注いだ。それはまるで強右衛門の勇気を讃えるようだった。

その頃、岡崎城の主殿では、信長がどしりと上座に腰を下ろしていた。隣には秀吉が、信長の前には、家康、信康、左衛門尉、数正、平八郎、小平太、彦右衛門、忠世、七之助らが並ぶ。信長は目の前にある作戦を示した地図を一瞥し、平八郎が配置した駒をすべてなぎ払った。

「これより、我が策を示す」

誇りを踏みにじられた家康は、信長に気づかれないようにそっと、でも強く信長を睨みつけていた。

第二十二章　設楽原の戦い

岡崎城の主殿では出陣に備え、徳川家康と松平信康が甲冑を着けている。金色の具足が似合い、貫禄十分の家康と比べ、十七歳の信康はまだ初々しさを残し、その分、華やいで見える。立派になった信康を瀬名はうれしさと寂しさが入り混じった想いで見つめた。

七年ほど前、瀬名がまだ二十代半ばの頃、築山の丹精込めた庭で、まだ十歳くらいの総髪の信康（当時、竹千代）と亀が仲睦まじく遊んでいたのを瀬名は懐かしく思い出す。その姿を瀬名は縁側に座り、縫い物をしながら眺めていた。

ふたりはまだ瀬名と布団を並べて寝ていて、甘えてばかりであった。ただ信康はだいぶやんちゃになってきて、一緒に寝ることを拒むようになっていた。

「亀、いいものをやろう、手を出せ」

信康はそう言って、素直に差し出した亀の手に小さな毛虫をのせた。

「やだやだ、取ってくだされ！　兄上！　早く！　兄上！」

「かわいいではないか」

「気味が悪うございます！」

信康は笑いながら亀の手から毛虫を取ってやった。

「そんなこと言うな、これもひとつの命じゃ。でございますよね、母上」

「そうじゃな」

手の甲に毛虫を這わせ、いとおしそうに愛でる優しい信康には、かつて人形遊びをしていた家康の面影があった。

そんな信康が今、瀬名の目の前で甲冑を身に着け、手足を強く踏ん張っている。しかも、脇に控えた五徳と亀に向かって勇ましく宣言までした。

「武田の大将首を獲ってきてやる」

「頼もしゅうございます」

仁王立ちした信康と夫を讃える五徳の姿に、瀬名の胸は疼《うず》いた。すると家康が言った。

「信康、そなたは前に出さぬ」

「私も矢面に出て戦いまする！　日々、厳しい鍛錬を積んで参りました。武田の兵《つわもの》どもにも引けを取らぬと存じまする！」

「それは一軍の将のふるまいではない。信長がいかなる戦《いくさ》をするか見て学べ」

「……承知しました」

信康はやや不服そうに、間を置いてうなずいた。とそこへ、家康の身支度を手伝っていた井伊万千代が口を挟んだ。

「ただ戦は何が起こるかわかりませんから、よもや乱戦ともなれば……」

するとと信康は自信満々、

「大暴れして見せるわ！」と胸を張った。

「万千代も！」

「お前は小姓であろう、父上の太刀持ちでもしておれ」

「つまんねえの」

若く血気盛んな万千代と信康を家康がたしなめた。

「万千代、余計な口を挟むな。では、行って参る」

「ご武運をお祈りいたします」

「お気をつけて」

「無事のお帰りを」

五徳、亀、瀬名は恭しく頭を下げ、家康と信康を見送った。ふたりの背中を見つめながら、瀬名は胸騒ぎがしてならなかった。

天正三年（一五七五年）五月十八日、長篠城では奥平信昌と兵たちが餓死寸前ながら、忠義者の鳥居強《すね》右《え》衛門《もん》の決死の報告を受け、諦めることなく徳川軍と織田軍の到着を今か今かと待っていた。

そこへ重臣がよろよろと報告に来た。

「ついに織田様、徳川様の軍勢が参りました！　その数、およそ三万！」

「三万！」と一同はどよめいた。沈滞していた空気がたちまち明るく変わった。肩で息をしてうなだれていた信昌は顔を上げた。

「一気に押し寄せれば武田は逃げ散るほかないぞ！　者ども、もう少しの辛抱じゃ！」

「助かった！」「飯が食える！」と一同は喜び合った。

長篠城を北側から見下ろす医王寺山《いおうじやま》の武田本陣にも、武田勝頼、山県昌景《やまがたまさかげ》、穴山信君《あなやまのぶただ》らのもとに伝令が到着していた。

「敵は我らの倍か……」と昌景は眉間に深く皺を寄せた。

「いかがいたします、御屋形様？」と信君が訊ねる。

「信長が来たか……」

勝頼はひるむどころかいっそう闘志を燃やし、

「前へ出るぞォ！」と高らかに叫んだ。

二十日、勝頼は医王寺山に守りの兵を残し、西に移動すると、織田・徳川連合軍と向かい合う形で布陣した。雨が降りしきるなか、織田・徳川の連合軍は、武田軍との世紀の大決戦を迎えようとしていた。

長篠城の西に広がる設楽原《したらがはら》に織田・徳川連合軍、三万以上の大軍勢が布陣した。家康と信康らの徳川軍は高松山に本陣を置き、その背後の極楽寺山《ごくらくじやま》に織田軍が本陣を置いた。織田信長、羽柴秀吉、柴田勝家、佐久間信盛たちは丘の上から徳川軍を見下ろす形となっている。一方の武田軍は一万五千である。武田本陣にいる勝頼、昌景、信君らは、手ぐすねを引いて織田・徳川軍の動きを待ち構えていた。

だが戦は一向にはじまる様子がなく、雨がしとしとと降るばかりであった。

長篠城では奥平勢が待ちくたびれていた。

「なぜ……はじまらん」と信昌は苛立ちを見せた。

「両軍とも睨み合ったまま、もう二日じゃ……」と重臣。

「なぜなんじゃ……！」信昌は腹立ち紛れに床を足で踏み鳴らした。

武田本陣でも勝頼、昌景、信君らがじりじりしながら、織田・徳川陣営の様子をうかがっていた。

「なぜ攻めて来ん……」と昌景が首をかしげた。

「相変わらず、馬防ぎの柵をこしらえるばかり」と信君は訝しげに言った。

「南北にずらーっと、二重三重に」

織田・徳川連合軍の兵たちは十八日に設楽原に着くなり長大な馬防柵をせっせと作りはじめていた。そして、二日たっても柵を作り続け、柵は平野に半里（約二キロメートル）ほどにも広がっていた。

「よほど我らが怖いのか？　奴らは三方ヶ原でさんざんな目にあっておるゆえ」

「何を考えておる……信長、家康」

昌景と信君が考え込んでいる傍らで勝頼は、大きな瞳を見開いて信長の本陣を睨みつけた。視界は雨で烟《けぶ》っている。

困惑しているのは勝頼たちだけではなかった。家康たちもまた首をかしげていた。徳川本陣では家康、信康、酒井左衛門尉、石川数正、本多平八郎、榊原小平太、鳥居彦右衛門、大久保忠世、万千代らが皆、苛立っていた。誰も柵作りの真意を聞かされてはいなかった。

「一体何を考えておられるのか、信長殿は！」と信康が辛抱たまらず叫んだ。

「数で大いに上回っているというのに、守りを固めるばかり！」と万千代も同調した。

「柵で囲んで、まるでこっちが籠城しているようだわ」と彦右衛門。

「要するに、徳川の戦で織田の兵を失うのがいやなのでしょうよ」と小平太は渋い顔になった。

「奴にとってはしょせん、他人事。後ろにふんぞり返って見張ってやがる」と平八郎。

「今こうしているときも長篠では飢え死にしている者がおるだろうに……！」

忠世はうめいた。

「父上！　進言しに参りましょう！」と信康に急かされ、家康も決意した。

「よし、行こう」

「また喧嘩になるといけませんので私も」

左衛門尉が家康に付き従うことにした。

家康、信康、左衛門尉は雨のなか、織田本陣を訪ねた。

「ご無礼」と本陣の陣幕をくぐると、なかで信長と秀吉が囲碁を打っていた。傍らには勝家と信盛が控えている。拍子抜けした家康が、

「信長殿」と声をかけるが、信長は一瞥《いちべつ》もせず碁盤に集中していた。

「信長殿」と家康はもう一度呼んだ。信盛がささと寄って来て、家康に「上様と」と耳打ちするが、家康は「信長殿」と繰り返した。

「上様」と信盛がさらに言うが、家康は振り切った。

「信長殿！　ただちに打って出て武田を追い払い、長篠城を救うべきと存じまする！」

信長はなおも答えず、碁をぱちりと打つ。要するに信長は家康との間に明確な上下関係を認めさせようとしているのである。だが家康も意地になって、あくまで対等であると主張を続けた。

「のーぶーなー」声を高く張り上げると、今度は勝家が低い声で割って入った。

「こたびは攻めかからず、敵が出て来るのを迎え討つ策とお伝えしたはず」

「されど、急がねば手遅れになりまする！」と信康が反論した。

「ほんでも、武田の兵は強うござーますからなあ、出て行くのはおっかねえがねー」

秀吉は腕組みをして碁盤を見ながら言った。

「数で劣る武田から攻めかかって来ることはないと存じまする。その場合は、いかがなさるおつもりか」

のらくら言う秀吉に内心苛立ちながら、左衛門尉はできるだけ穏やかに訊ねた。

「ほうじゃのう、どうすりゃあええかしゃん、いやあ、こりゃあ困った！　また囲まれてまった！さすが上様はお強うごぜーますなあ！」

「加減をするなよ、猿」

「加減なんぞとんでもねえことで」

「碁をやめんかッ！」

家康は切れた。そのあまりの剣幕に室内はしんと静まり返った。

じろり、と信長は家康を横目で見た。

「こちらからは攻めかからん。俺は、武田を追い払いに来たわけでも、長篠を助けに来たわけでもないのでな」

「では何のためにここへ……」と信康が訊ねると、

「碁を打ちにかの」としれっと信長は答えた。

「そんなに攻めたければ、徳川勢だけでやればよい」

「それができればやっております！」と家康が怒ったように言うと、

「まあまあ、向こうから攻めかかって来させる手立てがありゃあええんだがねー、なんかええ手立てはねえもんかしゃん。大声で悪口言ったるくれえしか思いつかんがや。徳川様ならええのを思いつくのかもしれませんなあ！」

　秀吉は傍らに広げた長篠の地図を目で示した。家康、信康、左衛門尉は地図を見て考えはじめた。長篠の対岸には鳶ヶ巣山《とびがすやま》がある。そのあたりにはいくつか分散した武田の付城《つけじろ》の印も書かれている。家康たちは信長たちに背を向け、ひそひそ話し合いはじめた。

「なるほど……しかし」と信康、「かなり危険じゃな」と家康、「ほかに手が……」と左衛門尉らは口々に不安そうに言う。家康たちはまたちらと信長たちを見た。信長と秀吉は碁を打つ手を止めて、じっと家康たちを見つめている。

　空気を変えるように家康は声を張り上げた。「一策、献上いたしまする！」

「ほう、策がありゃーすきゃ！」

　左衛門尉が地図を示し説明をはじめた。

「夜のうちに三千から四千の手勢を密かに動かし、ぐるっと長篠の背後に回り、鳶ヶ巣山を……」

　話の途中で秀吉が遮った。

「なるほど！　いわゆる啄木鳥《きつつき》でごぜーますな！　そりゃー妙案だわ！」

　啄木鳥とは武田信玄が得意とした戦法である。軍師・山本勘助の考案とされ、敵をおびきよせている間に、別軍が攻撃する方法である。すると勝家たちが次々と背後に回る役に名乗り出た。

「上様、ぜひこの柴田勝家にお申し付けくだされ」

「いやいや、この佐久間信盛に」

「いいや、この羽柴秀吉に！」

　このやりとりが妙に芝居がかった大仰なもので、家康はいやな予感を覚えた。案の定、信長が家臣たちに目をやったあと、家康たちを促すように一瞥した。

こうなっては仕方がない。しぶしぶ家康は、

「我ら……徳川勢に」と申し出た。

待ってましたとばかりに信長はにやりとして言った。

「危険すぎる策じゃ、俺の大事な家臣にはさせられん」

「なんと！　わしらぁの身を案じてくださるとは！　わしらぁの上様は何と慈悲深ぇお方じゃぁ！　わしらぁ、上様の家臣でよかったのう！　みんな！」

「家臣でない者がやるぶんには、やぶさかではない」

あくまでも家康が信長の家臣にならないことへのあてつけである。

「自分で言い出したからには、やり遂げる自信もあるんだろうしなぁ」

信長が嫌味な言い方をすると、秀吉、勝家、信盛たちも揃って含みのある表情で家康を見つめた。

まんまと信長にはめられたのである。家康は腹立ち紛れに、床几を蹴飛ばしながら出て行った。信康と左衛門尉は慌てて一礼して追いかけた。

「くそみたいな芝居じゃぁあ！」

陣幕の外から漏れ聞こえる家康の悔しそうな声に、信長は「……ふん」と鼻で笑った。

信長のほうが一枚も二枚も上手であった。

雨は一向にやむ気配がない。家康たちは、ぬかるみを盛大にはね上げながら、本陣に戻って来た。

心配そうに待っていた数正、平八郎、小平太、彦右衛門、忠世、万千代に向かって、家康は怒りをぶちまけた。

「わざとわしらの口から言わせたんじゃ！　わしゃ、あんな奴の家臣には死んでもならんぞ！」

「しかし、その役目は我らがやるほかないでしょうな」

数正が諦めたように渋い顔をした。

「父上、私がやります！」と信康が買って出た。

「馬鹿を申せ、お前には無理じゃ」

「俺がやりましょう」と平八郎が身を乗り出した。

「いいえ、私が」と小平太も言うが、

「お前らでは危なっかしい、わしがやる」と忠世が遮る。皆、こぞってこの難しい仕事を引き受けようとしていた。それらを制したのは左衛門尉だった。

「夜の行軍じゃ、このあたりの地をよう知っておる者でなければできぬ。これは、わしの役目じゃ」

左衛門尉はそう言うと、酒を注いで飲んだ。その表情にいつにない覚悟を感じて、家康たちは左衛門尉を見守った。

「左衛門尉……死ぬでないぞ」と家康は言葉をかけた。

「死んではならんぞ！」と信康が左衛門尉の手を取った。

平八郎、小平太、彦右衛門、忠世も次々と左衛門尉の手を取った。

「死んだらなりませんぞ！」

「死んだら承知しませんからな！」

「死なんでくだされや！」

「死んだら……」

「かえって死んでしまいそうじゃろうが！　もっと景気よく送り出さんか！」

命の保証のない危険な策である。深刻な顔で強く握ってくる一同の手を、左衛門尉は思い切り振りほどいた。どう見送っていいかわからず、しんみりした空気のなか、数正がむすっと口角をさげたまま、淡々と手を叩き、口ずさみはじめた。

「えーびすくい、えびすくいー」

左衛門尉の得意芸で見送ろうという数正の気持ちを察して、皆も手拍子で「えびすくい」を歌いだす。

「……何これ？」

はじめて聞く歌にきょとんとして万千代は皆の顔を見回した。左衛門尉がここぞとばかりに立ち上がりなめらかに踊りだした。

「え〜びすくい、えびすくい〜！」

「なんなんだこれは……！」

踊り狂う左衛門尉たちを、万千代だけが呆然と座ったまま見ていた。

「死んでたまるかえびすくい〜！　わしゃあ死なんぞえびすくい〜！」

左衛門尉は半ばやけになったふうに替え歌を歌い踊った。

雨が静かに降っている。二十日の戌の刻（午後八時頃）、左衛門尉は鳶ヶ巣山へ向けて出立した。

夜、かがり火を焚いた武田本陣では勝頼のもとに昌景と信君らが集まっていた。

「敵の別手が密かに動きだしました」と信君が報告する。

「背後の鳶ヶ巣山を落とし、長篠を救うつもりかと」と昌景が言う。

「と同時に、後ろから我らを押し出し、正面へ突っ込ませるつもりよ」

勝頼は敵の作戦を読んだ。

「物見によると、敵の鉄砲は千を超えると」と信君が報告する。

「そんなところへ突っ込めば……」と昌景が難しい顔をする。

「さすが信長じゃ」と勝頼は武者震いした。だが、

「引き揚げるよりほかないかと……後ろを取られる前に」という信君の提案を、

「そうじゃな」と珍しく素直に聞いた。

織田本陣では信長たちが腹ごしらえをしている。

「酒井忠次殿の動き、ちょびっともたついとりますな」と秀吉はつまらなそうである。

「もう手の内を見破られたことでしょう」と信盛は馬鹿にしたように言った。

「勝頼は退くでしょうか」と勝家が訊いた。

「並みの将ならば、退くだろうな。もし退かねば、勝頼はとんでもない愚か者か、あるいは……」

信長は勝頼の本陣の方を見つめ不敵に微笑んだ。雨音がいっそう大きくなった。

夜が明けて五月二十一日。朝になっても雨のせいで空は暗い。長篠城の兵たちは死んだように仮眠している。そこへ突然、ダーン、ダーンと数発の銃声が響いた。

「なんじゃ?」と兵士が飛び起きた。

「敵襲か……?」と信昌は立ち上がった。

「あそこじゃ！　鳶ヶ巣山じゃ！」

重臣は鳶ヶ巣山を指差した。頂上のあたりで火花が散っているのが見えた。

「……武田の砦を襲っておる！」と信昌は目を凝らした。

設楽原に敷いた武田本陣の勝頼のもとに、信君が顔色を変えて報告に来た。

「鳶ヶ巣山砦、敵の手勢に襲われ、落ちましてございます。引き揚げのお下知を」

勝頼は、立ってじっと空を見つめている。一時、雨は上がり、朝焼けが美しい。

「急がねば、逃げ道を塞がれます」

「……父が好きな空の色じゃ」

薔薇《ばら》色に染まる東の空を見つめながら、想いは過去に遡る。勝頼は父と交わした最期の言葉を思い出していた。

「そなたの器量は、このわしを凌ぐぞ」

「そんなこと、あろうはずが……」

「このわしが言うんじゃ、信じよ。……そなたは、わしのすべてを注ぎ込んだ至高の逸材じゃ。黄《よ》泉《み》にて見守る」

この父の言葉を勝頼は忘れたことはない。心配して見守る信君と昌景に勝頼は訊いた。

「我が父なら、どうすると思う？」

「間違いなく、退くことと存じます」と信君は言った。

「信玄公は、充分なる勝ち目なき戦は決してなさいませんでした」昌景も同意した。

「その通りじゃ……。だから武田信玄は天下を獲れなかった」

勝頼の冷静な見方に信君と昌景は押し黙った。

「手堅い勝利を百重ねようが、一の神業には及ばぬ」

勝頼は何かにいざなわれるように陣を出てゆく。

「御屋形様！」と信君はあとを追った。

勝頼は大勢の兵たちの前へ進み出た。勝頼の姿は朝陽を浴びて神々しく輝く。皆が見つめるなか、勝頼は静かに語りはじめた。

「間もなく逃げ道がふさがれる。正面の敵は三万、待ち構える鉄砲組は千を超える。ただちに退くのが上策である！……だが、退いてしまってよいのか？　目の前に信長と家康が首を並べておる。このような舞台はもう二度とないぞ。血が騒がぬか？　喜びに打ち震えぬか！　何のために日々血のにじむ鍛錬を積んできた？　お前たちは、一人で敵兵二人、三人を仕留めることができる！　鉄砲玉などしょせん鉛の石ころ！　お前たちを止められようか！」

勝頼は恍惚《こうこつ》とした表情で皆に問いかけた。一同は熱に浮かされたように聞き入る。

「長生きして枕を抱いて死にたい者は止めはせん、逃げるがよい。だが、戦場に死して名を残したい者には、今日よりふさわしき日はない！　あれを見よ！」

勝頼が指さす方角を見ると見事な虹がかかっていた。

「吉兆なり！　我が父が申しておる！　武田信玄を超えて見せよと！」

「おおおー！」と一同は雄叫びを上げた。

「我が最強の兵どもよ、存分に暴れてこい！　信長と家康の首を獲ってみせよ！　お前たちの骨は、このわしが拾ってやる！」

「うおおおおー！」

兵たちは熱くなって槍や刀を突き上げた。勝頼は昌景と信君らを見た。信君は不安を感じたが、闘志に火がついた昌景は「先陣をつかまつりまする！」と申し出た。

「御旗《みはた》、盾無《たてなし》もご照覧《しょうらん》あれ！　出陣じゃあー！」

勝頼は武田家の家宝に誓いを立てると、軍配を振り上げて号令をかけた。

朝霧が立ち込めるなか、陣太鼓を打ち鳴らしながら、昌景率いる赤備え部隊を先頭に、武田軍が悠然と進軍していく。徳川本陣からもそれは見えた。

「武田勢、出て来ました！」と信康が家康の顔をうかがう。

「……正気か、勝頼」と家康は目を見張った。

万千代が来て、信長と秀吉が来たと報告するのと同時に、

「邪魔するぞ」と信長が護衛を連れて入って来た。

「ここのほうが間近でよう見えますでよ」と秀吉はずかずかと奥に信長を案内する。

信長は勝手に家康の床几に座ると、兵に酒を注がせた。

「見物《みもの》がはじまりますな」

一方、長篠城では喜びの声が上がっていた。

「来た！　来たぞー！」と兵が叫ぶ。

信昌たちは一斉に裏門の方を見つめた。左衛門尉の軍勢がやって来た。

「酒井殿！」と信昌が駆け寄った。

「奥平殿！　待たせてすまぬ！　皆の衆、よう耐えた！　もう安心じゃぞ！」

信昌は泣きながら感謝すると、左衛門尉に告げた。

「戦がはじまっております」

「勝頼、自ら仕掛けたか……」

左衛門尉は戦場の方を睨んだ。設楽原を武田兵が猛然と突進してゆく。

徳川本陣では信長が床几に座って話しだした。

「信康よ、何のためにここへ来たのかと聞いたな。教えてやる。武田を追い払うためでも長篠を救うためでもない。俺は、武田を滅ぼしに来たんじゃ」

家康と信康は息を呑んだ。

「よう見ておけ、これがこれからの戦よ」

戦場では信長軍が作った馬防柵《ばぼうさく》から無数の鉄砲が銃身を突き出し、次々と弾を発射する。

「面白えように死んでくわ！　実に愉快でござーますなあ！　血のにじむ鍛錬で鍛え上げた猛者《もさ》どもが、たったの二、三日鉄砲を学んだ百姓あがりに殺されてくさまは！」

秀吉が愉快そうに言った。馬防柵を作ったことで、鉄砲の扱いに慣れていない者でも柵で銃身を支え狙いをつけやすい。相手の直接攻撃も柵ではばまれるので、戦に慣れない者でも戦いやすいのである。

「一体、何丁の鉄砲が……」家康が訊くと、

「三千でござーます！」秀吉は意気揚々と答える。

「三千……」信康は絶句した。

「もはや、兵が強くとも戦にゃあ勝てん！　銭持っとるもんが勝つんだわ！　最強の武田兵も、虫けらのごとくだわ！　ひゃひゃひゃひゃひゃ！」

「やめんか」

静かに見ていた信長が浮かれる秀吉をぴしゃりと制する。

「……へえ」

「最強の兵どもの最期を謹んで見届けよ」

信長はそう言うと立ち上がり、本陣を出た。陣幕を上げたとき、信長は静かに呟いた。

「武田勝頼……見事なり」

秀吉は「総がかりじゃあ！　一匹残らず殺すがやー！」と叫びながら信長に続いて出て行く途中で、家康にぴたりと密着し囁いた。

「本当に臣下とならんでよろしいので？」

硝煙の立ち込めるなか、信長の戦を目のあたりにして、衝撃のあまり言葉も出ない家康と信康だった。これが信長と敵対する者の末路なのだ。

「……父上」と信康が話しかけた。

「これが……戦でございますか？」

家康が答えずにいると、信康は戦場から顔を背けるように言った。

「これは……なぶり殺しじゃ」

戦場は、銃弾に倒れた武田兵の死体で埋めつくされている。その中に赤い鎧の昌景が座り込んでいた。鎧にはいくつも弾痕が開いていた。それでもなお、ふらりと亡霊のごとく立ち上がるが、力尽きて前のめりに倒れた。

武田本陣では信君を傍らに置いて、勝頼が無表情で戦場を見つめていた。軍配を掲げると、戦場に向けてかざし、死んだ兵たちを讃えた。そして踵を返して去って行った。無念の思いで戦場を見つめていた信君は、勝頼の背を複雑な思いで見つめながらあとに続いた。

戦に勝った徳川軍と織田軍は岡崎城に戻った。曲輪には織田木瓜紋《もっこうもん》、永楽通宝紋《えいらくつうほうもん》、徳川の三つ葉《みつば》葵紋《あおいもん》などの描かれた旗が堂々とはためいている。広間の縁側では信長が五徳に酒を注がせながら秀吉や信盛たちと雑談していた。

「勝頼こそ取り逃がしましたが、これで武田は力を失ってゆくことでございましょう」

信盛が言うと、

「ならば、我らにとって最も恐るべき敵はどこになる？」と信長が問う。

「左様、何といっても相模の北条。または越後の上杉、あるいは陸奥の伊達……」

「愚か者」

信長は信盛の言葉をおわりまで聞かず断じた。それから秀吉を見た。

「へへ、猿の脳みそでは到底わからんことで」

秀吉は心得たものであほうのふりをして、信長を満足させた。

「五徳は、わかっておろうのう？」

「え……」

「ン？」

信長は意味深長な表情で五徳を見た。

大台所では、左衛門尉、数正、平八郎、小平太、彦右衛門、忠世、七之助、万千代たちが、煮味噌などをつまみ食いしながら話している。

「やむを得んじゃろうな……。あんな戦を見せつけられてはひれ伏すほかない」

無事生還した左衛門尉が、実際に見たことを思い出して身震いしながら言った。

「織田は我らのはるか先を行っておる……。認めざるを得ん」と言う平八郎に、

「対等な間柄だなんて笑い話でござったな」小平太は苦笑いした。

「いずれこうなるのは、避けられんことだったのかもしれん」と、数正も信長の力を認めるように言った。

「わしらの殿はこれまでようやってこられた！　わしらはこれまで通り、殿にお仕えするのみ！」

忠世は単純である。

「そうじゃ、わしらは何も変わらん！　たとえ殿がどこの殿を殿にしようが、わしらの殿は殿だけじゃ！　なあ万千代！」

彦右衛門も忠世と同じ調子である。だが、万千代は、

「何を言ったのかわかりません」と単純な忠世や彦右衛門に冷ややかだった。

「しかしそうなると、五徳様はこれまで以上に尊大になられるかと……」

七之助の懸念に、

「確かに……」と忠世も大きくうなずいた。

「七、五徳様がお怒りのときは、お前がすべてお受けせい。叩かれるなり、蹴られるなり」

と数正は七之助に命じた。

「心得ました」とにっこり笑う七之助に、

「なぜうれしそうなんじゃ」左衛門尉は首をひねった。

家康は広間で瀬名と信康と話し合っている。

「わしは、信長殿に従う」という家康のことばに、

「そうでございますか……」と瀬名が静かにうなずく。

「すまんな瀬名。今川の出であるそなたにとって、織田の臣下となることは耐えがたいことであろうが……」

瀬名は首を振った。

「お家の安泰が一番大事なことでございます」

瀬名の言葉にほっとした家康が信康を見ると、話を聞いているのかいないのか、信康はうつろな目でぼうっとしている。

「信康も承知してくれるな」

家康の問いかけに、信康ははっと我に返って笑顔をつくった。

「あ、はい、もちろん承知しております！　これからは織田様のもとで大いに励みましょう！」

信康の様子がどこかおかしい。瀬名は心配そうに信康を見つめた。家康と信康と瀬名は、信長のいる間に向かった。信長の左右には、秀吉と信盛、片隅には五徳がいる。信長の前に伏すと、瀬名は五徳の隣に座った。

「徳川三河守家康、ならびに岡崎三郎信康。我に仕えることを許す」

信長に言われ、「ははっ！」と返事をしたものの、家康と信康はぴくりと片眉を上げた。覚悟はしていたが、いざ、このような態度をとられると悔しい。

「実にめでてえことでござーますなあ！」

「上様にお納めいただく銭金やご奉公のしきたりなどは追って取り決めましょう。とにかくおふた

りには大いに働いていただきますぞ」

秀吉と信盛にこう言われて、家康が屈辱に耐えているのを信康は感じて、はらはらしていた。

「まずは武田を確実に滅ぼしていただいて。そのあとは相模の北条、越後の上杉、陸奥には伊達っちゅうのもおりますな。西に目を向けりゃあ、何やらかんやらまだまだ敵はおりますで」

「武田勝頼、決して侮るな……。あるいは、信玄を超える器ぞ。息の根を止めろ」

信長は家康と信康に命じると座を立って颯爽と出て行った。秀吉と信盛もそれに続く。信長は出ていく際に、伏している五徳をちらと一瞥した。信長の視線を感じながら五徳は、ちらりと家康と信康の様子をうかがった。

その頃、甲斐に戻った勝頼は、山の中で闘志を燃やしながら鬼気迫る様子で家臣たちと槍の稽古に汗を流していた。多数の家臣たちに一斉に襲わせると、ことごとく倒していった。

六月二日、徳川軍は武田に占拠されている遠江の二俣城を取り返すべく攻撃をしかけた。ここでは信康が大活躍した。本陣で家康とともに指揮を執ったのだ。

「撃てー！」

信康の指揮で大勢の鉄砲隊が一斉射撃を開始、籠城する武田兵を撃ち殺していった。

「手を緩めるな！　撃て！　撃てー！」

信康の猛攻に武田兵は次々と倒れていった。

「父上、今が攻めかかる時！　虎口を一気に抜きましょう！」

「うむ、そうじゃな」

「かかれー！」

信康は人が変わったように好戦的になっていた。

同月末日には武節城《ぶせつじょう》攻めが行われた。ここでも戦場に出て指揮を執ったのは信康である。

乱戦となり、信康は自ら槍をもって敵兵を倒した。

「ひるむな！　蹴散らして進めー！」

信康は見事な槍さばきで敵兵をなぎ倒していく。

目覚ましい戦績を残して家康と信康は岡崎城に帰還した。大台所では、瀬名が茶を入れたり、ほかの兵をねぎらったりしている。信康は握り飯などを食べながら、瀬名、五徳、亀に意気揚々と戦の話をした。

「わし自ら戦場へ出て敵を蹴散らしてやったんじゃ！　敵の侍大将を三人、四人と倒してなあ！」

「まあ、兄上が？」

「大げさにおっしゃって」

「大げさではない、なあ父上」

「ああ、見事であったぞ」

「わしを見て逃げ出す者もおってな」

五徳と亀を相手に興奮気味に語り続ける信康を、瀬名はしばらく見つめていたが、そっと席を外した。廊下で不安な気持ちを抑えようとしていると、家康が心配して来た。

「気分でも悪いか？」

「いえ……ただ信康が、人が変わったようで……虫も殺せぬ子だったのに」

「なに、信康は大したものじゃ。贔屓目《ひいきめ》ではなく、わしよりもはるかに戦の才がある。そなたに似て賢いしな、末恐ろしいほどじゃ」

「……そうでございますか」

「わしはいったん浜松へ戻るが、岡崎は安心して信康に任せられる。何も案ずることはない」

「……はい」

見ると、信康は五徳と亀を笑わせている。その笑顔は昔ながらの信康であった。

戦ですっかり気持ちが昂ぶった信康は、その晩、夢を見た。夜、平原を信康がひとり歩いていると、背後から男たちの怒号と足音が迫って来る。振り返ると、大勢の武田兵が突撃して来る。驚き戸惑っていると、そばにいた鉄砲衆が武田兵を迎撃する。武田兵は銃弾を食らって倒れるが、また起き上がって向かってくる。撃たれても撃たれても起き上がって信康に襲いかかって来る。いつしか兵たちは骸骨になり、信康は悲鳴をあげた。

悪夢にうなされて飛び起きると、灯明皿に蛾が止まってばたばたと暴れていた。そっと捕まえて、襖を開けて、外に逃がしてやった。信康はうつろな目で寝室を出てゆく。隣で寝ていた五徳が気配に気づいて目を開けた。

五徳は布団をかぶったまま昼間の記憶を反芻しはじめた。

「五徳は、わかっておろうのう？」

信長は不意に五徳を乱暴に抱き寄せ、耳元で囁いた。

「今後、我らがもっとも恐れるべき相手は、徳川じゃ。この家の連中をよく見張れ。何ひとつ見逃すな」

五徳が緊張で身を強張らせていると、信長はさらに言った。

「市のようなしくじりをするなよ」

「……はい」

五徳は震えつつ、そう返事をするしかなかった。

深夜、築山に戻った瀬名がひとり寝室で寝ていると、「お方様……お方様」と、廊下から侍女の声が聞こえた。

目を覚ました瀬名は小袖を羽織り、侍女の報告を聞いた。瀬名は侍女の話に驚いて庭に出た。

月明かりが煌々として庭が明るい。楡の木の下に座り込んでいる寝間着姿の信康の姿を月がくっきり照らし出していた。

「……信康？」

信康の姿はまるで少年に戻ったように瀬名には見えた。それにしても岡崎城にいるはずの信康がなぜ？　信康は地に這う虫をじっと見つめている。

「いかがした……信康？」

瀬名は近づいて、そっと声をかけた。信康が顔を上げた。瀬名ははっとなった。

信康の瞳から涙があふれている。

「……泣いておるのか？」

瀬名が静かに問うと、信康は手で頬をぬぐった。手の甲が涙で濡れて、月明かりに光った。なぜ自分が涙を流しているのか、信康にはわからないようだった。

「母上……」とすがるように声をかけた。

「……母の……そばで寝るか？」

瀬名の言葉に信康が子供に戻ったような気がして瀬名はつい口走った。

「まさか」

信康は我に返ったように笑った。そして、挨拶して岡崎城へと戻っていった。

「信康……」

瀬名は言い知れぬ不安に襲われ、楡の葉越しに月を仰いだ。ざわっと風が吹き、枝を大きく揺らした。

第二十三章　瀬名、覚醒

　青天に大きな入道雲が湧いた。その下の人通りのないあぜ道の脇に立つ巨大な楠の木では、蟬が短い命を振り絞るように鳴いていた。根元の雑草に埋もれるように、煤《すす》けた、小さな祠《ほこら》がある。その前に、いましがた供えられたばかりのような瑞々しい木槿《むくげ》の花が置かれていた。細い茎をちょいとつまんだしなやかで白い指の持ち主は千代である。

　花は瀬名との秘密の印であった。花が祠に供えられているときは、築山に招く合図である。千代は入道雲を眺めながら岡崎城の方、築山へと軽い足どりで向かった。

　築山の庭では瀬名が草花に水をやっていた。千代はここまでの道中の蒸し暑さが不思議と引くような気がした。千代に気づいて瀬名は微笑むと、門番に命じて人払いをしてから中へ誘った。門番に会釈して行く千代はもうすっかり顔なじみといったふうである。

　茶室には菖蒲《しょうぶ》がきりりと活けてあった。瀬名はいつものように茶をたてる。待っている間、千代は手にもった木槿の花びらをむしり、花占いをはじめた。

「まあ、徳川様と武田との戦《いくさ》、まだまだ続くそうな」

　結果にいささか残念そうにため息をつきながら千代が言うと、瀬名は小首をかしげた。

「それは占いではなく、あなたの願望では？」

瀬名は千代の誘導には乗らず、前《さき》の戦に想いを馳せるように言った。

「長篠《ながしの》では多くのご家臣を失われたそうで……。和議を結ぶべきではないかしら。武田様が和睦を申し入れれば、この戦は終わりましょう。さもなければ、武田はますます追い詰められ……」

危ない。逆に千代が瀬名に言いくるめられそうである。確かに長篠・設楽原《したらがはら》の戦いでは、山県昌《やまがたまさ》景《かげ》をはじめ、多くの武田兵が命を落としたのだ。

「ご心配には及びませぬ。ただ一度、戦に負けたくらいでどうこうなる武田ではございませぬ。勝頼様は、ますます意気軒昂。お困りなのはそちらでは？」

千代は瀬名の心を覗くように上目遣いになる。

「織田様の手先となって、戦、戦、戦、戦……。岡崎はずっと盾にされておりますもの」

千代に言われて瀬名が思い出したのは、徳川を裏切って武田につき、瀬名や信康を暗殺しようとした大岡弥四郎のことだった。彼は「もうこりごりなんじゃ！　終わりにしたいんじゃ！　信長にくっついている限り、戦いは永遠に終わらん無間地獄じゃ！」と絶叫した。あの声が忘れられない。彼についた仲間たちも同じ気持ちで「そうじゃ、そうじゃ」と同調していた。思い出すたび胸が痛む。

憂いをたたえた大きな瞳を揺らす瀬名に千代は畳み掛けた。

「和睦をしたいのは、お方様ではございませんか？」

ひやりとした沈黙。だが、瀬名は茶を飲んでから微笑んだ。

「あなたが駆け引きをやめてくれたら、本音で話せるのだけど……」

千代は瀬名との駆け引きを諦めて、茶を飲むと席を立った。築山を離れ、千代は歩き巫女の装束に着替えると、甲斐に戻った。

緑深い甲斐の山は清々《すがすが》しい草の香りに包まれ、ホトトギスの鳴き声が聞こえる。左手でかごを持ち、山菜摘みをしていた穴山信君《あなやまのぶただ》は千代の気配に気づいて振り返った。

「手間取っておるな。どんどん食い込め。そして、言いたくて仕方のない言葉を言わせてやれ……。助けてくれ、とな」

「はい」

「どうした?」

「いえ……ただ、なんとなく不思議なお方で」

「不思議とは」

「人の心を解かすような」

千代は瀬名の調略《ちょうりゃく》を進めていた。調略といえば信玄の十八番であった。敵の国に食い込んで内部から崩壊させていく。それを信玄は好んでおこなっていた。かつて徳川家康を困らせた三河一向衆も千代が命を受けて調略をおこなった。そんな千代を瀬名のほうが「お友達になりましょう」と調略しようとするなど笑止千万である。千代は甲斐の威信にかけて瀬名を取り込もうと、改めて心に誓うのだった。でも、あの築山の茶室で語らう瀬名の、ふくよかな笑顔にいつしか惹き込まれていきそうになる。千代は雑念を払うようにぶるぶると頭を振った。


徳川と武田の戦いは長く続いた。長篠・設楽原で織田信長軍とともに大勝利を収めた徳川家康と、なおも領土拡大の手を緩めない武田勝頼。両者は激しい戦いを繰り返していた。

天正三年（一五七五年）九月、家康率いる徳川軍は遠江《とおとうみ》・小山城を攻めていた。松平信康、石川数正、酒井左衛門尉たちによって、もう少しで陥落というところで、勝頼率いる武田軍が救援に馳せ参じた。馬に乗った勝頼の隣にいるのは岡部元信である。かつての今川の重臣だが、信玄に攻められ、寝返った人物である。

「岡部よ、おぬしがかつて仕えた今川の旧領、取り返すがよい」

「拙者にとっては徳川家康、今川様に跪《ひざまず》いていた人質の小僧に過ぎませぬ」

岡部はせせら笑った。彼にとっては今川義元だけが尊敬する人物であり、今川氏真や家康のことなど認めていなかった。

一方、徳川本陣では、信康が走りたくて仕方がない馬のように家康に進言していた。

「父上！　なぜ引き揚げるのですか！　勝頼の首を獲る好機でござる！」

だが家康は極めて冷静だ。

「勝頼本軍が来たとなれば、我らの不利」

「寄せ集めの兵でござる！」

「勝頼を侮るな！」

「若殿、功を焦るは禁物。殿に従ってくだされ」

家康の意見に賛同する大久保忠世に、何を弱気なと、信康はみるみる不満そうな顔になった。

「ならば、私がしんがりを勤めまする！　父上は先に引き揚げてくだされ」

「お前から退け」

「親を置いて子が逃げるなどできましょうか！」

「わけのわからんことを言うな！」

「戦わせてくだされ！」

「いいから退け！」

「戦いまする！」家康の止めるのも聞かず信康は出て行こうとする。

「者ども、敵兵をなで斬りにするぞ！」

「信康！」

「それがしが若殿をお守りいたします」家康を安心させようと、忠世が信康のあとを追った。

「血気盛んなのが悪いことではござらぬが……。近頃、気が荒ぶるのを抑えられぬことがおありのようで」と数正は、信康の出て行った方向を心配そうに見つめた。

家康たちの不安をよそに信康の率いた軍は勝頼の軍を鮮やかに蹴散らした。意気揚々と岡崎城に戻った信康は、まだ戦いの興奮が冷めず、庭でやみくもに槍を振るった。

「見事しんがりを果たしてみせたわ！　父上は弱気じゃ！　あれではいつまでたっても武田を滅ぼすことなどできん！」

縁側に座った瀬名と五徳に見せつけるように大きく槍を振るう信康を見ていると、瀬名はいつぞやの夜の信康の様子を思い出して、胸がざわついてならない。だが、五徳は信康の活躍に満足そうだ。庭に出ると、手ぬぐいで信康の額の汗を拭きながら、その顔を惚れ惚れと見上げた。

「頼もしゅうございますなぁ。おなかの子も、殿に似た猛々しい男の子だとようございます」

五徳は信康の子を身ごもっていて、着物の帯の下が少し膨らんでいた。

「父上は遠江のことに専念して、三河岡崎はこのわしに任せてもらいたいものじゃ！」

信康はいい気分で「ええい！」と槍を振り回し、興が乗って、七之助ら家来たちを、庭中追い回しはじめた。

「おやめくだされ！　若殿！　危のうございます！」

「かかって来い！　誰がわしに勝てるか！　おらおらー！」

すっかり粗暴な態度が身についてしまった信康を見るのが辛く、瀬名はそっと目を伏せた。


浜松城では、家康が戦の疲れを癒していた。湯上がりに浴衣で畳に寝そべり、お葉に肩を揉んでもらう。

「憂いごとが多ございますようで、首がコチコチ」

「相変わらず肩を揉むのがうまいの、お葉」

「側室の身でありながら、こんなことしかできませぬゆえ」とお葉は申し訳なさそうにうつむいた。

表向きは家康の側室扱いになっているが、美代と仲睦まじく暮らしている。夜伽《よとぎ》は免除ながら、こうして家康の身の回りの世話をしているのだ。

「さしでがましいようですが、そろそろ殿のお慰みになる側女を迎えられては？」

「まぁそのうちな……」と家康は曖昧に流した。なかなか好みの女性が現れないので仕方がない。瀬名にも了承を得ねばならず、その基準は、お万の一件以来、いっそう厳しくなっていた。今は考えるのが面倒で、話題を変えようと起き上がった。

「何か甘いものはあるか」

「台所に干し柿が。持って参ります」

「わしが行こう」

家康はお葉と連れ立って大台所に向かい、干し柿を頬張った。甘みに気をよくしていると、突然、思い切り尻を叩かれた。家康は驚いて、手に持った干し柿を取り落としそうになる。

「またつまみ食いして！」

叩いたのは女で、そう言い放つとそのまま洗い場へ向かい、家康に背を向けたまま文句を言う。

「どうせまた若いおなごをかどわかしに来たんじゃろう。いい加減にしなされよ、女たらし！」

女は於愛《おあい》という侍女である。お葉は慌てて於愛に「殿……殿」と小声で注意した。

「殿？」

於愛はきょとんとして、目を細め顔をぐーっと近づけて家康を見た。そして悲鳴のような声をあげ、かなりの距離を後ろに下がり、恐懼して深くひれ伏した。

「あ、あの、私、あの……」

咄嗟にお葉がかばうように一緒にひれ伏した。

「お許しくださいませ！　この者はひどい近目《ちかめ》でございまして、よう見間違えを」

「申し訳ございませぬ！　てっきり万千代かと！」

「万千代はそんなことをしておるのか、叱らねばならんな」

叩かれた瞬間はひるんだ家康だったが、事情を知ると軽くいなし、干し柿を食べながら台所を出て行った。残された於愛とお葉は顔を見合わせ、ほっと胸をなで下ろした。

一方、信康の変化を気に病む瀬名は、頻繁に千代を呼び出すようになっていた。庭の花を眺め、お茶を飲み、しばらくおしゃべりをするたわいのない付き合いである。千代は情報通で、人気の旅役者の話や、ちょっとした物語や歌などを、瀬名に教えて喜ばせた。

一見、仲の良い友達付き合いのように見えるが、そうではない。ふたりは常に互いを探り合っていた。

千代のほうも、信君にせっつかれたこともあり、事を急ぎたいと考えていた。その日、千代は瀬名の手相を見ながら、かまをかけてみた。

「そろそろ、手を切ることをお考えになられては」

「手を切るとは？」

「徳川家康と」

「え？」

何を言いだすのかというように瀬名は笑った。が、千代は本気だ。

「お方様……本当は、家康様を憎んでおいででしょう？　そう手の相に出ております」

「憎む？」

「だって今川を滅ぼした張本人でございますもの」

瀬名の心が揺れたら一気にこちらに取り込む。千代は獲物を狙うような目で続けた。

「そのせいであなた様のご実家も、ご両親も、幼馴染みも……。本当は、顔を見るのもいやで仕方ないのでは？　だからこそ、家康様と離れてこのような場所に籠もり、浜松へもついて行かなかったのでございます」

さあどうだ、という顔で千代は瀬名を見た。しばらくふたりは見つめ合ったが、瀬名がふっと空気を変えるように笑った。

「千代さんて、お話を作るのが上手」

「お方様はお心を隠すのが上手」

またもまんまと逃げられた。千代はお茶を飲み干すと立ち上がり、念を押すように言った。

「いつまで織田の手足となって戦い続けるおつもり？　岡崎と信康様を救えるのは、築山殿だけと存じますよ」

去って行く千代を見送った門番は、一部始終を岡崎城の五徳に報告すると、いくばくかの銭をもらって去って行った。門番は五徳の息のかかった者であったのだ。五徳は信長に「この家の連中をよく見張れ。何ひとつ見逃すな」と命じられて以来、岡崎の様子を逐一観察していた。

五徳はさっそく岐阜城に報告の書状を送った。

信長が、書状に書かれた内容について思案にふけっていると、佐久間信盛がやって来た。

「見逃すわけにはいかんよな……。裏で武田とこそこそやっている奴を」

「どこの不届き者でありましょう」

信盛の問いに信長は答えずに、書状をろうそくにくべて燃やした。

その翌日、信長は水野信元を呼びつけた。武田とのつながりを疑われ、ぴんとこないでいる信元を、信盛は厳しい口調で問い詰めた。

「岩村城の武田勢にこっそり兵糧《ひょうろう》を送っておられよう」

「まさか。誰がそのようなことを……。言いがかりでござる！」

「水野下野守信元」

「おって処断を申し渡す。岡崎で待て」

「は」

「お、岡崎で?」

しかし、信長はそれ以上は語らず部屋を出て行った。信元はわけがわからないまま、平伏した。

信元を岡崎に送ってから信盛は浜松城を訪ねた。部屋は人払いがされ、同席しているのは左衛門尉と数正のみである。それでもなお、家康は声を落とし、警戒を怠らない。

「我が伯父上が?」

信元が武田と通じていると聞き、家康は耳を疑った。

「当人は何と?」と左衛門尉も驚きを隠せない。

「いつものごとく、ぐちゃぐちゃと言い訳されておられたがな。水野殿がかねてより武田とつながっていたのは確かなこと。今、岡崎城におられる」

「いかなるご処断を」と数正が眉間に深い皺を寄せて訊ねる。

「これは紛れもない裏切りでござれば、申し上げるまでもございますまい」

いやな予感しかしない。家康と数正は押し黙った。

「徳川殿には、しかとご成敗いただく」

「私が……成敗を……?」

「お身内が責めを負うべきであると」

「……私でなくとも」

「上様のお下知でござる」と信盛は「上様の」と、「お下知」に力を込めた。

「徳川殿、上様の家臣になられたことをお忘れなきよう。家臣はただ黙って主君の命に従うのみ」

信盛が帰ると、家康、左衛門尉、数正は顔を寄せ合って考え込んだ。

「水野という厄介な男を潰すいい機会というわけか」

「そして試しておるのでしょう……。殿の織田への忠誠心を」

「むごい仕打ちをするものじゃ」

左衛門尉と数正の言葉に嘆息しながら、家康は岡崎に向かった。数正と万千代が付き従った。

主殿の広間には信康と七之助が待ち受けていたが、肝心の信元がいない。

「出て行った？　どこへ？」

「大樹寺です。あそこも岡崎に変わりはないと。久松殿に世話になるそうで」

「勝手なことを」

「危険を感じ取って、義理の弟に守らせるのであろう」

数正は信元のせこさに口角を下げた。

「さすがの用心深さですね。久松殿を抱き込んで騙し討ちにするしかないでしょう」

新参者の万千代は事情に詳しくないので反応があっさりとしている。

家康にとっては親戚縁者の問題なので気が重い。

「久松は巻き込みたくなかったが……」

「父上、まさか信元殿を」

家康の様子から信康は状況を察し家康を責める顔となった。

「お前は関わるな」

「卑劣な」

「何？」

「父上の伯父上でござろう。なんでもかんでも信長様の言いなり。情けない」

「何だと……？」

「やるなら水野殿と正々堂々戦をして討てばようござる。騙し討ちにするなど、まるでならず者の所業じゃ！」

「もう一遍申してみよ！」

「父上は臆病で卑怯じゃ！」

思わずかっとなった家康が信康の胸ぐらを掴んで殴りかかろうとすると、「殿！」と数正の声が飛んできて、家康は踏みとどまった。そこへ、瀬名と五徳が青い顔で小走りにやって来た。瀬名の心配そうな瞳に見つめられ、家康はばつが悪そうに信康から離れた。信康は踵《きびす》を返して部屋から出て行った。そのあとを七之助が慌てて追いかけた。

翌朝、大樹寺に避難した信元が墓地を散歩していると、久松長家が木の下に立ち尽くしていた。

「おう、ここにいたか。ちょうどいい。一丁やろうぜ」

信元はサイコロを取り出して、木の根元に座ると、博打《ばくち》をはじめようとする。

「ここなら坊主どもに口うるさく言われなくて済む」と言って、へへへ、と笑うと、

「さあ座れ、久松」と促した。

だが長家の様子がおかしい。顔色が悪く、信元と目を合わせようとしないのだ。その態度から身の危険を悟った信元は、立ち上がり、刀の柄に手をかけあたりを見回した。すると、墓地のそこここ

こに潜んでいた数名の侍たちが一斉に出て来て、信元を取り囲んだ。今にも刀を抜く勢いで、殺気に満ちている。そのなかに万千代や七之助の姿もあった。信元の家来、数人が険しい顔で駆けつけるが、七之助と万千代が刀を構えて立ちはだかった。

「動かないほうがいいよ」

万千代が凄んだとき、家康が数正とともに駆けつけて来た。

「よう甥っ子！　おまえも墓参りか？」

わざと陽気に振る舞う信元に、家康は思いつめた顔で対峙した。

「へへ、俺の疑いは晴れたか？　帰してくれるんだろ？……なあ、久松」

「義兄殿……申し訳ござらぬ……。お許しくだされ」

長家の苦しそうな表情から状況を察した信元は苦笑いしながら、家康を懐柔するように近づいた。

「家康よ、上様の誤解なんだって！　俺を陥れようとする誰かが、上様に嘘を吹き込んだんじゃ。見当はついとる。佐久間よ！　奴は俺のことを嫌っとるからなあ！　お前から上様に言ってくれ。誤解じゃと、水野信元はそんなことはせんと！　それでしまいじゃ」

家康の代わりに数正が言った。

「すでに断は下っております」

「ばかばかしい」

強がりを言いながらも信元は次第に腹をくくりはじめていた。が、そこは博打打ちである。最後の最後まで諦めない。

「家康、お前に俺を討つなんざできるわけがねえ。しくじったことにして、俺を逃しちまえよ」

家康のやさしさにつけこもうとしたが、家康は黙ったまま表情を変えない。さすがの信元にも焦りが見えてきた。

「俺はお前の伯父じゃぞ！　お前の母親の兄じゃ！　今まで幾度も助けてやったろう！　誰のおかげでここまで生き延びてこられた？　お前を信長に仲介してやったのもこの俺じゃ！」

そこで家康はようやく口を開いた。

「そうじゃ！　そうしてわしは信長の家臣となり、今、こうしておるんじゃ！」

「馬鹿げとる！　こんなのは間違っとる！」

「己のまいた種であろう……。あっちにもこっちにもいい顔をして、こずるくやってきて……」

「こずるくて悪いか。生き延びるすべじゃ！　俺はずっとこうやって生き延びてきたんじゃ！　俺の家臣たちを守ってきたんじゃ！　なぜなんじゃ！　こんなことくらい、ほかにもやってる奴はいっぱいおる！　みんなやっとる！　なぜわしなんじゃ！　なぜわしだけが！　しかも甥っ子のお前に！　なぜお前に！」

なりふり構わず家康に向かって訴えていたが、ふと悟ったように信元はポツリと言った。

「そうか、なるほど……。お前じゃ。俺はお前への見せしめなんじゃ」

「わしへの……見せしめ？」

「裏でこそこそやっておるとこういう目にあうぞという忠告じゃ！　信長のやりそうなことよ！」

「意味がわからん」

「お前も裏でこそこそやっとるんじゃろうが」

「わしはやっとらん！」

「だったら、お前の身内の誰かじゃ！　俺が岡崎に入らされたのは、そういうことだろう」

「何も知らんくせに、いい加減なことを」

「ああ、俺は何も知らんさ。だが、信長は知っておるぞ。気をつけろよ、家康……。信長はすべてお見通しじゃ！」

信元は不敵な表情をした。

家康自身は後ろめたいことはなかったが、誰かがまた裏切っているかもしれないと思うと不安になった。祖父、父と、代々身内に裏切られてきたことは忘れてはいなかった。菩提寺である大樹寺の墓の前だから、よりその気持ちは募る。

「お前への温情で俺は殺されるんじゃ！　くそったれが！」

「どうかお覚悟をお決めくだされ……。斬り捨てにしようはございませぬ」

数正に言われ、信元は怒りを抑え込むように言った。

「わかっとるわい！　俺も武士じゃ！　見事に果ててみせようじゃねえか！」と言うと、「久松」と呼んだ。「おぬしが介錯せい」

長家は滅相もないという顔で首を激しく横に振り、後ずさる。

「やれ！　おぬしにやってほしいんじゃ」

ここまでくると、いつもの飄々とした信元ではなく、覚悟を決めた武士の顔になっていた。

「義兄殿」と長家の声が震える。

「俺の家と家臣どもをよろしく頼む」

さらに、少しやさしい口調で付け加えた。

「それから、於大もな」

長家は言葉もなく、ただただ深くうなずくしかなかった。そして、ためらいがちに刀を抜く。

信元は手に握っていたサイコロを足元に転がした。

「どこで張るほうを間違えちまったんだか……」

またいつもの軽い言い方に戻って信元は脇差を抜くと、しばらく脇差を見つめた。次の瞬間、素早く身を翻し、長家の後ろに回り込んで、その喉元に刃を突きつけた。

「道をあけろ！　こいつがどうなっても……」

脅しながら前に出ようとしたとき、信元が突如崩れ落ちた。背後に青い顔をして立っていたのは七之助であった。手には血のついた刃が握られていた。

「伯父上！」

家康は思わず駆け寄り、信元を抱きかかえた。うっすらと目を開けた信元だったが、家康の腕の中で静かに息絶えた。水野信元の最後のサイコロの目（運命）は、死であった。少し性格が悪くても身内の命を奪うことは苦しい。長家は脱力したまま、上ノ郷城へと戻った。

何も知らない於大は屈託のない表情で長家を迎えた。

「あら、もうお帰りで？　岡崎はいかがでした？　あ、今日ね、蛤をたくさんいただいたの。あなた好物でしょう。いくつお食べになります？」

「わしは……隠居する」

「え？」

「もう家康様のもとには出仕せん」

突然何を言いだすのかと、何度もまばたきをしている於大に、長家は頭を下げた。

「わしを許してくれ……於大」

岡崎城に戻った七之助は、瀬名と信康に信元の死を報告した。自責の念に打ちひしがれている七之助を瀬名は慰めた。

「七之助……そなたは勤めを果たしたまで」

「そうじゃ、悪いのは、父上じゃ。信長様の犬じゃ！」

信康は吐き捨てるように言った。

「恐ろしいことでございますなぁ、我が父は、裏切りは決して許しませんから」

含みのある物言いをする五徳に、瀬名はどきりとなった。

「母上、我らも気をつけなければなりませぬな、疑われるようなことがないように」

五徳に言われ、「……そうじゃな」と瀬名は小さく呟いた。

信元の今際《いまわ》の言葉「お前の身内の誰かじゃ」「信長はすべてお見通しじゃ」が耳から離れない。

家康は眠れず、浜松城の居室の縁側にたたずんだ。かすかに波の音が聞こえてくる。

波の音に混じって、笛の音《ね》が聞こえる。見れば傍らにお葉が控えていた。

「お眠りになられぬご様子だったので、笛の上手なる者に命じました。少しはお心が安らぐかと」

家康はお葉と並んで笛の音に聞き入った。だが、いいところで音が外れた。

やり直すが、また外れる。

「かえって眠れんな」と家康は苦笑いした。

お葉は困って、笛の主《ぬし》を咎めた。

「そなた得意と申したろう！」

「子供の頃はうまかったんです……。吹いたの久しぶりで……出直して参ります」

そう言いながら、肩を落として出て来たのは於愛だった。

「近目のそなた、名は何と言ったか」

「愛と申します」

「もう少し聞かせてくれ」

家康は縁側の自分の横を小さく叩いて、ここに座れと合図した。於愛はおずおずと隣に座り、横笛を吹きはじめた。出だしはいいのだが、どうしても同じところで音を外してしまう。ああ、となだれる於愛の横顔が微笑ましく、家康はいつの間にか、肩の力が抜けていた。なかなかいい感じではないかと、お葉は満足気にふたりを見つめた。

同じ頃、瀬名は布団の中でまんじりともできずにいた。信元の死が瀬名の心に重たくのしかかっていた。これが瀬名の秘密裏の行為に対する信長の見せしめだとしたら、なんという大それたことをしてしまったのか……。信元が死んでから、瀬名は祠に花を供えなくなった。千代は時折、祠を見に行ったが、花は一向に供えられず、やむなく立ち去る日々が続いた。

年が変わり、天正四年（一五七六年）の春。築山の部屋で瀬名と亀がそれぞれ杜若《かきつばた》を活けている。

「こうしてそなたと花を活けるのもこれが最後かもしれぬな」

「亀は時々ここへ帰って参ります」

「時々帰って来るようではいけません。奥平の家によう尽くすのが母の願いぞ」

亀が奥平信昌に嫁ぐ日が近づいていた。笑顔で花を活けていた亀だったが、不意にこみ上げるものを感じ、それを隠すように、手をついて頭を下げた。

「母上……長い間、お世話になりました」

「こちらこそ」

母と娘は感謝と愛情と、様々な想いを込めて頭を下げた。

そして夏が来た。亀のいない築山の庭が夏草と花で彩られ、蝶が舞っている。鳥居彦右衛門がお葉と於愛を連れて訪ねて来た。

「於愛と申すか」瀬名に声をかけられ、於愛は身を縮めて頭を下げた。

「夫が討ち死にして以来、浜松の城で働きながら娘を育てております。西郷の家の出で、身元も確か」

「奥の女たちからも気に入られており、笛が上手なところが殿もお気に入りで」彦右衛門とお葉が順繰りに於愛を紹介する。だが当人はひたすら縮こまって、

「下手でございます」と消え入りそうな声で謙遜した。お葉は、黙っていろというように咳払いをして続ける。

「とにかく働き者で、この於愛なら奥を任せられると……」

「怠け者で……」と於愛は小声で訴える。お葉は眉をひそめ、肘でつついた。だが於愛は、

「嘘はいけませぬ。笛は下手でございますし、ちっとも働き者ではございません。殿からも特に気に入っていただいてるわけでも……」と言い募る。

於愛の正直なところが瀬名にはむしろ好ましく思え、「どんなことが好みか？」と訊ねた。

「好きなものでございますか？　食べることと、寝ることと、読みものと……。本当に駄目な侍女で」

「どのような書物を？」

「書物と言えるようなものではなくて……もっぱら『源氏物語』」

「私も好きじゃ」

「本当でございますか！　六条の御息所《みやすどころ》との別れの場が大好きで……」

「藤壺との逢瀬《おうせ》は？」

「あ、もうやだ、あそこ何度読んでも胸がどきどきして、顔が熱く……」

すっかり夢中でおしゃべりをはじめた於愛を、お葉が咳払いしながら、さらに強く肘でつついた。

「申し訳ございません」

慌てて頭を下げた顔がまた愛らしく、瀬名は心を決めた。

「愛や、殿のことをよろしく頼みます」

「え……」

「そなたのおおらかなところが、殿の助けになろう」

「あ、あの……精一杯励みます！」

於愛とお葉は深々と頭を下げた。

「これで安心じゃ……」と瀬名は微笑んだ。

そして、秋になった。瀬名は、縁側に座って築山の庭の紅葉を見つめていた。季節は静かにめぐり、庭の木や花は季節ごとに美しい彩りで人の心を潤す。人もまた草花のようであったなら、と瀬名は願うが、人の心は戦で蝕《むしば》まれていくばかりである。

そこへ家来が走り込んで来た。

「お方様！　大変でございます！　若殿が……！」

瀬名は慌てて岡崎城に駆けつけた。廊下を渡って広間に行く途中で、瀬名は立ち止まった。庭に信康が立っていた。鷹狩の装束が血まみれである。お供していた七之助たちが近寄りがたそうに遠巻きにし、五徳も生まれたばかりの登久《とく》姫を守るようにぎゅっと抱きしめていた。

瀬名は、平然と柄杓から水を飲んでいる信康におそるおそる声をかけた。

「信康……」

「返り血でござる」

「鷹狩の帰りに、通りすがりの坊主を突然……」七之助が小さな声で瀬名に伝えた。

「不届き者を成敗したまでじゃ」

「あの坊主が何をしたと……」

困惑する七之助の反応に、「僧を……斬ったのか？」と瀬名は驚いた。

「狩《かり》に坊主は縁起が悪い。奴のせいで獲物が獲れなかった」

「そんなのは迷信でござる」と七之助が咎めた。

「あの坊主は、わしを見て不敵に嘲笑いよったんじゃ！」

「ただ微笑んだまで！」

「違う！　わしに呪術をかけたんじゃ！」

「かような狼藉は城主として威信を失いまする！」

「狼藉とはなんじゃ！　無礼者が！」

信康はカッとなって刀を抜き、七之助に向かって行った。

「わしに逆らう奴は斬る！　斬られたい奴は出て来い！」

皆が騒然とするなか、刀を振り回す信康の前に、瀬名は毅然と進み出た。

「五徳と姫が怖がっておるぞ」

瀬名に睨まれて、信康は振りかざした刀をぴたりと止めた。そして、我に返ったように刀を下ろすと、ふらついてがくりと膝をついた。慌てて七之助たちが駆け寄って支えた。

「七之助、この始末は追ってきちんとしよう。信康、今日は築山で休んだらどうじゃ？　五徳もかまわぬな？」

瀬名に言われて五徳はうなずいた。

築山に信康を連れ帰った瀬名は、寝室に布団を敷いて休ませた。昏々と眠る信康の表情を見つめながら、瀬名はお万の言葉を思い出していた。「おとこどもに戦のない世などつくれるはずがない」と言ったお万。さらにもっと以前、母・巴に言われたことも浮かんだ。「我らおなごはな、大切なものを守るために命を懸けるのです」と巴は言い、「強くおなり」と瀬名を励ました。

「瀬名……そなたが命を懸けるべき時は、いずれ必ず来ます」

巴の言葉を瀬名が反芻していると、信康の目が開いた。

「何と言って謝ればよいのでしょう……あの僧に」

信康はいつもの穏やかな人物に戻っていた。

「皆が強くなれというから……私は、強くなりました。でも……私は、私でなくなりました。いつまで戦えばよいのですか……いつまで……人を殺せば……」

そう言って泣く信康を守りたい。瀬名はぎゅっと手に力を込め、背筋を伸ばして、精一杯微笑んだ。氏純の「そなたは笑顔が似合う。笑顔を忘れるでないぞ」という言葉に従ったのだ。そして、信康に告げた。

「母には……ずっと胸に秘めてきた考えがある。誰にも知られてはならぬ、恐れ多い謀《はかりごと》じゃ。されども……そなたがやると言うのなら、母は、すべてを懸けてそれを為す覚悟ができている」

翌日、瀬名は築山の門番や侍女など働き手たちをすべて入れ替えた。

その情報は五徳にも、浜松城の家康にも伝わった。

将棋をしながら数正に「ご存知でございましたか」と訊かれた家康は平静を装って、

「いや別に構わんだろう」と答えた。

「水野殿が申していたことが気になっており……」

「あんなものは戯言《ざれごと》じゃ。瀬名は……ただ草花が好きな、たおやかな妻じゃ」

そう言いながら家康は「ほれ、飛車を取ってしまうぞ」と将棋盤を見つめた。

数正が心配しているのは、家康にもわかっていた。信元が見せしめとして粛正されたということは、家康の身近に同様の脅威があるということである。それも最も近しい者のなかに。家康は考えたくもなかった。いや、あえて考えないようにしていた。

門番や侍女を総入れ替えした瀬名は、久しぶりに千代を呼んだ。

「やっとお呼びくださった」

千代はにっこりするが瀬名に笑顔はない。

「上の者を連れて参れ。大事な話のできる、そなたの頭を」

瀬名に単刀直入に言われた千代は急ぎ甲斐に戻り、ひとりの男を築山に連れて来た。

男は唐《から》の着物を着て、薬箱を手にしていた。

「こちら、唐の国の医師、滅敬《めっけい》殿にございます」

「滅敬にございます。お方様が薬作りに凝ってらっしゃると耳にしたもので」

「滅敬殿、ようおいでくださった。是非ともご指南いただきとう存じます」

滅敬とは何者なのか——。瀬名は微笑みながら、泰然とかまえた人物の心を覗き見ようとした。

第二十四章　築山へ集え！

甲斐・躑躅ヶ崎館《つつじがさきやかた》では、主殿の武田勝頼のもとに、穴山信君《あなやまのぶただ》と千代が報告に訪れた。信君は滅敬に変装し、千代の瀬名調略《ちょうりゃく》の手助けを行っていた。

「そうか、岡崎が我が手に落ちたか。ようやった！　これで織田と徳川も分断できる」

話を聞いた勝頼は上機嫌で笑いかけたが、信君と千代はどこか浮かない表情である。

「どうした？　信康と築山殿を調略したのであろう」

勝頼に問われ、信君はためらいがちに言った。

「……は。ふたりとも我ら武田と手を結ぶことを望んでおります。ただ……」

「ただ何じゃ」

「何と申しましょうか……」

話しづらそうな信君の言葉を千代が引き取った。

「なかなかに不思議なことをお話しになるお方様でございまして」

「不思議なこと……？」

「は……」信君は少し迷いながら、築山で瀬名が語ったことを話しはじめた。

岡崎城下の外れにある小山に立ち、草花に囲まれた小さな築山御殿はいつしか不思議な求心力を放ちはじめていた。

岡崎城の主殿では、松平信康が家来の山田八蔵を伴って築山に向かおうとしていた。そこへ登久《とく》姫を抱いた五徳と、七之助が小走りで追いかけてきた。

「今日も築山へ？」

「母上の煎じ薬が効くようでな、近頃気が昂《たか》ぶることもなくなったろう」

「私もたまにはお供しようかしら」

「そなたは姫の世話があろう」

「私がお供いたします」

「いらん、八蔵がおる。すぐ戻る」

七之助の申し出も断って、信康は八蔵を連れてそそくさと行ってしまった。

築山に着いた信康は、八蔵たち信康の家来が見張るなか、瀬名とふたり文机《ふづくえ》に並んで座った。そして、おもむろに筆を執り、何通もの書状を書きはじめた。


御息災でございましょうか？　憂いごとあらば、どうぞこの瀬名を話し相手にしてくださいませ。様々なことを語り合いとうございます。世のこと、国のこと、そして、この先の夢のことを。

築山に集いたまえ

時は、天正四年（一五七六年）の暮れ、築山の上空はからりと冬晴れの青空が広がっていた。

築山で何かが起きている。その疑惑は徳川家康をも不安にさせていた。浜松城・主殿の広間に酒井左衛門尉、石川数正、本多平八郎、榊原小平太、大久保忠世、井伊万千代が集まり、思案に暮れていた。

「だから何じゃ」

苛立つ家康に、左衛門尉が困惑した顔で伝えた。

「信康様は、築山に入り浸っておられまして」

「それの何が悪い？」

「子飼いの家来たちで築山の守りを固め、七之助らも寄せ付けず、中の様子がわかりませぬ」

左衛門尉の口調は重たい。

「七之助が申すには、築山からあちこちに密書が飛んでおり、連日、身元のわからん連中が忍んで来ておるようだと……。武田の間者ではないかと……」

忠世にもいつもの能天気さがない。

「築山というところは、瀬名がな……」

家康が瀬名をかばおうとすると、小平太が口を挟んだ。

「民の声を広く聞くためおつくりになった憩いの地。しかし今は、怪しげな連中がうごめく謀略の砦……なのでは？」

「岡崎が離反するようなことだけは避けねばなりませぬ」と数正に言われ、

「わしは、妻と息子を信じておる」と家康はむきになる。

「信じれば、物事が落着するわけではござらん」

数正はまるで子供を叱るように言う。だがなにより家康の心を動かしたのは、平八郎の言葉だった。

「万が一……岡崎と戦《いくさ》になったらどうなさる。岡崎は我らの故郷。親兄弟と戦うことに」

それだけはあってはならないと、これまでずっと守ってきたのである。家康のみならず、その場にいた全員が押し黙った。いや、ただひとり、違う方向を見ている者がいた。

「ま、そのときにはこの万千代がおります！　おいら岡崎とは縁もゆかりもございませぬゆえ、思う存分岡崎の連中をばったばったと……」

「ふざけたことを申すな！」

空気の読めない万千代が忌々しく、家康は乱暴に立ち上がった。そのまま部屋を出て行きかけたところを左衛門尉が慌てて止めた。

「殿！　手を打つべきかと！　信長様のお耳に入る前に！」

「もう入っているかもしれん。五徳様が何も気づかぬわけがない」

数正の言葉で家康は足を止めた。すると、そこに彦右衛門が慌てた様子で駆けつけて来た。

「殿！　信長様が……鷹狩をと……！」

恐れていたことが現実になったと、家康は頭を抱えた。鷹狩自体は家康も好きである。だが、信長との鷹狩は意味が違う。苦い気持ちで鷹狩の装束に着替え、左衛門尉を供にいつもの場所へと向かった。

人里離れたとある農家の庭先で、鷹狩を終えた家康は信長と焼いた鳥を食べた。家康と左衛門尉

が、緊張しながら信長の様子をちらちらとうかがっていると、

「どうじゃ」

よく響く低い声で信長が訊いた。その言葉のあとに何がくるかと、家康と左衛門尉は身構えた。

「近頃は」

「は……変わりございませぬ」

「岡崎もか」

「……もちろんでございます」

家康は全身に力を入れて答えた。

「信康様は武田を倒さんと意気軒昂。また、五徳様と登久姫様もお健やかにございます」

左衛門尉はできるだけ穏やかな口調で言った。ふたりとも平静を装いつつ、信長の顔色を横目でうかがう。

「五徳がいろいろと申しておる」

「信康とは、時にたわいない喧嘩をすることもありますが、夫婦とはそんなものでございましょう」

家康は信長の真意に気づかないふりをした。だが、

「水野のようなことは、あれきりにしたいものよ」

信長はさらりと、それだけ言って去って行った。去り際にふたりを睨んだ瞳は暗い光を帯びていて、家康と左衛門尉は背中に戦慄が走るのを感じた。やはり、信長は何もかも知っている。

「……手を打ちましょう」

左衛門尉に促され、やむを得ない、と家康は小さくうなずいた。

浜松の町外れの林を半蔵が歩いている。黒装束で、むさ苦しい無精髭を生やした容貌に似合わず、可憐な菫《すみれ》の花を数本、手にしていた。まだ季節は冬だが、枯れ草の間に早咲きの小さな花を見つけたのだ。やがて、しんと静まった林の奥から手裏剣を投げる音が聞こえてきた。手裏剣を木に投げている者がいる。大鼠だ。彼女が投げた手裏剣はひとつも木に刺さらず、力なく落ちるばかりだ。落胆し、大鼠は背中に手を触れると顔を歪めた。久松源三郎の救出作戦のときに負った傷がなかなか治らないのである。

少し離れたところから心配そうに見つめている半蔵に気づいた大鼠は、きっと睨みつけた。

「仕事を寄こせ」

「もうやらんでええんでねえか……忍び働きなんぞ」

「やらんでどうやって暮らす」

「誰ぞの飯《めし》炊いて、着物洗ってよ。おめえみてえなのをもらってくれる男もおらんだろうし……わしの命じた仕事で怪我しちまったわけだから……」

半蔵は照れくさそうに目を伏せながら、後ろ手に持っていた菫《すみれ》を大鼠に差し出した。

「おなごの幸せってのは……男にかわいがってもらうことだろ」

何を言い出すのか、こ奴は、という顔をした大鼠だが、菫を受け取り、しばらく見つめたかと思うと、ふいに口をぱかっと開けて、花を口に入れた。むしゃむしゃと噛んでごくりと飲み込むと、呆気に取られている半蔵に「殺すぞ」と言って睨みつけた。

天正五年（一五七七年）、春が近づいてきていた。築山の庭でも花の蕾がいまにも弾けそうに膨らんでいる。来客のための支度をしている瀬名の傍らに、信康が八蔵とともに待機していた。

「人払いせい」と信康に命じられた八蔵は侍女たちを追い払って、自らは裏口へと回った。出入りの庭師が二人、休憩中で握り飯を食っているところだった。

「庭木の手入れはもうよい。帰れ」

「へえ」と庭師は慌てて立ち上がった。その際、竹皮で包んだ握り飯をさりげなく足元に落とし、それを縁の下へ蹴り込んだ。縁の下の暗闇から白い手が伸びて、握り飯を奪って引っ込む。八蔵はそれに気づかず、信康のもとに戻った。

客間には唐国の医師・滅敬《めっけい》に変装した信君と千代が来ていて、瀬名と信康と対面していた。

「志を同じくする者たちが、この築山に集っております」

「滅敬殿、あとは勝頼様のお返事を……」

信康と瀬名が順に語りかけていると、澄ました顔で出された茶を飲もうとしていた千代が、何かを感じて穴山を制し、目で座っている床を示した。

瀬名と信康が何事かと思っていると、信君は信康の脇に置かれた刀を奪い、素早く抜いて畳を刺し貫いた。刀は床下の暗闇に潜んで耳を澄ませていた大鼠の鼻先をかすめた。先程、庭師が落とした握り飯を受け取ったのは大鼠だったのだ。

久しぶりの仕事で張り切ったものの見つかり、慌てて裏の縁側の下から逃げ出した。振り向くと千代がいた。徳川の忍者・大鼠と甲斐の忍者・千代、ふたりは一瞬鋭く見合ったが、大鼠が方向を変えて逃げると、千代は追わずに静かに見送った。何やら含みのある微笑みを浮かべながら、信君の待つ築山の一室へと戻った。

夕方、浜松城・主殿に、半蔵が訪れていた。家康、左衛門尉、数正の前に片膝をついて控えた半蔵は、大鼠が築山で見聞きしてきたことをすべて報告した。

「その滅敬と名乗る唐人《からびと》の医師は、武田の名のある武将と見て間違いございませぬ。しかもかなりの重臣かと」

家康は痛恨の思いで顔をしかめた。

「ほかにも、大鼠が潜っていたこのひと月の間、様々な武士が訪れたようで……」

「どんな連中じゃ」

「それが……一組は……」

半蔵が大鼠から聞いたのは次のような話であった。

大鼠は築山の縁の下に潜み、床板のわずかな穴から部屋の様子をうかがっていた。ある日、武士とその妻らしきふたり連れが瀬名を訪ねて来た。足元だけが見え、顔はわからない。

「ようこそおいでくださいました、母上」

「会いたかったぞ、お瀬名」

「お邪魔いたす」

声には聞き覚えがある。床板のわずかな隙間から顔を見ると、於大とその夫・久松長家であった。

半蔵の話を聞いた家康は、

「母上と……久松？」と顔をしかめた。

「おふたりは、水野殿の一件以来、我らとのつながりを断っております。なのに、築山には通っておられる……」

「我らから離反し、岡崎とともに武田と結ぼうとしているのかも……」

左衛門尉と数正はううむと首を捻った。

「また、一組は……」再び、半蔵が語る。

築山の縁の下に潜む大鼠に、訪ねて来た武士とその妻の足元が見えた。妻のほうは右足を引きずっている。

「お懐かしゅうございます」

「そなたが招いてくれるとは」

「おあがりくださいませ、氏真《うじざね》様、糸殿」

床板のわずかな隙間から少しだけ見えたのは、今川氏真と糸夫妻であった——。

「氏真⁉」

半蔵の報告に家康はたまげた。

「まさか……！　殿から牧野城を与えてもらったであろう！」と左衛門尉、

「それに飽き足らず、今川を蘇らせるつもりか？」と数正も絶句した。

これは、久松夫妻の訪問以上に由々しき問題である。氏真は、糸の父・北条氏康の死後、北条家を出て、浜松の家康を頼っていた。設楽原の戦のあと、天正三年（一五七五年）八月、家康は武田方の諏訪原城を落とし、牧野城と名を変えて、氏真を城主とした。にもかかわらず、家康を裏切ろうとしているとすれば……。

「今朝も、築山に茶や菓子が運び込まれた様子……。明日にでも、また誰かをもてなすのでは」

半蔵は淡々と報告し、左衛門尉と数正ともども、家康の顔色をうかがった。

しばしの沈黙の後、家康は苦渋の決断をせざるを得なかった。

「……兵を集めよ、今すぐ」

夜になった。家康は大台所で万千代と腹ごしらえをしていると見せて、小声で命じた。

「瀬名や信康に知られぬように動け。大樹寺に兵を控えさせ、機を見て築山に……」

そこへ於愛が通りかかり、のんびりとした声で聞き返した。

「あら、築山に参られるんですか？　いいなあ、私も行きとうございます。あそこはまことに美しいところですから。お方様にもまたお会いしたい。それで、書物の話などを……あ、お方様、『伊勢物語』はお読みになってらっしゃるかしら？　きっとお好きだわ。私、貸して差し上げよう！　万千代、そなた持って行きなされ。今取ってくるゆえ」

何も知らない於愛の振る舞いに、家康と万千代は複雑な気持ちで目を見交わした。

翌日、大樹寺の本堂に、武装した家康、左衛門尉、数正、平八郎、小平太、万千代が集まった。

「こちらの動きは悟られておりませぬ」と数正が重々しく報告していると、万千代がやって来た。

「築山に客人が入ったそうで！　武田の将と思しき唐人《からびと》の医師！」

「本当に戦になるかもな」

と唾を呑む小平太。平八郎はいつでも来いとばかりに意気込んだ。

「築山を取り囲む手筈はついておる」

血気盛んな小平太と平八郎を左衛門尉は制した。

「指図あるまで決して動くな、殿とわしと数正で乗り込む」

場所が場所だけに、誰もが落ち着かない気持ちを懸命に抑えていると、七之助が五徳を連れてきた。

「どうしてもと仰せになるもので」

「一緒に連れて行ってくださいませ！」

五徳は来るなり神妙な顔で、家康の前に手をついて頭を下げた。

「五徳はこのことを、我が父に伝えねばなりませぬ……。でも、しとうありませぬ！　五徳は……信康様をお慕い申し上げております！　お願いでございます、父上！」

あんなに喧嘩ばかりしていた信康と五徳が、今はこんなにも信頼関係を結んでいる。家康は胸が熱くなり「来るがよい」と許可した。

家康、左衛門尉、数正、五徳、そして兵たちが築山に向かうと、思いも寄らない家康たちの来襲に、八蔵ら見張りの者たちは騒然となった。

「一同動くな！　殿の御成りである！」

八蔵らを押しのけ左衛門尉が声をあげた。続いて数正が、

「手向かえば、一気に攻め入ると心得……」と言いかけて、はっと息を止め、立ち止まった。家康たちも続いて足を止めた。

瀬名と信康が、家康たちを迎えるように跪いていたのである。瀬名と信康を目にして恭しく礼をする左衛門尉と数正。ふたりに挟まれて立ち尽くす家康に、瀬名は毅然と言った。

「殿、お待ち申し上げておりました」

悪びれた様子が一切ない瀬名。その隣に立つ信康も澄んだ瞳をしている。家康が怯んでいると、

その脇から、唐人のいでたちの男と唐輪髷《からわまげ》の女が現れ、跪いた。

「穴山殿……？」左衛門尉が身構えた。

「穴山？」家康は咄嗟《とっさ》に刀の柄《つか》に手をかけた。

「武田勝頼が腹心、穴山信君でござる」

「瀬名、信康！　その者から離れろ！」

ところが信康は信君を守るかのように前に立ちふさがった。

「父上、お待ちくだされ」

「早う離れろ！」

「殿、話を聞いてくだされ！」

「武田にたぶらかされるとは何事か！」

柄を握る手を震わせながら家康が喚くと、瀬名もずいっと前に出た。

「殿、お話を」

同時に信君が信康と瀬名の間を抜けて進み出た。

「見ての通りの丸腰。討たれる覚悟でここにおります。穴山信君にございます」

その傍らの女も深くひれ伏した。「千代にございます。いつぞやは」

そう言われると見覚えがある。三河一向宗の本證寺《ほんしょうじ》で家康を案内してくれた怪しげな女ではないか。これでは信用できるわけがない。ますます険しい顔になった家康に、信君は静かな声で言った。

「たしかに拙者、奥方様をたぶらかそうとここへ参りましたが、逆にたぶらかされたのは、拙者のほうでございまして。どうか奥方様のお考えをお聞きくだされ」

　一体何が起こっているのか。家康は深く呼吸して客間に入った。

「殿には最後にお話しするつもりでした。五徳も聞いておくれ。瀬名の馬鹿な話を」

　瀬名に上座へと促され、家康は釈然としない面持ちで胡座をかいた。床の間には、白梅が凛々しく活けてあり、冴えた芳香が漂っていた。家康の隣に五徳が座り、その前に瀬名、信康、信君が座った。左衛門尉と数正、千代もそばに控える。

　瀬名は、家康の前にいくつかの書状を並べた。

「悪い頭でずっと考えて参りました……。書物を読んだり、いろんな方に教えを請うたり。そして、一つの夢を描くようになりました」

「夢？」

「久松殿やばば様、氏真殿に糸殿、ほかにも多くの方が志を同じくしてくださいました」

　並んだ書状は長家夫妻や氏真夫妻の同意書であった。

「母上の考えは、我らが武田の配下に入るのでも、武田が我らの配下に入るのでもありません」

「どういうことじゃ？」

「殿、なぜ私たちは、戦をするのでありましょう？」

「わしが生まれたときからこの世は戦だらけじゃ、考えたこともない」

　瀬名の問いに家康はそう答えたが、瀬名はなおも答えを求めるように家康を見つめた。しぶしぶ家康は考えをめぐらせた。

「戦をするのは、貧しいからじゃ。民が飢えれば、隣国より奪うほかない。奪われれば奪い返すほかない」

「されど、奪い合いは多くの犠牲を伴います」

「やむを得ん」

「そうでしょうか」

「なら、どうすればよい？」

「もらえばようございます」

「もらう？」

「米が足らぬなら、米がたくさんある国からもらう」

「ただでくれはせん」

「代わりの物を差し上げます。塩が取れる国ならば塩を。海があれば魚を。金山があれば金を」

瀬名の発想に家康は呆気にとられた。

「相手が飢えたるときは助け、己が飢えたるときは助けてもらう。奪い合うのではなく、与え合うのです。さすれば、戦は起きませぬ」

驚いたのは家康だけではない。左衛門尉たちも一様に眉を寄せていた。

「お方様……。仰せになることはわかります。しかし、それは理屈でござる。実際にはそのようには……」左衛門尉は遠慮がちに異論を唱えた。

「まいらぬか？」

「少なくとも、徳川と武田がそのように結ぶことはできますまい。互いに多くの家臣を殺され、深い恨みを抱えております」

数正は瀬名を説得するように声を落とした。三方ヶ原《みかたがはら》で大敗した徳川兵、長篠・設楽原《したらがはら》で大敗した武田兵、あの死屍累々の様子を見たら、容易に手を取り合おうとは思えない。瀬名は戦を目の当たりにしていないから理想が言えるのだと、家康は思った。おそらく、その思いを共有できるのではないかと、家康は信君を見つめた。

「拙者もそう考えておりました。しかし、奥方様と話しているうちに、そんなことがばかばかしく思えてきたのでござる。確かに互いに恨みを抱えております……。されど、それ以上に疲れ果てております。民にとっては今の暮らしを守ることがすべて。恨みをいつまでも抱えておるのは、上の方の一部の者たちだけ……。そうではございませぬか?」

信君は思慮深い顔つきで語る。それは決してその場の思いつきではなく、長い時間、考え抜かれた言葉であるように家康には感じられた。

「父上……私はもう誰も殺したくありませぬ。戦をやめましょう」

信康までが瀬名と思いを同じくしている。家康の動揺を察した左衛門尉と数正がどうしたものかと悩んでいると、それまで黙って考え込んでいた五徳がおそるおそる口を開いた。

「されど……そのようなことは、我が父が許さぬでしょう」

家康は先日の鷹狩で家康を睨みつけた信長の瞳を思い出した。五徳の瞳は信長に少し似ている。仄暗《ほのぐら》い炎のような瞳である。だからこそ五徳の言葉には真実味があった。

「左様……織田と敵対することになる。戦になろう」神妙にうなずく左衛門尉に信康は、

「我らは誰とも戦はせぬ」と反論するが、

「向こうから攻めてくるのでござる」と左衛門尉は首を横に振った。

「そうならぬため、この方々がお知恵を貸してくださいました」

瀬名は並べた書状を示した。

「久松殿、今川殿らの誓書でござる」と信康も言う。

瀬名は、於大と長家にこの話を持ちかけたとき、ふたりが目を輝かせて賛同してくれたことを、家康に話して聞かせた。

「なんと素晴らしい考えじゃ」於大が言うと、

「織田様に知られぬように事を進められるかどうかが肝心……」と長家も続ける。

「仲介役は我らに任せよ、話を決して漏らさずに、国衆たちをまとめあげよう」

「できるだけたくさん味方をつくり、大きなつながりをつくりましょう」

長家の「大きなつながり」という言葉は、瀬名にはことのほか印象的だった。

「戦はこりごりじゃ。恨みなど捨ててしまえばよい。そんなものは、何も生み出さぬ……。この謀《はかりごと》になら、この久松、残りの命を捧げられます」

長家も於大も信元の一件からすっかり気が塞いでいたので、瀬名の思いに救われたような気持ちになっていた。瀬名も思い切って、長家たちに話してみてよかったと思った。こんなふうに、皆で思いを共有していくことこそ大切だと、瀬名は確信を深めた。

続いて、氏真と糸夫妻の話も瀬名は家康に語った。

「そういうことならば、この今川の名、まだ多少は役に立とう。こちらには、相模北条の姫もおるしな」と氏真は糸の肩を抱いて答えた。ふたりは仲睦まじくやっているようで、氏真はすっかり険がとれた穏やかなやさしい顔になっていた。

「もし、徳川様と武田様がそのように結べば、間違いなく北条も乗って参ります。この糸が、必ずや北条を結び付けまする」

「ありがとう存じます」

「そうなれば、越後の上杉殿も。そしておそらく、陸奥の伊達殿さえ乗って参りましょう」

「三河、遠江、駿河、甲斐、信濃、相模、越後、奥州……それらが結びつくんじゃ……。これほど胸の弾む謀があろうか」

長家夫妻、氏真夫妻と語り合ったことを、家康たちに伝える瀬名の表情は生き生きとしていた。夢のような内容に家康もつい聞き惚れてしまっていた。すかさず、数正が冷静に口を挟んだ。

「そのような結びつきは、もろいものかと……」

「肝心なのは、銭でござる」と信康は言った。

「銭？」

「それらの国々が同じ銭を使い、商売を自在にし、人と物の往来を盛んにする。さすれば、この東国《ごく》に巨大なる新しい国が出来上がるも同じ」

瀬名はいろいろ勉強したらしく、迷いなく語る。

「そのような巨大な国に、信長様は戦を仕掛けてくるでしょうか？　強き獣は、弱き獣を襲います。されど、強き獣と強き獣は、ただ睨み合うのみ」

瀬名に続いて、信康も真っ直ぐな眼差しで語る。

「睨み合っている間にも、我らのもとに集う者はどんどん増えるに違いありません。この大きな国は、武力で制したのではなく、慈愛の心で結びついた国なのですから！」

「慈愛の心で結びついた……国」と家康が反芻していると、

「いずれ織田様も我らのもとに集うことでございましょう」と千代、

「武田、徳川、織田、北条、上杉、伊達らがあらゆる事柄を話し合いで決めてゆくのです。さすれば、戦のない世ができまするֿ」と信君が言った。

「氏真殿は、こうも申しておりました。家康もきっと賛同しよう。これこそ紛れもなく、我が父、今川義元が夢見た国の姿なのだから」

「太守様が……」

瀬名の言葉はだめ押しとなって家康に響いた。みるみる今川義元との記憶が鮮やかに蘇った。かつて、大高城の兵糧入れを任された家康に、義元はこう訊ねた。

「王道と覇道《はどう》は存じておるな」

「武をもって治めるは覇道！　徳をもって治めるのが王道なり！」家康が答えると義元は、

「戦乱の世は終わらせなければならぬ。今はまだ夢物語じゃが、必ず成してみせる。そなたの子らが長じる頃には太平な世でありたいものよのう」と言ったのだ。

大切な思い出に家康も胸が熱くなる。瀬名と信康は繰り返した。

「日本国が……ひとつの慈愛の国となるのです」

「これが、母上が考えた途方もない謀でございます」

瀬名と信康を後押しするように信君も続いた。

「我らは、この夢のような謀に賭けてみようと決め申した」

「すべての責めはこの私が負う覚悟にございます。殿、左衛門尉に数正、そして五徳、どうか私たちと同じ夢を見てくださいませ」

「なんというおなごじゃ」

家康は瀬名に圧倒されていた。見れば隣の五徳は涙を浮かべている。

「五徳は……信康様についていきます……！」

瀬名が、こうして馬鹿な話、いや夢のような謀を語り終えた。部屋の外から小鳥のさえずりが聞こえる。梅の蕾がひとつまたひとつ花開くように、この小さな部屋は希望の光に満ちていた。

家康は左衛門尉と数正と見合って考える。

「確かに素晴らしい考えじゃが……容易いことではござらん」と左衛門尉は腕組みをした。

「穴山殿、我らは勝頼殿を容易に信用することはできませぬ……。勝頼殿もまた同じでは？」

数正はとりわけ、この空気に呑まれないように自身を律している。

信君と千代はちらと見合ってから、数正に答えた。

「確かに。我が主もまた迷っておられます。徳川様がその意思をお示しくだされば、拙者が必ずや我が主を説得いたします」

信君と千代の本気に打たれ、家康は一同の顔を見渡した。

家康たちは、大樹寺の本堂に戻った。そして、待機していた平八郎、小平太、万千代、七之助に築山での話を報告した。一部始終を聞いた七之助は、人目をはばかることなく感動の涙を流した。

「そんなお考えがおありだったとは……。やはりお方様は素晴らしいお方じゃったわ！」

「だがどうだろうな。その巨大な国とやらが出来上がる前に織田に知られてしまえば、一巻のおしまい。渡るには、危なすぎる橋……」

小平太は慎重に言い、万千代も賛成した。

「そもそも武田と結ぶことなどできましょうか、皆憎んでますよ。ねえ、平八郎殿」

「俺は憎んでおらん、武田の兵の強さには敬意を持っておる」

平八郎は意外にもそう言った。

「そうじゃ、いつまで戦い続けるんじゃ！　岡崎はもうぼろぼろなんじゃ！　若殿もじゃ！」

七之助はこれまでこらえてきた思いを吐き出した。じっと考えている家康に左衛門尉は言った。

「わしらは、殿のお決めになったことに従うのみじゃ」

「……殿」と数正は、家康の答えを待った。

だが家康は決めかねた。

信君と千代は、甲斐・躑躅ヶ崎館に戻って来た。

「もし成し得たならば、この世は、一変します。それに……率直に申し上げて、戦い続ければ、先に力尽きるのは我らかと。この策に賭けるよりほかに我らの生き残る道はございませぬ」

信君は瀬名の考えを勝頼に伝えたが、勝頼もまた容易に答えは出せなかった。


天正五年（一五七七年）七月、家康は大軍を率いて高天神城《たかてんじんじょう》を包囲した。指揮を執っているのは信康である。

「撃てー！　撃てー！」と信康が声を張り上げ、その後ろで家康が見つめていた。鉄砲隊が銃撃を繰り返していると、武田軍からも激しい銃声がした。家康と信康が緊張の面持ちでいると、前年、初陣《ういじん》を果たし、たくましき戦力となった万千代が甲冑姿で現れた。

「敵の撃ち返しもまた、すべて空撃《から》ちでございます」

家康と信康はほうっと肩の力を抜き、鎧の袖ががさりと音を立てた。

「勝頼の意思、受け取ったり。信康、世を変えようぞ」

「はい！」

「退け」と言う家康を受けて、

「退けー！」と信康が晴れ晴れとした声で兵たちに命じた。

高天神城を守るべく付近に布陣している勝頼の本陣では、徳川本陣の様子を見ていた信君が勝頼に報告した。

「……引き揚げます」

「引き揚げよ」と勝頼が命じ、

「退けー！」と信君も晴れ晴れと兵たちに告げた。

徳川と武田は、瀬名の言う、慈愛の心で結びついた国づくりの夢に賭けたのである。

浜松城・主殿では、左衛門尉、数正、平八郎、小平太、彦右衛門、忠世、七之助、万千代が待機している。そこに報告が入った。

「我が殿と、武田勝頼殿との合意が相成った！　これより徳川と武田は、戦をするふりをし続ける！」と左衛門尉が皆に言い渡す。

「もうあとへは引けんぞ！　この密約が外へ漏れれば、間違いなく織田と戦になるであろう！」と数正も声を張り上げる。

「我らにかかっておる！　我らが力を合わせ、織田様の目をくらませ続けるのじゃ！　お方様の目指す東国の夢、必ず成し遂げる！」

左衛門尉の言葉に、皆、「おお！」と決意を込めて雄叫びを上げた。

その後、二年間ほど、徳川と武田は高天神城をめぐり、小競り合いを繰り広げる〝ふり〟を続けた。

天正七年（一五七九年）初夏、家康と信康は地図を見ながら作戦を話し合っていた。殺し合わない戦のやり方を考えることは、真剣さは変わらないが楽しい。まるで囲碁や将棋をやっているようである。かつての憔悴しきった信康とは打って変わった健やかな様子に家康は頬が緩んだ。

だが、家康と勝頼の、のらくらとした攻防に信長の苛立ちは募っていった。

「いまだ高天神も落とせぬのか」

信長が、天正四年（一五七六年）から築城を開始した安土城が、この年の五月に完成していた。これまでになかった天主（天守）が、空に向かってそそり立ち、信長の権勢を象徴しているかのような城である。琵琶湖東岸に建てたばかりの安土城の主殿に、信長は佐久間信盛を呼び出した。

「手こずっておるな」

「は、武田もなかなかしぶといようで。しかし、徳川殿も情けない！　我らが長篠でさんざんに打ちのめしてやった武田にこれほど手こずるとは！　どこか、気がお緩みなのかもしれませんなあ」

「他人事《ひとごと》のようじゃな。徳川の目付け役はお前だろう、佐久間」

「もちろん……徳川殿の尻をビシビシと叩いてやっております！」

ははは、と笑う信盛に信長は詰め寄った。

「家康に何かあれば、責めを負うのはお前だぞ」

家康と信康は築山で、信康と五徳の娘、四歳になる登久姫と三歳になる熊姫が遊んでいる姿を目を細めて見つめた。

「時がたつのは早いものじゃなあ」

「本当に。信康と五徳が二人の子の親だなんて。祝言を挙げたのがつい昨日のことのよう」

祖父と祖母になった家康と瀬名は、見合って思わず笑いをこらえた。

「どうなさったのですか？」と五徳が訊いた。

「いや、そなたたちの祝言を思い出してな」

「私たちの祝言？」と信康がきょとんとする。

「あの日は、大変でございましたものねえ」

「まこと、どんな戦より難儀であった！」

「何かあったのですか？」と五徳が前のめりになった。

「そなたたちは子供だったから知らんじゃろうが」

「いやいや、思い出すのもいやじゃ」

瀬名と家康は交互に言いながら笑った。

「何ですか、教えてくだされ」

「鯉がな……鯉……鯉……」

瀬名は言いながら笑ってしまう。家康も笑いが止まらなかった。穏やかな家族の生活――瀬名たちが求めるものがそこにあった。

甲斐・躑躅ヶ崎館の主殿では、勝頼が信玄の甲冑を見つめていた。そこへ信君と千代が来た。

「お呼びでございましょうか」

「いかなる具合じゃ、例の謀は」

「信長の目もうまくくらませており、つつがなく進んでおりまする」

勝頼の問いに千代は自信満々に答えた。

「ん……よい頃合いかもな」

「頃合いとは？」と信君は聞き返した。

「すべてを明るみに出す頃合いよ」

いやな予感に押し黙るふたりに、勝頼はにやりと笑った。

「噂を振りまけ、徳川は織田を騙し、武田と裏で結んでおると」

「……どういうことでございましょう」

「すまんな。やはりわしは、おなごのままごとのごとき謀には、乗れん。仲良く手を取り合って生き延びるくらいなら、戦い続けて死にたい」

勝頼の真意を知り、信君は顔色を変えた。

「お待ちくだされ」

だが勝頼は淡々と言った。

「信長の耳に入れてやれ。信長と家康の仲が壊れれば、わしらはまだ戦える」

「御屋形様！」

「あの二人に戦をさせよ。わしは織田、徳川もろとも滅ぼす！」

「なりませぬ……人心が離れます！」

「かまわん」

「私は、戦のない世をつくるという築山殿の夢に賭け……」

すがる信君の頬を、勝頼は思い切り打った。

「穴山よ、家康の妻に妖術でもかけられたか？　目を覚ませ。この世は戦いぞ。戦いこそが我らの生きる道ぞ！　わが夢は、父が成し得なかったことを為すこと。天下を手に入れ、武田信玄を超えることのみじゃ！」

呆然となる信君と千代に勝頼は冷たく言い放った。

「築山の謀略、世にぶちまけよ！」


蟬時雨のなか、浜松城の庭で家康は木剣の素振りをしていた。大粒の汗が額から頬を伝って落ちる。於愛が「はい」と水の入った椀を手渡した。「すまんな」と家康が椀に口をつけようとしたとき、「まあ、おはようございます、皆さまお揃いで」と於愛が人の気配に気づいた。

左衛門尉、数正、平八郎、小平太、彦右衛門、忠世、万千代らが険しい顔でやって来た。彼らの引きずるような足取りに家康は不安を覚えた。左衛門尉が近づいて家康の耳元でそっと告げた。

「漏れました。築山の謀、世に知れ渡っております」

家康の手から水の入った椀が落ちる。ジジジッと一匹の蟬が叫ぶように鳴いた。

本書は、大河ドラマ「どうする家康」第十三回〜第二十四回の
放送台本をもとに小説化したものです。
番組と内容・章題が異なることがあります。ご了承ください。

装画―安原成美
装幀―アルビレオ
帯写真提供―NHK
DTP―NOAH
校正―松井由理子
編集協力―向坂好生

どうする家康 二

二〇二三年三月二〇日　第一刷発行

著者　古沢良太
ノベライズ　木俣　冬

発行者　土井成紀
発行所　ＮＨＫ出版
〒一五〇-〇〇四二　東京都渋谷区宇田川町一〇-三
電話　〇五七〇-〇〇九-三二一（問い合わせ）
〇五七〇-〇〇〇-三二一（注文）
ホームページ　https://www.nhk-book.co.jp

印刷・製本　共同印刷

Printed in Japan　ISBN978-4-14-005731-5　C0093

古沢良太　こさわ・りょうた
２００２年脚本家デビュー。「ＡＬＷＡＹＳ三丁目の夕日」で日本アカデミー賞最優秀脚本賞受賞。「ゴンゾウ 伝説の刑事」で向田邦子賞受賞。主な作品に「外事警察」（ＮＨＫ）、「鈴木先生」「リーガル・ハイ」「デート～恋とはどんなものかしら～」「コンフィデンスマンＪＰ」。またＥテレ子ども向け人形劇「Ｑ～こどものための哲学」の脚本を担当するなど多分野にわたり活躍中。